文学想象与现代面向

谭杰 著

作家出版社
全国百佳出版社

图书在版编目（CIP）数据

文学想象与现代面向 / 谭杰著. -- 北京：作家出版社，2025. 1. -- ISBN 978-7-5212-3128-1

Ⅰ. I206.7-53

中国国家版本馆 CIP 数据核字第 2024JW1625 号

文学想象与现代面向

作　　者：谭　杰
责任编辑：朱莲莲　丁文梅
封面设计：贾　莹
出版发行：作家出版社有限公司
社　　址：北京农展馆南里 10 号　　**邮　　编：**100125
电话传真：86-10-65067186（发行中心）
86-10-65004079（总编室）
E-mail:zuojia @ zuojia.net.cn
http://www.zuojiachubanshe.com
印　　刷：河北星强印刷有限公司
成品尺寸：155×220
字　　数：250 千
印　　张：15
版　　次：2025 年 1 月第 1 版
印　　次：2025 年 1 月第 1 次印刷
ISBN 978-7-5212-3128-1
定　　价：88.00 元

目录

第一辑

第二辑

第三辑

第四辑

第一辑

传统文学生产机制下文学的可能

在《1844 年经济学哲学手稿》中，马克思首次将“生产”引入艺术领域，他认为宗教、家庭、国家、法律、道德、科学、艺术等等，都不过是生产的一些特殊方式，并且受生产的普遍规律的支配。在马克思这一思想的基础上，本雅明就“文学生产”进行了内容丰富和系统阐释，他认为，无论是文学彻底的商品化，还是以“为艺术而艺术”的口号抵抗文学的商品化，这两种趋势都被资本主义社会所利用而成为主导意识形态统治的同谋。文学技术手段的变革中蕴含着文学的政治解放潜能，革命的作家只有自觉革新文学生产技术，才能真正抵抗资本主义意识形态。伊格尔顿则注重从社会关系的角度分析文学，重视文本与意识形态的建构性关系，从社会生产层面来考察文学，揭示出社会与文本的复杂关系。“我们可以视文学为文本，但也可以把它看作一种社会活动，一种与其他形式并存和有关的社会、经济生产的形式。”

文学生产机制，是指文学生产各部分、各环节的内在工作方式和相互关系，主要包括文学的生产、流通、评介、接受等方面。除图书出版外，当下的文学生产可以概括为主要以期刊为载体的传统文学生产机制和以网络文学为代表的新型文学生产机制（邵燕君《传统文学生产机制的危机和新型机制的生成》）。本文主要从传统文学生产机制中的文学期刊，以及作家协会对作家的培养两个方面着手探讨。

一、从文学期刊看文本传播的可能性

文学期刊作为传统文学生产机制中的重要一环，主要肩负着两个使命：发现优秀作品和扶植作家。优秀文本以刊物为平台进行传播，被读者和大众接受，期刊围绕文本举办文学评奖、组织研讨座谈会、进行文学批评等活动。文学期刊，尤其是当今在文坛仍然活跃的文学期刊为文学的生产提供了平台，也以文学的方式记录了历史现实，传播了时代精神，是当代文学发展历程和态势的参与者、创造者和见证者。尤其是在改革开放四十年以后的今天，回顾文学期刊的办刊之路，连同那些由此传送出的深入人心的文本作品，无不深切地与社会变迁和时代面貌相契合。

随着当代中国社会政治经济体制的整体性变化，当代文学生产机制也发生了显著而深刻的转型，当代文学生产经历了以国家意识形态为主导到以市场为主导的文学生产机制的转变。20 世纪 90 年代中期以来，市场经济深入发展，大众文化日益兴起，生产与消费成为人们主要的生活方式，艺术日益趋向消费化。尤其是 21 世纪以来，随着互联网和电子传媒的迅猛发展和渗透，影视文化的勃兴，中国逐渐进入“新媒体”时代，多媒体平台和数字化信息传播媒介的不断升级，极大地冲击和刷新着传统的文学生产和传播方式以及读者的阅读、审美和接受方式，给中国文学的创作带来了革新，主要表现为中国当下文学生产主体的创作观念与表现形式、发表渠道与传播方式、文学接受与批评方式等方面。

在经历了 20 世纪 80 年代的辉煌一时后，80 年代末 90 年代初，在改革开放带来的各种冲击下，传统的文学期刊不可避免走向衰落后，于是纷纷转型“自救”，寻求新的发展方向。文学期刊在发挥一己之长，通过提高稿费、联合推介作者、扩大批评关注等吸引优质稿件的同时，根据读者的阅读走向、作者群的特点、文学圈热点现象等，做出相应的改进。在推介作家方面，早在 1995 年的“联网四重奏”，《钟山》《作家》《山花》《大家》每期选择一位青年作家的作品同期刊发，后在《作家报》上就文本做评论。近几年，《人民文学》杂志先后推出“新浪潮”“青年小说展”“90 后”等栏目，侧重对年轻作家的挖掘和推荐；《收获》杂志推出“青年作家小说专辑”，一辑集中推介几位作家的作品；《芙蓉》杂志开设“新声”栏目，集中用专辑形式，采用小说、创作谈、作品评论、专家定期点评观察相结合的形式，重磅推出“90 后”小说作家；《花城》杂志推出“花城关注”栏目，关注文学之新，将视野关注到有年轻特质和创意态度的写作群体和文本，张扬原创精神，鼓励作家对人性真相的洞悉和心灵秘密的发掘，重视文本的实验性和独立探索精神，加速文学内部的变革，最终推进汉语写作;《作品》杂志与中国作家网合作开辟专栏持续推介“90后”作家，采用作品、“70后”与“90后”对话的内容形式，为年轻作家的成长搭建平台；此外，也有迈向更加多元化的期刊，比如《山花》除纯文学文本外还提供美术、摄影、影视、建筑、雕塑、DV等方面的视觉展示，视觉人文前沿理论与批评。既凸显文学精神，又聚焦视觉人文新趋势，独具特色。

近几年，各大文学期刊在电子化、网络化上做出了巨大的努力，建立起新媒体运营模式，多方位探索期刊发展方向。开设官方网站、微信公众号、微博等推介文本，于新媒体开设创作谈、写作课、征文、线上评刊、投票等服务，形成读者和编辑、作者在线互动交流的阅读和反馈方式，实现了新媒体与纸刊阅读的良性互动。强化了文学期刊的“文学平台”的功能，丰富了读者的阅读体验。比如《当代》不仅在杂志上为这些作家提供发表空间，更在微信公众号中设立新栏目“新关注”，为年轻作者提供展示平台。再如《人民文学》的微信公众号，主体内容包括作品评论、创作谈、读者反馈、新作推介等，为读者提供更多杂志以外的延伸内容，在新媒体平台的构建上，同时注重创造性与互动性的开拓。特色栏目“圆桌派”邀请各领域年轻人对当下文学热点话题展开探讨，主题紧贴当下，兼具内容的鲜活与观点的深度，被“三联生活周刊”“凤凰读书”等公众号转载，获得大量阅读，影响颇广。还有期刊开辟出文本与影视联动，拓展文创产业链。如作为优质原创文学IP发源地的《收获》杂志，近几年开启小剧场，成立影视工作室，甚至通过人工智能AI技术分析，从大数据解读《收获》四十年作品风格，捕捉影视剧本改编趋势等。

主流文学期刊在遵循各自办刊宗旨，坚持刊物优质品质的前提下，发掘文学的新生力量和新表达，寻求多元化发展。不论是在挖掘文学新人、探索文学新元素方面的努力，还是在与高速发展的时代接轨方面不断变通，都可见对文学现状的冷静思索，有坚守核心价值的决心。

二、从作家培训发掘主体的可能性

尽管写作被很多人视为是“个人”的行为，作为文学生产主体的作家的培养却一直备受重视和追捧。近几年，一部分省级作协纷纷成立文学院，开办各种类型的文学培训班，着重培养本省作家，为本省和国家的文学事业培养后继人才。而鲁迅文学院作为中国唯一国家级的以联系作家、服务作家、团结作家、培养作家为宗旨的教学与研究机构，在中国当代文学发展历史中占有重要位置。自20世纪50年代以来，活跃于中国文坛的作家大多在鲁迅文学院学习过，诸如马烽、蒋子龙、叶辛、王安忆、莫言、余华、刘震云、迟子建、关仁山、柳建伟、刘亮程等；在中国当代文学重要奖项的获奖者中，曾在鲁迅文学院学习过的学员也占有显著的比重。鲁迅文学院在长期教学摸索和经验总结后，近几年逐渐形成了几个固定的作家培训班次：中青年作家高级研讨班、少数民族文学创作高级研修班、网络文学作家培训班。针对不同的学员群体、创作层次设置课程，开设培训。与此同时，还不断探索作家培训的新方式、新渠道，始终坚守文学历史使命与时代担当，努力成为培养文学俊彦、滋养文学创造力的一方沃土，已成功举办了多个不同门类、不同形式的作家培训班，如现实主义题材作家研修班、基层负责人培训班等，结合新时代文艺发展实际，广泛开展对文艺工作者，特别是新的文艺群体和中青年一线文艺工作者的培训，对其切实提升自身马克思主义文艺观和社会主义核心价值观，起到了举足轻重的作用。

同时，鲁迅文学院还积极与文学期刊合作，推介学员。近几年，鲁院在《文艺报》以创作谈、印象记、评论相结合，推出优秀学员专版，同时刊发学员创作和出版情况信息，获取了广泛关注。在《美文》杂志设鲁院“发射场”专栏，着重刊发少数民族学员散文作品，与《民族文学》杂志合作，刊发少数民族学员的小说、散文、诗歌作品，并进行点评，为在鲁院培训过的少数民族学员提供了更为广阔的平台。

在办学和交流模式上，注重纵横交错的延伸和拓展。鲁院与北京师范大学曾于20世纪80年代联合招收文学创作专业（挂靠文艺学）的硕士研究生班，从班里走出了诺贝尔文学奖获得者莫言，以及在国内外拥有广泛影响的余华、刘震云、迟子建等一大批优秀作家，为中国文学的繁荣和走向世界做出了重要贡献。2017年，两所院校赓续传统，以合作培养的方式，再度联合招收文学创作专业方向的硕士研究生，以期培养出更多综合素养高的作家，也提升了作家培训教育的含金量。

另外，鲁院也在不断地创新和完善文学交流的领域和模式，加强国际交流，凸显和达成"构建人类命运共同体"的愿望，近两年每年举办两次"国际写作计划"，每期选十几名有一定影响力的外国作家、翻译家等驻在鲁迅文学院，和中国作家一起，采用研讨、参观、交流的方式，深切感受中国传统历史与新时代的日新月异的变化，以及当下中国蓬勃的发展力。夯实了中外文学交流的新平台，也为增进中国作家对不同民族文化的了解、汲取其他民族文化的优长搭建了友谊的桥梁。

三、不容忽视的现象及其思考

在文学生产过程中，一部作品从创作到产生影响，作家、编辑、文学评论家、读者都是必不可少的主体。其中也存在一些不容忽视的现象。从作家的角度来说，大多数作家推出作品的主要途径仍以传统的在期刊报纸发表作品为主，而目前作家大多是兼职写作。一系列的因素导致大部分基层写作者，只能将创作的作品在地方刊物上发表，在文学的大潮中激不起什么涟漪。一方面，写作人群基数大，文学素养和写作水平良莠不齐；另一方面，当下期刊提供给中途走上写作道路的基层作家们的路相对狭窄，他们需要付出很多的艰辛，交出更为出色的作品，才能获得关注。

如何使文学生产进入良性循环，文学界和作家协会一直在为之努力。从期刊的角度来说，笔者有以下不成熟的思考：一、可以适当加重对紧跟新时代的文学理论的研究，这文学理论偏重于对文学创作、文学认同和价值观阐释，使其成为刊物的指向标和引领风潮的理念。二、放宽推荐新人的视野，不局限于年龄和身份，用文本说话。三、利用互联网和新媒体，用心打造精品电子传播平台，网络平台是期刊的镜子，是展示风采的窗口，也是被普通读者和大众接纳认可的接入端口。在公众号和网站趋向普遍的情况下，做出自己的特色更能成为焦点。

原载于《当代文坛》2019 年第 3 期

鲁敏小说的意蕴层次与呈现方式

在“70后”作家群体中，鲁敏是始终保持冷静独立的姿态，严格遵循小说本体艺术，勤于生活经验开掘和探索，精于场景描摹和细节刻画的高产的小说家。她的创作摒弃了传统的宏大叙事，而多从困境中的中下阶层小人物入手，凸显人性的复杂与纯净、沉郁与光辉。不论以“东坝风情系列”“人性暗疾系列”名世的中短篇小说，还是倾向深度、难度写作的长篇小说，都给众多评论家和读者留下了深刻印象。在此，选取她作品的意蕴层次及其呈现方式对其创作进行管窥。

一、意蕴层次

文学作品的意蕴是透过作品的表层形式，“而显现出一种内在的生气、情感、灵魂、风骨和精神”“是作者凭借形象的塑造、情节的安排、场面的描写等诸多外部呈现方式，蕴含在其中的情感、哲理、思想的精神力量”。由此，其意蕴一般可以分为三个层次，即历史（现实生活）意蕴、哲学意蕴、审美意蕴。这三层意蕴是由浅入深、由外到内地渐次深化、发展的。鲁敏小说对这三层意蕴的呈现的特殊性在于，不仅呈现的次序不同——她主要依照历史（现实生活）意蕴、审美意蕴、哲学意蕴的次序呈现，而且还以超越常规化和复杂化这两种极端的形式着力凸显作品的审美意蕴与价值。

1. 历史（现实生活）意蕴

鲁敏的小说主要涉及两个地域版图的历史（现实生活）意蕴。一个是

“东坝”。同沈从文的“湘西”、莫言的“高密东北乡”、苏童的“枫杨树”一般，“东坝”是鲁敏对既往现实故乡的诗意化，又是她理想与精神的栖息地，是“叙述的背景与氛围，是情感的起因与终了”，可以说，“东坝”承载了鲁敏对于日渐衰退的乡村文明韵味及乡土人情的追怀与重构。这个版图基本单纯地涉及人们本真的生存、情感状态，并不过多地与时代、历史进行勾连。另一个是相对于“东坝”乡村而言的城市——或是县城，或是南京——更准确地说应是城市边缘。于此，她的关注点并不聚焦在城市风貌，而是选取城市边缘人的生存状态和精神处境进行鞭辟入里的剖析。因此，这一部分作品中所涉及的历史（现实生活）意蕴，也并不是作者所着意表述和强调的。

以其最新的长篇作品《六人晚餐》为例。小说所涉及的物理意义上的时间长度为从20世纪90年代至21世纪初的十几年间，所涉及的“历史（现实生活）意蕴”方面的内容主要有：（1）对城郊接合部的老厂区的空气、氛围、分布、宿舍区等整体风貌的简单交代；（2）工厂区内的爆炸事故；（3）工厂破败，工人下岗；（4）两家人在工厂区内的迁坟。这些内容大都和20世纪90年代以来国企改革的大背景直接关联，但都被作家一笔带过，或者借助叙述者在必要的场景中进行简单的重复交代。（1）展现的是改革前老工业区特定阶段的历史风貌，透露出一种“破败、绝望”的老旧的精神氛围；（2）和（3）分别涉及了特大灾难性事故、国企改革前后的状况，表现了底层工人工作环境的恶劣、命运的朝不保夕和日常生活的艰难；（4）展现的是中下层小人物精神家园被破坏、被驱赶、被放逐的悲凉境地。然而，作家对上述意蕴既没有做全景式展现，也没有让叙述者对之进行直接的评论，而多是以背景方式被作家内置于叙述流程之中。因而，历史（现实生活）意蕴层受到了叙述者的强力的压制、削弱，它与文本内部精神空间的联系只具有象征意义的关联，而没有做直接的移植。这种间接呈现历史事件或现实生活，并以此作为反映历史、介入现实的表现方式，几乎成为她的所有小说处理文本与历史、生活关系的固定策略。这也使得这部小说形成了一个非常有意思的对比，即外在的物理意义上的时间长度非常短，而心理学意义上的时间长度无限长。

2．审美意蕴

审美意蕴是鲁敏小说最富有魅力、最能彰显小说文体艺术价值的核心标志。这种审美价值主要是借助对人物的人性、人情的表现，对小说内在精神空间的极力拓展展现出来的。鲁敏的小说，不论长篇还是短制，普遍不以物理意义上的长度来形成、深化小说的审美意蕴，而是注重人物的人性含量、心理含量的多层次、多维度的挖掘与表现。她重视的是情绪、情感的表达，而非事理、物理的纠缠；是面向人物内心的书写，而非趋向于外在现实的描摹。然而只靠对人物心理、精神世界的描写支撑起小说的“长度”，弱化现实生活、历史事件的描写，这又是极具难度的书写。

在“东坝风情小说”中，鲁敏竭力多角度呈现乡土版图中人们的生活面——家庭的纠葛与生活的意外、生命的诞生与逝去，困厄中依然散发的浓郁人情味。在这片被理想化的乡土上，人性纯净、淳厚、悲悯、宽容，氤氲着脉脉温情。

《逝者的恩泽》选取了一个特殊“家庭”为视角，将乡村人的善良无私和对“家”的深厚感情渲染、铺展开来，呈现了家庭的温情。陈寅冬常年在新疆打工，并与情人古丽安了家，拥有儿子达吾提，只在过年回东坝与妻子红嫂、女儿青青短暂团聚。工程结束前，对两个家都难以割舍的他选择牺牲生命，换取一笔丰厚的抚恤金。在鲁敏的笔下，这个在道德上本应被谴责的男人，对情人的坦诚和对家庭的无私程度又让人感叹。在丈夫意外死去、其情人和私生子意外出现的双重冲击下，妻子红嫂表现出了出人意料的坚韧和宽容。她没有对丈夫怨恨，也没有对古丽母子排挤，甚至拿抚恤金给女儿当嫁妆的打算，也因考虑到达吾提的成长而迟疑了。她所表现出的，是一种乡村女性的宽厚大度与富有母性的善良。拥有在当今社会中被鄙夷的尴尬身份的古丽，在小说中带着异域特有的美丽走进东坝人的梦，带着率真大方与善解人意融入了与红嫂和青青的共同生活。她一进入这个家，便主动分担家务；她发现自己与青青喜欢同一人时便毫不犹豫地退出成全青青；她从没有提到抚恤金，但在知道了红嫂的病情之后，又努力劝说红嫂拿钱治病，并保证自己和儿子不要一分钱。这一切源于她的善良与无私，也源于她从一开始就把她们视为一家人，“都是陈寅冬的家里人呢”。在此，婚姻道德意义上的尖锐矛盾被作者弱化处理，使之成为叙写人世间的浓浓温情以及人与人之间的宽厚友善的铺垫和背景。

《思无邪》讲述了邻里乡间的温情。作为远房长辈的村长万年青，费尽心力为孤苦无依而投靠自己的哑巴来宝安排稳妥的去处，心系他的命运；然而，更多的血缘上不相干的乡里人的倾心相助将来宝拉向光明；来宝对痴瘫的兰小无微不至的照料；兰小的死亡，并未让来宝遭到任何人的责怪；在兰小入棺前后，来宝给兰小整理遗容等一系列行为，他那种浓郁的淳朴和单纯的执拗，让人印象深刻，到场的人们“无一例外地哭了”，只是因为“这里面的无情和无奈”。整部小说在古风朴朴的乡村伦理中透射出令人熨帖、韵味醰然的人情。

《离歌》书写了死亡的温情。儿女在城市，没人照料的彭老人，频频跑去跟张罗丧葬的三爷诉说对自己死后的担忧及葬礼的诸多想法。虽然两人素日并无太多交情，彭老人故去后，三爷还是将他的葬礼安排得妥妥当当。老人的隐忧，死亡的悲凉被付诸看起来平静的交谈。另外，三爷河上撑船往返直到天亮的场景，将对生者的怜悯、对死者的尊重与慈悲凸显得淋漓尽致，温润了我们渐已干枯的心。

相对于上述作品中的温情人性，《六人晚餐》的审美意蕴散发独特的光芒——其中人物的“人性含量”“精神含量”呈现一个渐趋生长的态势。如何在一个二十余万字的文本中全面复活六个人物的心理世界，并呈现出六种不同的精神样态，是对长篇小说之“长”本身所具有的本体意义的艺术实践。小说的开头，对丁伯刚、苏琴的动作、心理、语言的描写并不见特别之处，然而伴随着两个家庭错综复杂的关系的展开，这两个人物所遭受的精神创伤、心灵困境以及他们在肉体与爱欲、理想和现实、家庭与伦理之间的尖锐冲突一步步凸显。丁成功自闭在玻璃屋里，遭受着心灵的疼痛，惨淡经营着“吹玻璃”的营生，孤独地守望着那份渐趋远逝的爱情。对自己肥胖身体的无奈，对周遭的厌恶，晓白选择了“离家出走”的方式以救赎痛苦的灵魂。晓蓝对丁成功潜滋暗长的爱情，遭遇伦理的阻隔和现实的重创，她的赌气嫁给别人，既是对现实之网的屈服，也是对自我心灵困境的致命一搏。小说中的每个人物都是一个独立的精神世界和人性世界，他们身上所蕴含着的不同凡响的人性和精神含量，以及创伤性的精神印记都深深触动着读者的神经末梢。

3. 哲理意蕴

哲理意蕴层并不是鲁敏刻意表达、追求的目标，但当作家把视线从乡村的深处转移到城市的边缘时，她的目光便由温情转为忧郁，她的部分作品，尤其是“人性暗疾”系列小说，从俗常的个体生活投影广阔的社会生活，在敏锐地捕捉时代光鲜背后的阴暗面的同时，无形之中也暗合了她对于关乎人类命运的终极性问题的追问，从而表现出深刻的哲理内涵。她通过写作来表明自己对当下现实生活状态的态度，传递自己的思考，从这个意义上说，鲁敏的一些写作是具有“现实功利性”的，常呈现出清晰明确的立意。

《惹尘埃》，来自佛教偈语的标题，以及“午间之马”迷的设置，使小说自然而然地笼罩在一种禅意色彩中。作者在疾呼“这世界飘洒着谎言的细雨，这世界翻腾着谎言的尘埃，众生皆在细雨中奔跑在尘埃中打滚，满身的泥泞与腥臭”的同时，也提出了一系列思考：在言行不一、谎言遍布的时代，我们应如何面对信仰，面对孤独，面对宽容，等等。《铁血信鸽》中没有强烈、直接的矛盾冲突，鲁敏以其一贯的敏锐，通过生活的蛛丝马迹，触动当下的时代隐疾——肉体的金刚不坏与精神的苍白虚弱。铁血信鸽“飞过破败的屋顶与肮脏的河道，飞过张开的网与枯死的树枝”，最终返回了自己的小巢，而在这个精神缺失的时代，人心荒凉而绝望，又何处皈依？《伴宴》也揭示出信仰与物欲、高雅与庸俗、爱情与背叛、尊严与卑贱等互相交织纠缠的二元矛盾，以及处于这个交织网中的人们的两难选择。

《六人晚餐》中的六个人物，无一不深陷痛苦的深渊里，也一直试图从这种身心的约束中突围出去。苏琴与丁伯刚的结合是为了消解、摆脱对亡夫的无尽的爱恋，但最后又重新回到了原点上。晓白的离家出走、晓蓝的赌气出嫁、丁成功的孤独守望，也分别隐喻了“走出围城，救赎自我”“抗争无奈，挣扎徒劳”“孤独漫天，命运轮回”等接近生命哲学维度上的意义指涉。当然，《六人晚餐》绝不是以探求终极生命哲理为目的的小说，但是，作家所探讨的“人性”问题终究是达到了“心灵何以安放”“命运之城何以突围”“自闭与孤独何以消解”等形而上的层面。正是从这个意义上，《六人晚餐》是一部富有写作深度和难度的小说。

二、呈现方式

如果说鲁敏小说对这三种意蕴层次的展现，体现了她写作的深度模式，那么，其呈现方式就体现了她探索、实践小说文体艺术的才气与睿智。

1.“混搭”模式

批评家李云雷在评价鲁敏的《致邮差的情书》等作品时，采用“混搭”这样一个评论术语，他说：“鲁敏近期的小说，体现出了一种‘混搭’的结构技巧……即作者试图将不可能相遇或不协调的人物，通过某件事连接起来，从不协调之中体现出一种参差、交错之美，作品中的人物越是不协调，越能见出作者构思的精巧与艺术上的功力。”实际上，这种“混搭”就是指作家在小说创作中把生活中不可能走在一起的人群、不可能发生的事件借助想象、虚构将之合乎情感逻辑、事理逻辑地扭合在一起的叙述能力。鲁敏的这种叙述能力早在“东坝”系列的中短篇写作中就已显现过出色的表现。比如《纸醉》中的哑巴开音和兄弟俩（其中一个为大学生），这些人物在现实生活中，是绝难被联系在一起的，更不可能产生什么故事，但在鲁敏审美视野里，就顺理成章地成为小说写作中的可能性中的“可能”。在《致邮差的情书》中，一个生活于网络空间里的“新新人”给一个底层邮差罗林——一个在为满足温饱，应对世俗生活而奔波的底层小人物——写了一封情书，一厢情愿地期待改变邮差的生活，对之进行“超度”。然而，邮差依然安之若素，生活依然如昨。这样的写作无论在选材，还是主题上，都具有极大的难度。《思无邪》中“兰小”与“来宝”，一个是足不出户的痴瘫，不能自理；一个是孤苦伶仃的哑巴，生活无依。他们是年龄相差二十岁、互不相干的两个人，因为“东坝”人的热心帮忙而走到了一起，一个拥有了生者的尊严，一个得到了生存之所。如果日子就这样过下去，皆大欢喜却会流于平淡，作家又安排“兰小”走完了一个女人应该经历的人生历程，“来宝”完成了从孩子到父亲的身份转变的体验，尽管这一切结束之后他依旧懵懂，但他那份真诚与执着却贯彻始终。作者以了无痕迹的方式演绎人与人之间纯真的情与爱，诠释了摒弃道德伦理的俗世的善与爱，这种具有很强挑战性的写作，在她的笔下却表现得唯美恬淡，氤氲着乡土的淳朴气息。

长篇小说《六人晚餐》也是作家面对心灵，背对生活的一次“混搭”式文本实践。丁伯刚与苏琴，身份、家庭背景大相径庭，彼此之间既没有好感，甚至相互讨厌，这两个不可能在一起的人却在鲁敏的笔下演绎出了绵密的故事，传达出了令人震撼的内涵。苏琴选择了丁伯刚，其理由是，她要找一个让自己最厌恶、最恶心的男人以好强行让自己忘掉对亡夫的爱。这样的“经验”对我们来说，是无比陌生而又新鲜的。同样，这在晓蓝对丁成功的爱意中，也得到集中的表现。“你究竟，喜欢我什么呢？”“可能就是你浑身上下那种总是往回缩、总不能如愿的失败感吧。……我一直崇拜成功、追求那种向上的生活，可我只要看到你，却总是既难过又安心，反而觉得别的东西都是假的、不可靠的。”丁成功的“往回缩”“失败感”成为晓蓝爱他的主要理由，这种理由的确是有点荒诞、离奇的。但是，小说所着力传达的这种经验，揭示了精神成长中另一种心理的真实。

2．“气”“味”描写

鲁敏在作品中通过多种方式表达了对城市文明消极面的反拨，如她极少提到现代化的沟通手段与交通工具，取而代之的是人最本能的认知方式。《风月剪》中，裁缝宋师傅通过量尺寸来获知女人们的年纪、经历、家庭等，靠“手”完成与她们的沟通与认知，甚至更深层次的精神方面的交流。《取景器》中，情人唐冠以相机的取景器建立起了与“我”以及“我”的家庭成员之间的密切联系，让“我”获取了那些自己一直浸身其中却从未发觉的俗常的家庭生活情景。通过镜头，或者说旁观者的眼睛，捕捉到了琐细生活中挣扎生存的人生百态。

然而鲁敏最独特、最惯常的手法应是对“气”“味”的描写。《逝者的恩泽》中，达吾提带着陌生的不被认同的气息跟随妈妈长途跋涉来到陌生的小镇寻父，一踏上这片与他有着联系的土地，他便鼓起了鼻翼——此前，在他短暂而丰盈的成长时光里，他早已在迷途中准确地闻出了回家的路与亲人，现在又从小镇人投来的复杂目光里嗅出了自己跟妈妈的“特别”，也通过嗅换来了与父亲原配家庭的融合，嗅来了同父异母姐姐青青的爱护与成长，他以“嗅”这古怪又可爱的方式使得原本尴尬、陌生的关系得以迅速消除。《不食》中，鲁敏的想象更加开放：秦邑采取舌舔、嘴尝的方式来确定与外物的联系、结交朋友，他对原生态的东西比如植物的外壳、丝绸等毫不挑剔，并无所顾忌地送入嘴中，靠嘴或者说味觉来达成对世界的认知与交流。

《六人晚餐》对气味的描写更加丰厚，小说给人的第一直觉体验就是，它的内部空间里飘逸着各种浓浓的、挥之不去的“气味”，或者说嗅觉意义上的“气味”成为作家审视现实、触摸心灵、感知命运的直接切入点。如“他丝毫没有闻出来，十字街上的空气有点不同寻常，像是接近沸腾的一大锅浓汤，老天爷又往里撒了最后一把胡椒粉，味道浓郁飘香”。接着，“十字街上的空气”被“一个专卖赝品画的家伙非常高雅地比喻为未完成画作上丙烯的味道”，被“一个专门倒卖二手摩托车（其中大多来路不明）的胖子”离奇地认为是“0 号柴油、杀虫剂与六神牌花露水的三合一”，而“一个常年在十字街游荡、夜晚盘踞中国农业银行自助区的流浪汉以淫邪的口吻宣称：有一个巨大乳房与天仙脸蛋的女人在洗澡，没说的，这正是她浑身搓揉所撩拨出的洗澡水味，带着奶水的腥”。“小引”中关于厂区内气味的描写，堪称精致、绝妙！此类描写在这部小说中比比皆是，这些有关“厂区上空及厂区内各种气味”的描写，一方面，是和人物的命运际遇紧密相连的，直接指涉人物生存的精神风貌；另一方面，作为一种精神性的氛围，它先入为主地主导着整部小说内在精神基调的发展走势。这样，这些“气味”描写就不仅是一种单纯的环境渲染，而且作为一个重要的小说质素，推动着情节发展，塑造着人物的性格命运，深化着小说的思想主题。

3．内在焦点式叙述

小说的逼真效果，是借助内在焦点式叙述实现的。以《六人晚餐》为例，从整体上看，小说采用第三人称全知视角，即叙述人作为旁观者讲述，这样的视角下，六个人物的心理状态及其发展情况，基本是客观冷静的。但时常，叙述者的视角又转移到人物的心理内部，这时所描述的便不再是客观的事实，而是人物的心理活动。这样，当接近或进入人物心理空间的时候，叙述又变得平缓，叙述视点也逐渐发生变化，并转为第一人称，从而使叙述者的声音具有了自身的表现力。小说借助内在焦点式叙述，保证了叙述人可以自由出入于六个人物的心灵空间，直接造成了一种逼真的叙述效果；但是，当叙述人走出或远离人物心理空间，转换成第三人称的无焦点式叙述时，议论性的声音就变得无比强大，有时甚至造成了小说情节发展上的滞涩，从而一定程度上影响了人物心理的顺畅发展，打断了读者的阅读兴致。这在小说后半部表现得较为突出，以丁成功为例。他一直自闭在玻璃屋里，某种意义上来说，孤独是他的身份标识，是他的心理影像，因此，这样一个活在孤独中的人，其内心必然是无比丰富多彩的。作为旁观者的叙述人在“无焦点叙述”和“内在焦点式叙述”之间，不断进行视点的转换，实际上并没有完全穿透这一人物浩瀚无比的心理空间中的精神意识。但是，如何处理“无焦点叙述”和“内在焦点式叙述”之间的联系，视点在两者之间如何转换以及转换到何种程度，相信对所有作家来说，都是不小的挑战，可以说，鲁敏在这部小说中已经进行了大胆、有益的尝试与探索。

少年时期的成长经历，生长的遭遇与环境及职业生涯等等使鲁敏获得了对人生深刻而又丰富的体验，也让她的作品呈现出当下女性作家少有的对社会与人生的深沉思考与执着剥示。鲁敏是勤奋的，她的创作视野与写作领域从未停止对扩大、转移的努力——她笔下人物的职业囊括秘书、民办教师、裁缝、养鸽人、摄影师到送信的邮差、民乐团的演奏者等等；她又是有强烈责任感的，她的作品不仅呈现出那些渐渐被侵蚀的韵味浓厚的传统工艺形式与文化遗产，还对医疗、食品、安全等当下社会问题进行了深刻思索。她用绵延悠长的叙述，在展现乡间镇里人那朴善温纯面的同时，也从多个方面对现代文明与城市生存环境挤压下的人性进行了执着的剖析。博尔赫斯曾说，大作家注定要完成探讨命运的使命，调侃也好，悲悯也好，其心中自有承载。从《白围脖》到《六人晚餐》，鲁敏走过了十年，十年来，她的笔不仅从未停止对俗世百态画卷的描绘，而且始终不懈地对世人和自我内心进行一层又一层的挖掘与探究。

原载于《文艺报》2012 年 10 月 15 日

新时代乡村复魅：寻乡根展新貌

——谈乔叶的《宝水》

随着乡村振兴战略的实施和推进，近几年乡土文学中着眼脱贫攻坚、新农村建设等主题的作品层出不穷，聚焦城乡互动帮扶，提炼扶贫工作中乡村建设经验，展现轰轰烈烈的乡村转型实况以及乡村精神面貌、传统观念转变的作品各具特色。

入选“新时代文学攀登计划”的长篇小说《宝水》，也是在这样的时代主题下而作。小说截取在省“美丽村庄”示范村政策扶持下，位于豫北太行山中的宝水村一年的光景，讲述了村镇干部带领村民们发挥自身优势，将衰败凋敝的传统农村转型发展为文旅特色新乡村的奋斗故事，描画了一幅生动细腻的当代乡村生活图鉴。

“真佛只说家常。”《宝水》书写山乡巨变，山乡的“变”和“恒”并举。日常生活和民风习俗是山乡巨变中的恒常，是乡村的根脉和魂气所在，也是生活在其中村民的精气神的根本。以小切口展现大视角，乔叶笔下的新时代乡村首先写的是俗常中的乡村，在乡村经济振兴的大框架上，叠加了层次丰富的民俗气、人情味、文化观、时代感，将快速发展带来的痛感和矛盾置于琐碎的日常中消解，在灵动鲜活中增添了故事的延展性。一方面，小说以四季流转为线分为四章，从正月十七落花灯吃落灯面起，正月十九敬仓神、惊蛰挖茵陈、楝花开吃碾馔、捋槐花摘椿芽、端午节打艾草、中元节烧路纸、霜降摘柿子、立冬打软枣、秋末冬初酸黄菜、冬至数九肉、小年耍狮子，还有家家户户从年初吃到年尾的闷坛肉……各种农谚俗语穿插其间，展开了宝水村一年四季交替、节序轮转的农情、农俗的生动画卷。还有许多承袭至今的乡风：看似平淡家常话寒暄，实则是关系稳定，“人情似锯，你来我去”、“维”人之道等等，也有龙王庙、娘娘庙、老槐树这些被神化的发愿的老地方……这些是地青萍作为“外人”迅速融入宝水村生活的缘起所在，也是在漫长的乡村生活中经久传承下来的传统文化、风俗民情和乡民生活的智慧所在。另一方面是在省县等政策的扶持下，乡镇干部带领村民们建设家乡，发展文旅特色，充分利用现有资源，装修自家房改为民宿，吃喝多从乡野里就地取材，有时令野菜吃鲜，也有创意加工“柿柿如意”柿饼、“初恋的味道”雪花山楂外销，村民们不需要投资太多，容易得到收益，更好地发挥了能动性、积极性。张大包搞基建装修、豆家制豆腐、大曹家有祖传荆编手艺、老安厨艺好、雪梅喜欢画画会布置……各家有各家的既有优势，也积极吸纳了新媒体视频宣传等新手段。当然，发展过程中不稳定、不协调的问题也是层出不穷：客流量突增导致堵车停车难、村民趁机乱收费、环境卫生杂乱、收费定价、招牌混乱、餐饮卫生、游客破坏生态现象、网络舆论攻击等等，作者将这些问题糅杂在“极小事”和扯云话中，去戏剧化和尖锐化，四两拨千斤地寻对策，干部村民间互相启发、学习，不断转变思路，掌握经营之道，激发寻找致富途径的自觉性，激发新文化、新观念的形成，宝水村先天有利的自然资源被充分利用起来，成为“美丽村庄”的示范。

农村的事“该粗就得粗，该细就得细”，要想领导好，“可得有一番水磨功夫，再加上十八般武艺”。小说中，宝水村里带领村民谋发展的，有当地土生土长的乡镇干部，有政府安排的乡建专家，也有新时代高素质的大学生，还有像老原、青萍这样的，生于乡村，谋在城市，返乡经营的有见识的中年人。农村干部形象杨镇长和村长大英血肉丰满而接地气。杨镇长诚恳待人，兢兢业业，熟悉乡镇工作，能力和智慧兼备，在指导乡村建设时，能够根据乡村实际情况和农民的心理开展工作、推行政策，懂变通识时务，但是乡村之间存在很大差异，北山南岭“一处比一处烂难”，纵有十八般武艺也难。小说通过他透出乡镇干部面临的工作难度和压力，是现实的真实写照。村长兼书记的大英，是精明又泼辣的中年女干部形象，“典型的能干事儿的村干部的脾气，扑得开，收得住，能应上，能管下，大事明，小事清”，她热心解决村民急难，紧跟政策，秉公处理村务，光明磊落，遇到不平据理力争。当面对家庭，面对修路受伤瘸腿的爱人、被侵害而受到精神创伤的女儿，她又表现出传统女性的柔弱、天真；面对儿媳雪梅爱画画，她又变得像旧社会的恶婆婆般保守。

小说中还有一个高光人物——老练又玲珑的乡建专家孟胡子。他熟稔乡土，是新时代乡村建设者的代表。不论是乡村投资、新农村建设、为人处世、与官员交往之道等等，他都见地独到。他给乡村带去的不仅是基础建设的升级和经验，更多的是眼界拓展和文明宣传。他的半官方立场，紧贴村情民情，出浅入深的朴素传经方式，格外容易被村民接纳和信服，起到了更新观念和转变思路的重要作用。赵先儿媳妇赞他“说话真稠”，他说“都是老祖宗多少年总结出来的理”。相比之下，来村里实践的大学生经历了思想扭转的过程。初到村里，他们通过文化下乡的形式，传输所谓的文明——器官捐献、素质教育、认识乡村等，端着城市文明人的架子，照本宣科的推行，自然碰壁，便觉得这里人“愚昧落后”“简直是不能对话”。他们不理解村民，村民也对他们质疑。在融入乡村生活后，他们真诚地相应改变，从村民所需所求出发，“但凡提什么建议也会很快被村民们接纳”。

乡村建设离不开国家政策的扶持、外来建设者的新技术新理念以及村民们的高度配合。在《宝水》中，我们可以看到这样的外来建设者：他们具有实干精神和时代精神，熟悉政策，知晓民情，融入乡村生活，不谋私利，能够着眼当下困境，发挥所长，为乡村建设贡献了物质基础，更重要的是精神引领，这是使乡村自主长足发展的重要力量。除此之外，小说还塑造了各具特色的宝水农民形象，他们能吃苦、有手艺，也精明善钻营。豆嫂问青萍冰箱装多东西是不是不费电，把豆皮拿到青萍家寄放；青萍为村史展览征收物件，大曹做的荆编要按件高价收费，而在被县长夸赞之后，他发现商机，又主动要求在捐赠上署名，却不愿退款，拿了三个又小又旧的荆编筐替代……通过一桩桩具体的鸡毛蒜皮的小事，在乡土的传统道德和当下生活气息中，让人物立起来、活起来。

“人情似锯，你来我去”。小说以地青萍在宝水村的生活见闻为主线，穿插青萍童年在乡村生活的记忆、过往回忆和梦境，并行叙事，打通了新旧时代乡村生活的通道，也解开了她内心因福田村纠缠已久的结。青萍父亲为了乡里乡亲风里来雨里去地帮忙，给自家平添了不少麻烦，引起了母亲和青萍的厌乡情绪。为了给七娘家娶儿媳妇借婚车，父亲在从象城回福田庄的路上出车祸丧生，青萍自此对乡村、乡亲和抚养自己长大的奶奶生了恨意，疏离了从小生活的福田村，故意错过了见奶奶临终一面，她对父亲的不解、对乡村的怨恨和潜意识里的遗憾，在心底的结越缠越紧，爱人因过劳猝死离世后，孤清的她患上了严重的失眠症。宝水村的生活使她在城市生活经验和伦理价值基础上，重新构建起对乡村、乡情、乡风的认知和认同，这也是城乡从对立到融合的过程。比如语言，是地域文化的载体。青萍上学时因口音被同学取笑而坚决拒绝方言，到宝水村后，她方言土话也讲得越来越溜，也习惯将生活方言放到词典或普通话中对比品味，“比如捶字。词典里的解释是敲打”，搗更恰当；“维，系物之大绳，这是辞典里所释的本义”，“维”人比“为”人更为准确，比如方言的“漆巴巴”表示“可爱”，“吸”是“像”，“卓”就是“出色”……甚至方言使其产生了在自己地盘上的优越感；在待人接物上，她城市人的理念和见解常常得到宝水村民认可，觉得她通透有分寸，她也从村民的日常里接纳乡村伦理，在琐碎的家长里短中，发现“我的世界多么单薄狭窄啊。我所不知的还有多少层面？因为不知，所以无从推测。单薄狭窄限制了我的想象力”。不断反思自身旧观念中对乡村的不理解和偏见，重塑对乡村的新发现、新认知。

作为女性作家，乔叶在《宝水》中以女性视角书写乡村女性的性格命运、情感经历等，聚焦新时代乡村振兴背景下女性独立人格的形成和内心世界的成长。书写女乡村干部大英领导治理下的乡村发展的同时，塑造了祖辈两位奶奶、同辈“宝水有青梅”、下一代孩子曹灿等众多女性形象，延续了她作品中一贯的对女性的观察和思考，表现出了对乡土更细腻、更包容的温情和洞察。

祖辈两位奶奶主要通过情感世界，充分展现女性的母性光辉。悲剧的爱情造就了奶奶们隐忍、牺牲的品质。地青萍的奶奶和宝水村的九奶，机缘巧合，都是她的亲人，从梦境、回忆、病中话，可以拼凑出两位奶奶的坎坷命途。她们为爱人守住家、为孩子辛苦操劳地过完一生，只为对早逝的爱人有个交代。

小说主人公“我”的人生经历也很令人动容。人如“青萍”一样无根，幼时福田村是她成长之“地”，长大后远离乡村，嫁给了知根知底的邻居豫新——拥有城市新生活的人，“干净利落一根棍儿，没有拉拉扯扯的乡村关系”，被婆婆和丈夫宠着疼着，生活舒适得像在泥巴里，让她感觉像重回童年的福田村，“既能享受到一种重返童年的轻快幻觉，且还没有任何后患。多么完美”。在城市与丈夫一起生活的十九年，她应该满足，却觉得更多的是“悬于半空的理想之境”。接连的丧亲之痛后，孤清无依的她到“宝水”，在宝水村重温细碎的乡村日常，对乡土风土人情和文化伦理有了更多的理解和感悟，化解了对乡村的厌恶；在对九奶尽孝的过程中，弥补了曾经刻意疏离奶奶直到她去世造成的无法挽回的遗憾，与自己和解，找到了属于自己的乡村之根——老原（小名“根儿”）。祖孙三人的爱情命运，也是女性自我救赎和自我和解之路。

新时代乡村振兴，也带来了女性独立人格的养成。从香梅身上我们看到了现代女性意识觉醒的缩影。她美得出众，话少笑甜，能干顺从，却时常因为丈夫的无端猜忌被家暴，被打麻了也不敢反抗。开饭店后，挨打的频率更高了。香梅逐渐从忍气吞声的传统农村女性发生转变，暗自盘算“不会一直吃亏。不是不报，时候未到”。先是约“我”当掩护赶集，跟情人在旅馆私会；又趁七成出手时，以暴制暴还了回去。“是他先动的手，我不理亏。一直就在等着一个还手机会……痛快了一回”，并且讲条件，要么一起死，要么一起活。写出了乡村振兴和外来文化影响下，柔弱的乡村女性情感世界和个体意识的觉醒——女性和男性一样，有追求和创造理想生活的能力，也有享受美好生活的权利。

不依附男性独立自强，在亲子关系中也存在。乡村的孩子里，曹灿的成长是最惹人注意的。意外夺走了她母亲的生命，父亲大曹性格自私钻营，为了生计对姐弟俩不管不顾，甚至动辄拳脚相加。失去母爱，父爱缺席，她早早地懂事理、明人情，听到“我”要送书给她，眼睛一亮却又拒绝，当知道“我”寻访物件办村史展览馆，她替爸爸做主捐献，虽少言但诚实，直言拆穿父亲以次充好欺骗游客；她小小年纪就看透生死，对生活灰心，心思重，然而当听到“我”说受教育有用，能改变自己和弟弟的命运后，马上重燃对生活的希望和对未来的憧憬，认定靠自己努力上大学，就可以迎来新生活；她从起初叛逆地跟大曹对抗、赌命，到利用大曹贪便宜的特点，站在大曹的利益出发点上进行劝说，达到自己的目的。在青萍、周宁等人的正向引导下，曹灿从失去母亲的悲伤和对未来的迷茫中走出来，积极奋发向上，虽然她还只是一个孩子，从她身上，我们看到乡村未来的希望。

《宝水》中，乔叶延续了现实主义美学传统，以女性视角真实细腻地记录了乡村人民朴实的生活方式和情感伦理，对中国乡村的日常和新貌进行了深刻而温情的洞察和再现。同时，在乡土题材创作上进行了新的探索。她精工细雕乡村人物群像，另辟蹊径地用情写俗，着重从乡村生生不息的鲜活现实中，提取萦绕在山间田野的农情、农俗、农风等传统文化的脉络，复魅乡村的根与魂，书写出了新时代乡村的精气神。小说的最后，青蓝有了喜，曹灿长高了更优秀了，办完九奶的喜丧，大家迎接新年的到来，乡村建设的难点问题不断，但是新生命不断延续，乡村新生活也正在人们的期盼中继续生发。

吴君的深圳想象和移民书写

改革开放尤其是20世纪80年代以来，市场经济带动城市建设迅速崛起，都市物质文明和精神文明迅猛发展，逐渐打破了中国乡村文明和乡土情怀占主流的文学格局，同时也赋予了当下文学作品更广阔的耕作疆域和天马行空的想象可能性。由此，以书写都市风貌、生活形态以及生活在其中的个体形象的城市文学逐渐代言当下的文学叙事，如王安忆和她的上海书写。而作为中国最早的经济特区和改革开放的最前沿，深圳不仅仅造就着时代的弄潮儿，更是中国最典型的移民城市，拥有独特多样、复杂丰腴的文化。然而，不同于北京、上海、广州这类有着较为厚重的历史和文化积淀的城市，深圳仅仅是一座有着三十多年现代都市文化脉络的新城市。首先，城市面貌本身处于日新月异的变化之中；其次，生活在其中的人来自天南海北，鱼龙混杂，具有一种孤独漂泊的无根感。这些特点使得深圳具有很强的包容性，也有着最变幻莫测的世俗人情和城市属性，同时，也因此造就了深圳文学的独特的“新”。中国新时期文学中，深圳文学在某些领域表现出超前的觉醒，比如彰显打工问题、劳资冲突、城市青少年独立意识等作品。客居在此十余年的作家吴君，独树一帜地将写作视野聚焦在都市深圳移民的浮沉境遇，她将自身的内部经验——虚化莫测的都市生活交织杂糅东北农村生活的记忆——付诸笔端，揭示深圳都市移民的身份认同和艰难求生，以及现代化进程和文明冲突中的复杂扭曲的人性。

都市移民的叙事伦理：关于内部经验和内心风暴

不难发现，吴君的小说题目带有一定的规律性，即或带有明显的经纬位置和地域特质，如《皇后大道》《深圳西北角》《岗厦14号》《二区到六区》《地铁五号线》《十二条》等；或充满着我们所熟知的生活中常见的气味，如《樟木头》《菊花香》《黄花飞》等；或是以病症、药品命名，以对症下药，直指要害，如《扑热息痛》《复方穿心莲》《福尔马林汤》《牛黄解毒》等。纵观吴君的创作，她的小说无不从生活的细枝末节中来，文本中的日常片段、言语对白、饮食男女等鲜活、逼真又带有些许的陌生化和新鲜感，充满了烟火气息和生命野性。

吴君的移民叙事不探究生命感觉的一般法则和人应遵循的基本道德观念，而是作家将自身的内部经验和内心风暴，灌注在移民个体身上，通过他们经历的生活片段和故事，提出关于生存和生命的问题，营构具体的道德意识和伦理诉求。作家用一种冷静、客观的叙述口吻和情绪，将某种价值观念的生命感觉在叙事中呈现为独特的个人命运。

吴君曾在访谈中提到：“一次移民，终生移民，后代也多是移民的命运，他们的内心很难安定下来，精神是躁动的。”移民生活在一定程度上激发人性中原本沉睡的东西，比如欲望、恶癖，当然也有顿悟和觉醒，它所带来的对人性格和命运的影响是终生无法消除的。吴君的小说多聚焦城市一隅，窥探整个都市移民混杂多变的生存状态，然而，在对这些现象进行层层盘剥时，作家又如一个冷静老练的外科医生，不带入多余的个人情感，而是通过文字，让读者感知其隐忍的痛感和柔软体恤的温情。

在吴君的小说中，我们还可以轻易发现，她习惯提供两个地域、两种价值标准对照这样一种二元结构模式。比如从东北到深圳，从关外到深南大道，从深圳到北京，从香港到深圳等等，小说中的人从一个地方流动到另一个地方，看起来是为了更高的生活理想和人生追求，实际上，这每一次生命轨迹的迁徙都是欲望和利益的迁徙，没有定性的生活赋予了人无限的可能，也给人性和人心的张力展现提供了可能。《十二条》中曹丹丹，对爱情、生活有自己的理解和把握，心底的愿望是能够在北京住上一段时间，像北京人一样过最日常的生活，使得在深圳失衡的内心得到短暂麻醉。小说的最后，江艳萍离开深圳回到北京——她从小就拼命远离的地方，她觉得北京人都是那么有文化。《念奴娇》中从东北搬到深圳的慈祥的母亲，完全变了个样，撺掇哥哥跟有文化的嫂子离婚，找个富婆，好过上衣食无忧的富足生活。城市生活以其滴水穿石的功力，渐渐扭曲了为了各种目的奔赴而来的人心，理想和现实的双重挤压，更烘托出城市移民精神世界的荒芜。

吴君的叙述并没有单纯地停留在底层生活的简单描绘上，而是直面人心和世情，用犀利精准的文字，剖开看似浮华体面的都市生活，直指症结所在。《亲爱的深圳》中，都市白领张曼丽举手投足之间俨然忘记了自己也是农村出身，“倒霉呗，差点撞上一个农民”“你们这些农村人……我看你们简直就是一个残酷”……还有带有作者旁白性质的“在深圳人眼里，谁都没想过这些农村人也会结婚、生孩子，似乎他们压根就是一些没有性别的人”“上班的时候，他们……就像一个个只有眼珠会动的机器人。似乎只有下了班，……他们才变成活物……”这些描写无不透射出城市农村劳动者的存在感全无和卑贱地位，没有温度的都市生活让生活在其间的人也变得冰冷无情。“身份”“户口”是她小说中出现率最高的词汇，这两个词常挂在城市移民的嘴边，是他们最在意、最迫切的愿望，形形色色的中下层劳动者——保安、农民、女性，来到都市，他们踏上的不只是求生之路，更是确立身份的艰辛之路。

都市移民的众生相：“我们不是一个人类”

在吴君的作品中，着墨最多、最触动读者的，不是都市建设和生产的现场，而是蝼蚁一般求生的移民群体。在此，吴君着力捕捉的并非酒吧、咖啡厅等高档娱乐场所这样浮光掠影的现代都市符号，而是徘徊都市高楼间、蜷身逼仄空间里的身份卑微的底层劳动者的尴尬都市生活。吴君很少采用批判现实主义的写法，并不平铺或者直斥都市劳作者的苦难和悲痛，而是温情而又冷峻地指向人心深处，通过他们在都市的生存困境来凸显城市现代化过程中人的复杂性和矛盾性。“对深圳抱有理想的不仅仅是知识分子、白领，还有农民。深圳把太多人变成了外省人。移民到此的每个人，无一例外，命运都在不同程度发生了变化。背井离乡的人、心怀梦想的人、不甘寂寞的人会聚在一起，产生了新的能量。这些能量有的转换为创新的原动力，有的转换成尔虞我诈的利益之争，有的则化为旋转在城市上空的漫天风沙。”

过客型移民。这类移民带着梦想来到城市，在一番挣扎之后又离开。这类移民以男性为主。他们的内心经历了一个对城市向往、期待向矛盾、焦虑、无所适从的复杂转变。《念奴娇》中的父亲，投奔女儿来到深圳，却从此变得不再喜欢说话了，总是安静地发呆。最终，他留下杨亚梅用身体交易换来的名牌手表，带着从东北老家带来的东西回东北去了。《亲爱的深圳》中的泥水工李水库，来到深圳的初衷是带在此打工两年的妻子程小桂回乡下老家生孩子、过日子，这让他没有像其他城市移民一样沉醉淘金梦而迷恋大都市。初到城市的他并没有表现出对这座城市的兴趣：大楼冒着寒光，让他不踏实，楼里的电梯“更是可怕，只一秒就让人没了根”。他说话都是小声小气的，像没着没落的城市孤儿。尽管他也有偷窥别人信件、把女白领当作性幻想对象这样的人性阴暗面，也努力想引起这座高级写字楼里其他女性的注意，以期获得认同……他也发现了深圳的一点好处——随处可见让他无比羡慕的男人和漂亮的女人，他们说话得体，穿着整齐，这里是“神仙住的地方”。然而，看到路边等活儿的劳力，他也对这些人的愁苦感同身受。他鼓足勇气去跟张曼丽坦白自己所犯的不可弥补的错——他为自己失手撕信而耽误她父亲没钱医治最终死亡的事情度日如年——在张曼丽看来，这错却恰好帮她甩掉了沉重的负担……城市的浮华并没有让李水库丧失乡下人单纯质朴的品性，他内心深处对自己的身份和处境有着十分清醒的认识。

艰难扎根型移民。《复方穿心莲》中北妹方小红看起来似乎是移民大军中幸运的一员——她通过婚姻进入到深圳本地人的家庭，但这令人羡慕的扎根是充满荆棘的扭曲变态的生活。她们为了扎根，尝遍艰辛，扎根后的生活没有带给她们多少抚慰，未来的生活依旧是灰暗无望的。

挣扎求生型移民。深圳的移民群体中，女性表现出了特有的韧劲儿，她们不惜代价，甚至舍弃亲情、尊严、贞洁，目的就是要在都市立足、扎根。《亲爱的深圳》中的光鲜白领张曼丽保持高冷的姿态游走在都市。她眼里似乎只有两种人，对她有帮助的和不相关的。她可以对帮她搬东西的保安言笑晏晏，却对家中病重的老父亲唯恐避之而不及，甚至他的死让她觉得解脱——她为自己捏造了一个处于中上层社会的家庭，因为这让她能够在都市中光鲜立足，受人高看。她努力与自己贫苦艰难的过往人生划清界限，但是她抹不掉那段岁月在她身体上留下的痕迹，“外表光鲜，苦在里面”。离家出走到深圳打工的程小桂，努力学习这个都市人的口吻、生活方式，并以自己越来越像城里人为傲。为了保住得来不易的看起来光鲜的写字楼保洁工作，她回避与丈夫李水库的关系，甚至言行中充满了对他的鄙夷；她教丈夫如何放弃夫妻关系，以获取深圳人的身份，成为名正言顺的城里人……都市中女性绝情、自私的一面展露无遗，然而，小说的最后，作者转用饱含柔情的笔触，剥掉程小桂坚硬的外壳，露出她被城市割裂的伤痕累累的身体和心灵，以此又唤醒读者重新认识到这个人物作为女性弱势的一面，使得小说前面耗费大篇幅塑造出的那个坚硬的女性形象变得有血有肉、生动起来——都市不给任何人喘息和脆弱的机会，适者生存是唯一的法则。《念奴娇》中，为了供哥哥读书，皮艳娟只身一人来到南方打工。打工生活的辛苦，小说用了一句话带过：“想家的时候，她会哭。直到哥哥没了工作，全家人也来到这座城市，她才不哭了”。被包养的日子让她获得了短暂的轻松和幸福，也很快就让她失去了所有。在这个冷酷的都市，她想尽办法给哥哥安排工作，得到的依然是全家充满势利的埋怨。带有报复性的，她拉嫂子杨亚梅走上了从陪酒陪唱歌到被包养的路。小说的最后，留下的是一声怅叹，为看不到未来、靠那一点不光彩却又是仅有的温情的回忆度日的皮艳娟，也为这个都市中艰难反抗又不得不屈从的那些女性。

作为女性作家，吴君长于细腻的观察、精微的描写，但她的叙述并不软绵，而是偏于冷静雕琢，尤其是对人物心理的描述，每一处细微的波澜都暴露无遗。她从不规避人性的卑微和丑陋，甚至有些刻意解剖，但是她写作的目的，比起批判现实，更重于寻根究底，试图寻找都市个体生存的途径和慰藉的方式。她的小说，如同在喧嚣中静心屏息，打开蒙上纤尘的抽屉，取出的尚带有记忆温度的物件，引人深省，又不胜唏嘘。吴君是一位非常真诚而又执着的作者，读她的文本，能感受到生命个体的每一丝细微的疼痛和颤抖，以及她对于时代和文明进程中的深沉思考。

藏锋逆行

——谈吕铮小说创作的叙事策略

作为现实主义写作，中国公安题材文学与其他类型创作不同，在警察行业特有的职业约束和“正义”属性的规范下，既要关涉当下人民警察的工作情势和生活状态，又要观照阳光下和阴影里的社会现实和普罗大众的生活，既要把握艺术分寸，兼有法律知识、警察系统的内部逻辑和细节，又要淋漓尽致地展现警察精神，承担起镜像社会、启发现实、宣扬正义的重要使命。这就要求公安题材写作必须遵循严谨的逻辑和高度的真实，同时兼具文学的丰富性、复杂性和启发性。

近年来，涉案推理题材作品呈井喷状，受到广泛关注的刑侦悬疑题材的文学作品和影视剧频出，其中不乏公安系统从业人员的作品。从素材积累、细节严谨等方面来看，工作在一线的公安作家有着近水楼台的优势。当下公安作家写作中，有的通过纪实手法，还原错综复杂、扑朔迷离的案件，进行抽丝剥茧的分析和缜密大胆的科学论证，惩恶扬善，如米可《蚂蟥》；有的紧贴时代背景，全景式地展现出警务改革大潮下人民警察的独特风貌，如程琳的《人民警察》；有的制造烧脑悬疑，通过心理、法医等专业领域最先进刑侦技术、侦破手法，探究罪恶之源，如雷米的《心理罪》、秦明的《法医秦明》、九滴水的《尸案调查科》等等。

吕铮也是这样有着双重身份的一位。作为警察的吕铮，从警生涯二十余年，奋战在民警、经侦、海外“猎狐”等办案一线，积累了丰富的警务经验和第一手素材；作为作家的吕铮，凭着对文学的一腔热爱，深耕不倦，高产高质之余，小说创作技艺愈发精进老练，在公安作家群体中已然崭露头角。随着电视剧《三叉戟》的热播，吕铮和他的小说创作获得了新一波的高度关注和广泛热议。近几年，他荣誉不断，2021年年底入选了鲁迅文学院“培根工程”，被重点追踪关注。吕铮的成功并非偶然，他特有的叙事策略使其作品在刑侦悬疑作品中独树一帜，并被大众接纳和喜爱；对文学有着自己的理想和规划，“力求做到每一本小说都能与之前那本有所不同”。

因公安行业的特点和职责，公安文学成为一种自带“外向”属性的类型文学。当当下主流悬疑推理题材创作在重案轻人进行创作时，吕铮选择了一条与众不同的道路，逆向而作，从探究人的内心世界和平凡的世俗生活，向外部世界拓展延伸，形成了一种在思想格调上“内倾”与艺术追求上“外向”相结合的叙事模式，书写对警察的生存现状和对时代的思考。

一、内倾——探究“人”

契诃夫认为：全部的含义和全部的戏都在人的内部，而不在外部的表现上。[①] 吕铮的小说创作里，有意识地关注人的命运变迁、人性所向以及人心冷暖，注重在警察故事中突出“人”。他在作品中书写了很多警种，除了我们日常或多或少了解的刑侦、经侦、治安等，他还特意将视野聚焦到鲜为大众所知的预审、视频侦查、字警等冷门警种。

沉潜的平民英雄，造就平凡的伟大。“我在心中编织着一个中国警察的故事世界。这些人物不是美国的超级英雄，而是平凡的人民警察，但每逢危急时刻都会出现在人民群众面前。”吕铮拒绝西方那种个人主义色彩浓郁、无所不能的超级英雄，也不着意正面宣扬警察精神和营造感人事迹，平凡是他小说人物的底色，胸怀信仰和追寻真相的超凡努力，赋予了他们打动人心的力量和英雄光环。《三叉戟》系列中，崔铁军经侦经验丰富，却有时为了破案冲动行事，为达目的不择手段；徐国柱果敢老辣，却有些认死理的顽固不化，有一点就着的火暴脾气，也有在高度紧张的抓捕路上，听到心爱之人喜欢的音乐而湿了眼眶的铁汉柔情；潘江海能言善辩，擅长心理攻坚，但自己却总在警队和辞职下海之间左右摇摆，有“见

① 汝龙：《契诃夫论文学》，人民文学出版社1958年版，第224页。

人说人话，见鬼说鬼话”的巧舌如簧和庸俗市侩;《名提》中的那海涛，面对嫌犯时缜密敏锐，步步紧逼，工作之外的他敏感多思，甚至有些多愁善感，与爱人分手之后会孤独惆怅，报案人自杀失踪会让他失魂落魄难以平静……吕铮小说里的人物有着普通人身上常见的瑕疵和不完美，他们面对工作和生活的失意也会一时灰心丧气、抱怨牢骚，这些不完美赋予了人物真实的性格魅力。“作为警察个体来说，警察也是有性格的，警察也是有缺点的，甚至也有警察会在繁复纷杂的社会里迷失。但是，警察的责任感已是一个整体的核心思维，一支队伍的凝聚力量，一种职业的高尚操守。”[①]《名提》中预审员斗智斗勇斗心的同时，也在与自己的良心斗争。工作带来的精神压力和生活中的孤独无靠使人迷茫，“洞悉黑暗，笃信光明”的信条是一束光，照亮预审员们内心每一次的失意黯淡，目标笃定地继续前行。吕铮所塑造的警察群体是将伟大糅在人的内心挣扎与抉择中，在插科打诨的世俗烟火中，在临危不惧、奋不顾身的奔跑中的无数警察中不起眼又最常见的那一些。他将目光聚焦在警察职业的特殊性，重在思考这种特殊性造就的人性的挣扎与心灵的救赎，将戏剧性的高潮掩藏在人的内心和生活的流转中，展现他们的理想与信念。

二、外向——投身时代洪流与“破圈”意识

渺小个体与时代洪流。吕铮的写作直面人在命运遭际中的浮沉得失、窘迫和困境，真实书写警察工作和生活，展现社会现实，明悉时代浪潮的起伏跌宕。《三叉戟》淋漓尽致地展现了壮士暮年的那种心有余而力不足的颓势和中年龃龉，也书写出了在经济大潮的冲击下，在残酷的刑侦斗争中，他们凭借坚定的警察精神和过硬的警察素养，最终携手克服种种困难，战胜邪恶的强大力量;《纵横四海》则依托世纪之交的时代背景，交代了“三叉戟”三位大有作为的青年，他们以纵横四海的意气风发之势起范

① 张策:《公安影视创作:60载耕耘60载收获——创作回顾》,《人民公安报》2009年9月26日第5版。

儿，却不断被时代和现实裹挟倾覆。挫败迷失之后，重新起航，在爱恨情仇、生死搏杀中淬炼成钢。《三叉戟》和《纵横四海》对比写作，展现了警队老一代的“今”与“昔”，昔日经侦精英、如今看门老头崔铁军，昔日辣手刑警、如今巡警徐国柱，昔日预审名提、如今浸淫商海的潘江海。昔日风光不再，面临悬而未决的大案、战友同事被害，他们又重振精神，在现实的百般打击之下，越挫越勇。类型文学中的人物常被放在次要位置来推动情节或衬托主题，成为“工具人”。在吕铮的笔下，我们看到了这一个个人内心隐秘的欲望、情绪和情感、工作之外的平凡生活……吕铮试图通过这些人的内在的挖掘，完成警察形象的立体塑造，重新树立警察作为“人”的形象和被赋予的“英雄”的使命担当，呈现警务工作除恶扬善的义不容辞。“一个经典人物的塑造，往往是因为其个性、命运反映了时代特征，而构建了个体内部的历史感与时代性。”[①] 警察的身份和使命赋予了普通平凡的他们在面对罪恶时一往无前的热血冲劲和勇敢力量，身处激流而自我救赎是对时代历史的真切反映，也是作者对现实生活图景的真切描摹。

寻求“破圈”和创新。在媒体多元化的格局下，随着传统印刷传播的式微，众多作家开始有意调整创作手法，通过影视、网络呈现作品，比如塑造传奇人物、设置复杂的人物关系和紧张的情节冲突，在创作或者改编时突出作品的可视化效果等等。在“破圈”的道路上，吕铮做了很多努力：在写作中一直带有影视化的写作思路；多部作品被影视改编；主动进入科班学习编剧；在影视剧《三叉戟》担任编剧，并且广受好评。《三叉戟》的成功让我们看到，“小鲜肉”以外的中年危机大叔也可以占领市场。吕铮走出了属于自己的一条向外的创作道路——他的小说有意识地将焦点对准各种类型的警察工作，尤其是其紧张激烈的关键环节，也有意识地不断创新写作素材和方式，人物对白多用带有京味戏谑的口语化市井俚语，插科打诨与义正词严交织，呈现出一种严肃紧张中夹杂调侃、冷峻间氤氲温情的氛围，尤其是以人物带动故事，贴近时代和现实，好人和坏人的形象层次更丰富更立体，更具烟火气和真实感，拉近了警察与读者大众的距离，更容易产生共情共鸣。

---

① 钟媛:《文学“内”“外”转向视域中的青年创作》,《当代作家评论》2021 年第 5 期。

三、叙事策略——“藏锋”

以人为中心，从人的内部向外部伸展，写作和思考与外部世界碰撞、抗争、融合，吕铮采取了一种“藏锋”的叙事策略。首先，情节上，隐藏叙事的大开大合。当下涉案推理题材的类型小说大都主要通过情节或依靠悬念去推动故事的发展，形成紧张刺激的黑白对峙、敌我较量，调动读者阅读兴趣，辅以事件来观照人性。在吕铮的叙事中，也有悬念迭起环环相扣，但他很少设置故弄玄虚，制造烧脑离奇之情节，而是遵循事理逻辑，注意铺陈细节，贴近时代现实和多样化人物性格展开故事，通过风趣生动的人物对话、多条线索并进等手法，调和严肃单调的办案过程，书写正邪对抗的艰难与正义必胜的信念。其次，人物设置上，隐藏主角光环。他将老中青警察放到一起，在工作中参差对照各显其能、各彰其志，而不单独突显某位为天资超群的破案高手；他书写的是警察的忘我工作和辗转反侧，扎根案情的耐心和决心，互相砥砺扶助，看似微不足道却始终在寻求正义和真相的路上的坚持。暮年仍壮志的老一代警察手把手地将经验传给青年警察，意气风发的青年警察成为警队中流砥柱对抗黑恶势力，办案经验丰富的老一代“大背头”崔铁军、“大棍子”徐国柱、预审“大喷子”潘江海、中年骨干经侦林楠、预审那海涛、刑警章鹏、青年警察小吕等，吕铮把这些人物放置于一个舞台上，使其轮流在聚光灯下亮相：《巴士警探》中的打扒骨干黎勇成长为《无所遁形》中视频侦查的“鹰眼神探”；“神探长”林楠是《三叉戟》里的经侦支队长，也是《谜探》里失去记忆、自我救赎的卧底警察；《名提》里“名提”齐孝石，在《谜探》《三叉戟》里作为“扫地僧”一般的神存在短暂出现；“真相小组”之一的潘江海，在《三叉戟》《纵横四海》又成为三叉戟成员之一；《纵横四海》中的新人物焦雄兵的结局，为《三叉戟》的故事埋下了伏笔……这些人在小说文本中接续成长，在棘手案情中互相协助砥砺，形成了一种生长的人物关系，他们互相交织、支撑，在“海城”这个虚构的地理版图上，构建起吕铮的“警察世界”。

四、小说价值

这样由内向外的藏锋写作，构建起的小说价值，首先是时代性。吕铮有意识地捕捉时代激荡下从警人员的内心冲击和思想波折，以及他们与社会或融合或隔膜的生活状态，对未来的迷茫和犹疑，书写出新时期波澜壮阔的改革大潮，尤其是警务机制改革带来的警种、警务、信息化等复杂而尖锐的公安行业变革。警界里的"老炮儿"、预审员、字警等一个个具体的人的内心情感，在时代现实和工作生活面前经历着纠结与阵痛，成为情节发展的重要推动力。其次是反思性。歌德曾在《向青年作家再进一言》中说："要牢牢抓住不断前进的生活不放，一有机会就检查自己。因为，只有这样，才能表明我们现在是有生命力的，在日后的考察中才能表明我们曾经是有生命力的。"[①] 吕铮的作品中，不乏对人生抉择和人性的思考和探讨。在《狂探》中，他借人物发问："作为一个警察，到底是要相信别人还是相信自己，同时我也在自问：自身的价值，到底是要依靠别人的评价，还是自己的判断。"[②]《谜探》中林楠面临的是"我是谁"，是直面内心、寻找自我，是身份重新确立、自我救赎的问题；《藏锋》中特警队"字警"谭彦面临的问题是"抉择"，如何面对得而要失的荣誉（名），面对残酷的现实真相，面对人生低谷，吕铮也给出了他的抉择："真正的成功者是一直以初心指路、不停跋涉、最后到达彼岸的人。谭彦和我，都希望成为这样的人。"[③] 吕铮的"小说充满了强烈的正义感和力量感，传达出一种崇高的人生理念：人们要不断通过艰难的自我否定过程来实现人生的超越与升华。小说呈现出一种心灵探索的深度和力度，这也是它打动人心之处"[④]。

---

① 歌德著，范大灿译：《歌德论文学艺术》，上海人民出版社 2017 年版。

② 吕铮：《文学是我的自问与自省——〈谜探〉创作谈》，《十月杂志》微信·专稿 2019 年 12 月 2 日。

③ 张嘉：《吕铮新作〈藏锋〉展现"字警"人生》，北青网 2021 年 8 月 13 日。

④ 吴义勤：《时代的眼睛》，《今日民航》2013 年第 5 期。

从事文学创作十八年，吕铮出版了十七本小说，创作势头昂扬。我想这与他的从警经历密不可分。他的创作一直持有着自己的节奏和清晰的写作风格。他努力避免重复，拒绝滥用素材，有着明确的方向和清醒的文学认知。“未来是现实主义题材的时代，那些血腥的、奇幻的都会慢慢‘刹住’。我们现在看到的很多公安题材故事其实都是披着中国警察外衣的‘好莱坞故事’。希望世界能看到可敬、可爱、可信的中国故事，这也是他努力的方向。”① 他关注当下人民警察的工作和生活状态，传递出对警察群体复杂的生活、隐藏的情感的精准捕捉和个人体悟，记录在时代巨变、命运难测的大幕下，抒写英雄风光与荣誉背后作为“人”的生命个体的落寞、虚空、无力、隐痛，以及努力逆流而上的精神，展现人的成长、抗争、坚守、信仰，完成了精神信仰层面的探求与内在心理的挖掘，同时彰显了人民警察的核心价值观。“吕铮的作品并不是只给公安从业者看的，他的这种独特性在更大意义上说，恰恰表现出了人们在审美需求中普遍渴望着的一种英雄主义梦想，和这种英雄主义梦想在平凡生活中的实现。吕铮凭此而征服了广大普通读者，他的创作可贵地拉近了公安从业者与人民群众的距离。”② 透过公安题材的窗口，吕铮对时代和社会现实进行某种反映和思考，也给新时代公安题材文学带来了新的思考。

原载于《文艺争鸣》2022 年第 3 期

---

① 刘源隆:《厚积薄发，才有了〈三叉戟〉》,《中国文化报》2022 年 1 月 20 日第 4 版。

② 张策:《试谈吕铮对公安题材文学的贡献》,《十月杂志》微信 · 专稿 2019 年 12 月 2 日。

悬念跌宕：蒋峰的小说王国

2002 年的《萌芽》新概念作文大赛，成就了一批拥有文学梦想的“80后”青年人，而它之于蒋峰的，或许仅仅是踏上文学之路的坚定的心。获奖之后的他曾表示：“我不希望被冠以新概念标签，将像印在我们头顶的烙印一样告诉人们，这是一群轻狂无知而又自以为是的孩子们，我不希望文学父辈将‘新概念’看作是给一些表现欲旺盛的孩子消遣的游戏，甚至是我们的后代也将我们视为无所事事而又不甘寂寞的典范。”可以看出，自踏上文学之路的那一刻起，他便有着强烈的文学责任感和使命感。时隔十一年，蒋峰带给我们的远远不止他为文学的天资和才华，与同时期的其他“80 后”作家不同，他涉及青春的小说忧伤但不阴郁，书写社会的作品残酷却不流俗。他注重的不是个人感情的无聊宣泄，不是现实世俗的直白表露，而是通过不同写作技巧建构起作品内部丰赡的蕴藏。

不走寻常路的“80 后”

从《维以不永伤》《我打电话的地方》《一，二，滑向铁轨的时光》《淡蓝时光》到《恋爱宝典》《为他准备的谋杀》《白色流淌一片》，不论长篇还是短制，蒋峰的作品都有着鲜明独特的蒋峰风格，他的文风一脉相承，写作技巧充满了变数，具有很高的辨识度。而他又不愿做类型小说的写作者，他的每一部作品都试图打破之前的自己，因此，从他的作品中，我们总能读到新意。

与同时期其他“80 后”作家或幽诉青春、或强赋离愁别绪、或针砭时弊的写作有别，蒋峰并不追求感官的刺激和消费，自觉远离娱乐，拒绝无意义的写作，同时，又有别于主流文学或关注沉重的现实和社会责任，或投入历史洪流，他追求的是一种陌生化的写作，在这种写作中追寻文学的意义，诉说自我价值。而无论是对文学的理解，写作技巧的把握，还是对生活经验的呈现与思考，蒋峰都显现出超越其年龄的游刃有余。

从最开始，蒋峰便是不走寻常路的那一个。第一部作品——长篇小说《维以不永伤》集合了复杂多样的写作技巧，也奠定了蒋峰写作风格的主要基调。不管是如《维以不永伤》《为他准备的谋杀》这类，将小说世界构建得如同迷宫一般，悬念迭起，氤氲出一种神秘的氛围，还是像《恋爱宝典》幽默调侃爱情和文学两大严肃主题，他的作品总是显得饶有意味，具有很强的阅读吸引力。如果说《维以不永伤》时，他在用力证明自己的文学功底和素养，在之后多年的时间和阅历的打磨下，无论是语言运用，还是写作技巧的处理上，他都越来越娴熟自如。

蒋峰总是不断尝试和探索不同的写作方向和叙事方式，具有强烈而又鲜明的文体意识。他不懈追求创新写作主体和技艺。阅读蒋峰的作品可以看出，他的推理类小说写得得心应手。这与他的阅读习惯有关，他曾说自己可以很轻松地写类型小说，但是不想成为一个类型小说作家。于是，在他的笔下，魔幻现实、侦探推理、爱情都有涉及，并且有着不俗的处理方式。

文本悬疑片

蒋峰从不以故事的开端为叙述的切入口。他认为悬念最能吸引读者阅读兴趣。他最具代表性的作品《维以不永伤》，从女人去打奶途中遇到的女尸写起，总体来说，全书四部，严丝合缝、逻辑清晰地交代了一个神秘的凶杀案，及其背后牵扯进来的十几个人物的爱恨、悲欢、离合，而这四部又可以分开独立成文，风格统一中暗藏着用心经营的变数。在故事的组织上，毫不凝滞，其驾驭长篇小说的能力令人称奇。《我私人的林宝儿》中人物之间的很多故事采用倒叙手法，将一个爱情故事设置得悬念迭起。《恋爱宝典》中，作者甚至在开场之后便向读者交代了这部作品将要如何创作。《为他准备的谋杀》中，开篇一句“我去年十一月特别想杀人，因为懦弱迟迟没有动手”，将读者的阅读兴趣瞬间提升起来。

这种看似随意、实则精心设置的切入手法要求作家能够对自己创造的小说世界有强大的控制和把握能力。因此，他常常采用全知视角，如全能的上帝创造世界一般进行创作。有时从多个人物的视角之间交替切换，甚至与人物的灵魂进行对话，以达到对事件进行更加严密的呈现。《恋爱宝典》中，作者在“我”、Tata，以及我所结交的“女友”之间随时转换视角。这种视角转换与电影里的蒙太奇相契合。在电影艺术手法里，蒙太奇拥有的操纵时空的能力，将电影艺术家心中最能阐明生活实质和故事情节、最能表现人物性格和人物关系的片段组合在一起，使其最大程度上提炼生活，获取感染力。在蒋峰的小说中，作者的客观叙述到人物内心的主观表现自由转换，人物经历的事态与内心自由转换，摒弃了大量琐屑的无关情节，使小说叙述的节奏得到了很好控制。而他又十分注重小说的内在逻辑和因果关联，尤其是在他的推理类型的小说中，继承了中国传统写作的手法“草蛇灰线，绵延千里”。

蒋峰把握小说的自如程度不仅体现在视角转换，在平行时空多线索叙事和文本穿插叙事方面，也同样出色。《恋爱宝典》对爱和文学进行了戏谑而又严肃的探讨，使两个看似不相关的命题交织在一起。主线索描写了恋爱里的种种，副线则运用后现代笔法，将对话体、书信体、诗文拼贴等交织在一起，或从专业作家的角度探讨中外作家的文学观点与作品，或幽默调侃当下社会境况，揭示对文学和人生的深层思考。其中，复调叙事也是他熟谙的写作技巧。《为他准备的谋杀》看似有条不紊的情节交代的过程中，穿插着化学制剂的配方，使文本弥漫出浓重的火药味，似乎随时一触即发，渲染了主人公复仇的紧张气氛，整个小说的节奏也因此有张有弛。

人物是支撑蒋峰作品的重要因素。小说中的人物有些暗合了作家本人的成长轨迹，又或多或少拥有一种流浪者、逃亡者的气质。《维以不永伤》中的杜宇琪上了一年大学以后选择退学，寻找自己想要的生活，几乎是作家自己成长轨迹的翻版。《淡蓝时光》中的年轻画家李小天和《恋爱宝典》

中的作家“我”，在大小城市之间往返流连、漂泊不定，看似寻找爱情的旅途，同时也是心智不断成熟的路途。《白色流淌一片》写许佳明的一生，小说中的地理坐标从北京、上海，到海南、新疆，几乎遍布了整个中国。《为他准备的谋杀》中，孪生兄弟欧阳桐和欧阳楠，一个自小四处漂泊，铤而走险地过活；一个有着稳定职业和幸福的家庭，却在一夜之间丢掉了警察的工作，又收到了父母妻子葬身雪崩的噩耗，变得除了仇恨一无所有，走上了报仇之路。同时，蒋峰塑造的人物几乎没有无关紧要的，都是构成其小说情节的重要一环。《维以不永伤》的开篇，作家用很长的篇幅描写打奶的女人多年的生活习性，以及这一天的不寻常，而她今天的反常恰恰成了发现了尸体的契机，她打奶的习惯也成了破坏了现场的契机，渲染了命案的离奇性；撕掉通缉令的女人将自己的丈夫推向了成为替死鬼的悬崖，也牵出了自家一段多年悬而未解的痛心往事，等等。但他很少倾注自己的感情在某个人物身上，而是以中立者的理性姿态，将笔下人物的境遇和灵魂进行雕刻和渲染。在一定程度上，这种处理方式让故事的展开和细节的衔接更加密合，更富有逻辑理性，同时，也巧妙地让笔下的众多人物形象丰腴鲜活，让读者可以更好地融入作家所创造的悲喜世界。

蒋氏幽默与痛创的小说世界

建构如此精密复杂的小说王国，鲜明而易辨识的语言必不可少。蒋峰很少使用无意义的形容词和定语从句，甚至偏爱口语化，让语言回归叙述本身。他的语言干练、流畅中夹杂幽默，极少使用矫情做作、晦涩难懂的词语，他的描写精准而又克制，给读者以巧妙的点拨，又留下丰富的想象空间。比如《我私人的林宝儿》中，开头“醒来的时候他想，这也许是生命中最美好的一天”，与结尾最后一句话“快入睡的时候他想，这也许是生命中最悲伤的一天”，最简单明了的两句话，却对照鲜明，内蕴的巨大张力让读者回味不已。而他作品的语言由幽默、调侃和反讽的表述进一步构成了独特魅力。钱锺书先生的《说笑》一文中提道：“真正的幽默是能反躬自笑的，它不但对于人生是幽默的看法，它对于幽默本身也是幽默的看法。”蒋峰的幽默通过主人公之间的对话，和对待生活和现实的态度传达出来，看似荒诞不经，实则“是在用一种玩世不恭的态度来宣告自己的严肃，用自我的凋侃以及生活中的恶俗来抗击这个恶俗的世界，在一次次夸张的自言自语与貌似无聊的举止中，昭示着自己内心深处的真挚情感”。

蒋峰的小说具有很强的阅读性，除了故事情节复杂曲折，叙事节奏明快，还在于他对待写作、对待自己笔下世界的态度是真诚而坦率的。尽管他很少在作品中表达个人尖锐、强烈的情绪和看法，也很少在人物身上做情感和道德的评判，他总是尽量隐蔽地呈现事件的本身。但是，他对待自己创造的世界却是极其投入的。在写完《为他准备的谋杀》后，他曾这样说：“我努力写一本不可思议却又如此令人心痛的故事，以摆脱我长期以来的尴尬身份。所幸我仍没有失去情怀，我依然把我最真诚的那部分写出来，那些人物依然可让我在二百多天里不断地痛哭或是大笑，直到二次修改还能让我掉出眼泪。”我想，作者建构这样复杂的故事情节，正是为了更加完整地向读者呈现他心中的人物和事件，毫无保留地表达自身感情。《手语者》中，作者透过许佳明在爱情、亲情中的挣扎和无助，呈现给读者一种不可抗的、强烈撕扯的痛感，给读者带来强烈的震撼感。

另外，与大部分“80后”作家的创作不同，蒋峰书写了一些当下社会敏感话题，比如受贿、法治、公平、弱势群体等。《维以不永伤》中，谋杀案的源头是权钱交易的揭发；《白色流淌一片》的几个篇章，通过成长中的许佳明的视角，反映了中国社会转型时期的变迁；《花园酒店》讲述了残疾人及社会底层民众卑微的情感和生活状态，以及城市变迁带来的便利和隔膜；《于勒的后半生》书写了对公正的信仰，等等。显然，蒋峰并不致力于让作品变成反映社会弊端的镜子，并且这样的努力也没有多少现实意义。值得庆幸的是，蒋峰用锋利的笔，如庖丁解牛一般游刃有余，不知不觉中便剖开人物内心和现实生活最隐秘的症结。

从青春期的拼贴书写，到对社会和人生的思考和挖掘，蒋峰一直在不懈地探索新的写作途径和主题，并且乐在其中。从文十多年，蒋峰不炒作名气，不消费噱头，他的名字几乎只与自己的作品和文学捆绑在一起。他志在写出最好看的华语小说，可以说，至少在推理类型小说方面，他付出的努力和达到的成绩是有目共睹的。当然，蒋峰的写作并非完美无缺，比如早期《维以不永伤》第三部中自我夸赞、推崇的部分，与整体风格和小说节奏不符，显得突兀而多余;《为他准备的谋杀》中某些细节部分还需要进一步推敲，结尾部分收得不够自如从容，等等。但瑕不掩瑜，在“80后”作家中，蒋峰无疑是才华横溢的。他对文学作品的熟稔，对文学写作技巧的把握，对中西方文学的认知和评判，在其作品中都有所展露。也正因如此，相信他的写作还将有着更多的可能性。

原载于《文艺报》2013年10月25日

莫比乌斯环里的魔幻与现实

——谈王光龙《树上的羊人》

认识王光龙时，他的文学创作主要是散文和儿童文学，文字清新自然，情感纯真，可见其对现实生活的悉心观照与平和自然的人生态度。读到他的短篇小说《树上的羊人》，首先还是充满惊喜的。

《树上的羊人》中，王光龙一改惯常的现实主义手法，试图在重构故事中，通过艺术的真实性，赋予现实生活以更多阐释和想象的可能性。作者塑造了一个自小生活在村子里的，天真单纯、善良好奇的十二岁女孩小石榴，她的阿爹每年都会在固定的时间赶着羊群离开村庄。小石榴偶然认识了一个蹲在树上的奇妙莫测的羊人，羊人趁她父亲出门，来到窗边，给独自一人在家的小石榴讲了一件充满迷幻色彩的陈年往事，故事讲完意欲对小石榴行凶之时，被恰好归家的小石榴的阿爹撞到。当下的遭遇与一个过去事件在跨越时间之后，发生重叠和交汇，历史在既定的轨道上循环往复，产生新的碰撞。在折叠的时间和空间里，作者讲述世俗人的平凡情感，将司空见惯了的故事敲碎拼接，以荒诞魔幻的形式重新呈现。在这一短篇小说里，我们看到有稚气可爱，有义重情深，也有悬疑跌宕。正如作者所说，《树上的羊人》是他写作可能性的一次尝试和延伸，对写作难度的一种挑战和突破。当然，任何实验都难免可见不成熟和瑕疵——想法走在前面，想表达的多，最终落到纸端、付诸文字略显乏力，意蕴层面开拓不够，小说就难以形成回响。

小说将乡土文化、传统礼法道德、儿童视野和魔幻荒诞交织到一起，荒诞的羊人，带有荒诞传奇色彩的往事，促成了小说荒诞离奇的发生和结局。刨除这些形式和艺术的外壳，小说的内核故事是一段婚外情引发的惨案，以及由此延伸出复仇——名叫石榴的已婚女人意外救了一个逃难的善良的牧羊人，两人暗生情愫，被世俗和礼法所不容，为了保住孩子和对方，石榴自杀身亡，牧羊人不见了，留下一只羊的尸体。凡是过往，皆是序章。名叫小石榴的小女孩，作为石榴女人血脉的传承，与牧羊人辛儿相遇，只因石榴女人死前留下的一句话“十二年你如果不下来，我就杀了石榴”，一语成谶，差点被害。乡土人情社会里礼法道德之外的故事，这个故事的内核新意不足，卒章并未显其志，就落入了俗套，可以说是用新瓶装了旧酒。就故事内核来说，没有给读者以耳目一新的阅读体验，新意的欠缺和完成度的错位，一定程度上阻碍了小说意蕴的延展，难以激发出整个文本含蓄隽永、引人深思的意味。

短篇小说的难度主要在于，如何在有限的篇章构建中呈现无尽的意蕴。《树上的羊人》中，主要靠叙述技巧来营造意蕴，人物性格和情感、故事情节本身令人琢磨的意味相对弱很多。小说将乡土文化、传统礼法道德、儿童视角、人的异化和魔幻荒诞交织到一起，作者有意模糊处理部分细节和人物形象——对羊人从外貌、性别到生活的模糊描写，如父亲年年赶羊出村的动因等等——试图赋予故事情节的解读、人物关系以无限阐释的可能。但是故事内核的新意不够，外在形式的完成度太高，形成了一个完整封闭的小说空间，一定程度上影响了意味的延展和层次，克制了叙述的张力。写作技巧上，作者采用魔幻现实主义手法，在现实主义书写的基调上，叠加了魔幻的滤镜，既可见现实的影子，又有魔幻荒诞的意味，呈现出离奇的审美效果。基于故事选材平平，笔力侧重在艺术技巧的追求上，甚至有为呈现荒诞效果而制造魔幻的嫌疑。在细节上，包括语言风格，都可见作者的精心设计，然而他尽可能删减人物关系和情节的模糊处理没有打磨好，可以引发读者进行思考，但是因为难以从文本中得到验证，扔出去的包袱并没能如愿抖响。

《树上的羊人》中，故事在同一空间维度上发生，时间跨了十二年，经历了生命轮回，一个叫石榴的女人，一个牧羊人，一个生活在树上的人，最后留下羊的尸体，经过不同的组合，形成了一个莫比乌斯环似的闭环，人突破时空限制，出发再回归，一次又一次地遇见，循环往复，命运也衔接呼应。小说开篇，小石榴和辛儿，一个天真不谙世事的少女，一个神秘奇怪的羊人，漫不经心地交谈颇具汪曾祺式的童真童趣，紧接着就埋下悬疑——阿爹每年都会在特定的日子赶羊出村，并且羊群被送回来时总会多一头，此处后面也有一次提到，均作模糊处理并不多解释，后辛儿偷偷前来，却平静耐心地讲了一个故事，讲完的同时动了杀心。作者努力营造出一种山中无事、岁月安好的闲适，与后面辛儿一讲完故事，凶恶的面孔立马露出，形成参差对照。作者也精心设置了很多伏笔呼应，比如父亲每年同一天送羊出村，这次走时留下了一把枪给石榴，来寻仇的羊人只能在树上不能下地，却神奇地得到了这把枪，又恰好被回家的父亲击落……循着文本给出的信息，关于人物之间的关系，我们可以有很多种假设，却很难合乎逻辑地理出脉络，有一种似是而非、矛盾重重的阅读体验，这种体验应该是伴随着作者自身对故事建构的不确定性而自然生长出来的。在情节设置中，为了营造魔幻和荒诞，虚化现实，模糊化处理。在辛儿讲完故事之前，文本中没有交代他身份的伏笔和渲染，留下了多种可能性，呈现出一种奇特的阅读体验。

文本表达的深度，很大程度上取决于作者的思考深度。作者说他写作《树上的羊人》受启发于《树上的男爵》。卡尔维诺的《树上的男爵》中，男主人公科西莫十二岁时因无法忍受世俗生活，离开自己的家庭到树上生活，是作家卡尔维诺对生命个体的原始野性的追寻，也是对个体自由和个体价值的深刻思索，包含着将生命与自然相结合的美好愿望。王光龙的《树上的羊人》，主要传达了作者对于现实世界和伦理法制的思考：石榴妈妈上树也是对现实生活的短暂逃避；羊人在树上生活，源于在现实社会中无容身之处；传统礼法的社会里，人的情感被压抑，生命被漠视，人被“异化”等等，这些都是关涉人的最基本的问题。小说中，相较于人物形象，羊的形象反而是最能引起关注的——羊既是为封建迷信无辜殉葬的柔弱动物，又作为人的异化形象的可恶存在——杀红了眼的村民、令石榴作呕的丈夫，都被投上了羊的影子；羊还在两次冲突中，作为“替罪羊”被杀死等等。作者在小说中塑造的“羊”的丰富性、复杂性远远超过了其他形象，那么，羊到底是弱者还是恶者？作者又点到即止，没有给予明确的定位。

“弱者”和“恶者”在虚虚实实的变幻中实现了文本的丰富和复杂，给读者留下了充足的审美想象的空间。

总体来说，王光龙的这一次尝试是值得肯定的，他的视野始终在拓展，也在向着未涉猎的领域努力。对时代和现实进行烛照，发掘心理和人性的幽暗以及未知方面，也还需要进一步加强。文学跟其他事业一样，不能故步自封在自身熟悉的舒适圈里，靠着有限的经验原地打转，而是需要不断地打破樊篱，拓展领域，打磨丰富，才有可能推陈出新创作精品。正如我们所看到的卡尔维诺、马尔克斯，优秀作家往往在现实经验得到丰厚积累、思想经过千锤百炼之后，通过驾轻就熟的技巧，以小人物见芸芸众生、以尘埃见宇宙、以思想火花照亮暗夜，给出一个万花筒就可以看遍世间颜色。

原载于《安徽文学》2020 年 11 期

浴火品真味

如果放在小说里，作家初曰春应该是个极具复杂性和多面性的人，个性鲜明又难以一言概括。腼腆识礼、务实能干的是他，嬉笑怒嗔、眼疾手快的也是他。当不经意提起他来自消防部队，那转眼收敛嬉笑的肃然神态，夹杂着一种小心翼翼和念念不忘……至此你会知道，这是一个有故事的人。

这次，他讲的是与消防部队有关的故事。

一直以来，消防战士都被定义为具有奉献精神的超级英雄的形象而出现于大众视野，尤其是近几年，随着网络应用的普及化和传播媒介的多样化，消防队员的英勇事迹也以更加生动直观的形式出现在我们视野里，他们或舍命救人于水火，或机智敏捷化解危难……在被大众称赞为“最美逆行者”的同时，他们厚重的消防服背后，日复一日的艰苦训练，那些不起眼的日常凡俗，却鲜有人提及。

初曰春通过消防官兵的琐细生活，讲述生而不易，“活”要凭良心。马家庄朴实的农家妇女马大嫂，早年丧夫后便含辛茹苦地独自抚养两个儿子成才。进入消防系统的哥哥马小刚，脑子里紧绷安全弦，不惜与弟弟反目，而为升官求权的弟弟马槐生不顾村民安危、铤而走险，最终使村庄遭到了毁灭性的破坏；“花开”系列中，援藏干部李君抛下家庭和年幼的孩子，义无反顾地赴藏进行医疗救助，换取高原人民更好地“生”；因情势所需而被塑造出来的英雄模范，却因自己失误造成了年轻小消防队员的牺牲而内心受尽煎熬、日夜难安；明辨善恶、在利益引诱和恶势力要挟下，指导员张义不为所动，坚守自己的职责，甚至付出生命代价……而消防部队里的年轻队员，不乏个性倔强，在经历淬炼后迅速成长的；不乏战友之间从互相较劲成为生死之交，甚至是虽死犹生的兄弟的；有追随父辈母辈的脚步踏入消防队，最终继承遗志的；更有选择离开优渥的家庭环境而到部队历练，勇于大义灭亲的……几乎所有的人物都提到了“良心”这个词，凭良心生活，凭良心做事。他们所面临的有在兄弟情前对前途和对生死的取舍，有亲情面前对善与恶的抉择，也有为大爱别离亲人的成全……每个人都为“生”和“活”的问题焦灼，都面临人性的考问。这形形色色的人物群像推动了许多生活中常见的和难以想象的情节，作者在处理纷纭复杂的人物关系时，采用了多重视角叙述的方式，他给每个关键人物以舞台，让他们站在各自的视角和情感角度进行叙述，各自的叙述之间像齿轮一样，按照某种内在关系横向地相互咬合，或者同在一个中心轴，突破时间和空间的限制，历史过往与当下现实双线并行叙述。这种叙述方式丰盈了故事情节的支脉，全方位有秩序地交代，事件得以更立体地呈现，有如通过鹰眼俯视大地一般，通过这种全局感的把握，使文本获得了可信度和真实性——在枝节横生的错综情节中，情与理的矛盾纠纷中，浴火涅槃的情感和心灵显得弥足珍贵。

初曰春小说的真实性不仅是真实地再现了特定环境中的典型人物，还体现在文本中穿插了真实而细腻的细节描写，尤其是对“吃”和食物的描写，增添了不少现实意味和生活气息，让小说里的现实活起来。同时，他从情感的角度去观照现实生活，把握现实的本质。马大嫂第一次进城看儿子儿媳，特意带了自己腌的咸鹅蛋，这看似不起眼的东西，却彰显出抚育儿子的不易和一个贫穷母亲对儿子全部的给予；李君离家前想着变着花样给女儿做点吃的，她能给女儿的极少，女儿却拒绝了，反而吵着吃月饼——这隐喻着团圆的食物，终是求而不得，让人怅惘；消防战士周兵牺牲了，平日里时常与他斗气的战友徐兵退役，在营地对面开了饺子店，只卖周兵最爱吃的韭菜馅饺子，并照顾他患精神疾病的母亲，这韭菜馅饺子成了众人回忆过往、寄托哀思的念想；初入伍的年轻战士仉正最爱吃红烧肉，味蕾的满足弥补情感上无人关怀的空缺，是精神无所依托的安慰……作者通过“吃”来呈现家庭生活与消防事业之间的矛盾冲突与秩序建构，以及在此过程中人心的颤动与价值观的探求。

值得一提的是，小说中的“她们”也同“他们”一样，引发了深沉的咏叹。“她们”在幕后默默耕耘着，吞下生活的苦痛，化为包容和抚慰，在变故来临时表现出的是充满坚定和忍耐的冷静应对：面对儿子要砍自己种下的刺槐树，庄户人马大嫂认为“有理不在声高”，不哭不闹，条理清晰地抗议；援藏干部李君，决心结束婚姻，抛下年幼的女儿，为的是身患胃癌不拖累家人，更重要的是，她要为之前的过错赎罪——因手术中病痛难忍，间接导致病人离去，使得年幼的孩子失去了母亲——她将自己的一生献给了高原；李君的女儿格桑成年以后到高原的消防部队，原本只是追寻母亲的踪迹，在得知母亲的苦衷之后，坚定地留在高原，继续传承母亲的大爱；槐米深爱甚至有些崇拜自己的丈夫，她对现状满足，却一时鬼迷心窍听从上级指示，助长了典型的畸形成长，使自己和丈夫都陷入了痛苦之中，她想尽办法开导宽慰丈夫，失败之后，她又开始了深深地自责；年轻女孩“我”，做了违背良心的事，好不容易攀上高枝，以为跳出了牢笼，却陷入了另一个无底深渊里，看似罪有应得，但，我们同时也看到她被所谓的叔叔刘总侮辱后的无力反抗，在陷害正直的张义时内心的挣扎，以及在张义受伤以后的悔悟……女性内心深沉的爱，翻来覆去的思量，痛定思痛的冷静和坚忍……对女性的塑造，作者拿捏得恰到好处，让我们深感消防员背后女性的伟大。但不得不说，小说中几乎所有的爱人都以离散告终，作者从情感的角度创作出这样的现实，让我们确知事实如此，又让人怅惘而难以释怀。

初曰春的《你说红烧，我说肉》，以戏谑举托起沉重，以普通人的真性情铸造出英雄的血肉之躯，以日常生活碎片拼凑出个体的生存挣扎与精神坚守，以对“良心”的呼喊和追寻来抵御世俗价值的侵蚀。他讲述的并不是执行壮烈的消防任务，塑造的也非立下大功的英雄模范人物——或者说，作为他致敬消防的作品，这本书并没有迎合那些对优秀消防英雄及其催泪事迹的期待，而是，揭去英雄的神圣面纱，将其放置于市井平凡百姓的人生图景中，让我们看到重情义行孝悌的活生生的消防军人，他们消防之行的来路和归途，他们人性中的隐忍与执念，以及他们背后不轻易示人的、含着泪负重前行却步履坚定的人生。

原载于《文艺报》2018 年 4 月

旅人望乡：追寻与坚守

——论帕蒂古丽的创作

出生在多民族家庭，成长并长期生活于被汉族文化浸润包裹的环境里的帕蒂古丽，无疑是一位视野宽广、观察幽微、有着深思远虑的实力作家。初读她的作品便令我惊叹。因为，无论是对于少数民族生活、历史、风俗、信仰以及文明的书写上，文化个体的身份确立与自我认同上，还是对多民族及多元文化碰撞与融合带来的焦灼与反思的呈现上，她都是当下探究得更深远的优秀作家之一，是少数民族作家中的佼佼者。尤其是她对于文化层面的思考，远远超出我对少数民族作家在文化探索上的设定与想象，从这个意义上说，帕蒂古丽不仅仅是一位作家，更像一位学者。

一、《最后的王》：另一种尝试

帕蒂古丽的长篇小说《最后的王》，以维吾尔族最后一个王爷为原型，从一个世袭郡王家族历史切入，反映出一个民族二百多年的历史。库恰王家族在危难之中对祖国和民族尊严的捍卫，在历史的激流中对正义理想与文明进步的追求，这些人类的普世价值和美好的人性，是每个民族所共有的。作者以几代库恰王在历史长河中朝着光明奋争的历史为缩影，来反映一个民族在其他文化的影响下的发展与进步。

与小说《百年血脉》不同，小说《最后的王》中，作家构建了新疆库恰城王室，以及麦尔丹与苏里坦两代王。在麦尔丹王的统辖管理之下，库恰人过着丰衣足食的生活，王宫里时常载歌载舞。然而，好景不长，王后的难产离世带给麦尔丹王无力自拔的悲痛；新王后逐渐俘获麦尔丹王心，日子刚有起色，周边势力来犯，疆土不宁，战事不断。麦尔丹王经历了宣战、逃亡，被囚禁、挟持，最终被暗中杀害。正值少年的苏里坦，作为人质在他乡艰难求学，经历了与死神擦肩之后，在继母的帮助下快速成长起来，接受中国共产党的思想，配合中共一起将敌对势力驱逐消灭，最终使得库恰城恢复了往日安宁。

帕蒂古丽的作品通过少数民族作家的身份和视角，对民族（家族）历史、世俗人情、文明礼仪以及宗教信仰等，进行了独具地域特色的描摹与书写，并进一步探究生命个体在现实与精神双重层面的思虑、挣扎及升华。她以礼敬自豪的态度书写民族文化，以开放包容的胸襟，锐意探索既有民族特色又饱含时代气息的表现方式，既呈现出了其民族的精神史、文明史，又努力实现了民族情感的超越和艺术视野的升华。

1. 小说的质地

帕蒂古丽小说中，有一种扑面而来的浓郁的边疆气息，这气息攫取自其扎根的新疆的现实生活土壤而格外原汁原味，又因为掺杂了作家特有的文化背景而如同带着体温一般的新鲜亲近，那些细微而独到的观察和体悟，打造出了其作品的柔顺细腻的质地。这种阅读体验，是在其他作品中很难获取到的。

《最后的王》中，作家不吝笔墨地描摹出富有新疆地区传统特色的盛大节日庆典、礼仪，以及建筑、衣饰、饮食等。

小说开篇，宽大会客室的长桌上的摆设管中窥豹地彰显出王宫的奢华与尊贵；龟兹舞女和盛装的维吾尔族老少的载歌载舞，开斋节的盛貌跃然纸端；礼拜上阿訇诵经声，惊飞了的鸽子打着鸽哨飞向高空，肃穆又神圣；迎亲盛宴，做礼拜、说书、宰羊、宴请民众，一句“七天七夜，整个库恰城都被浸泡在欢声笑语里，空气中弥漫着烤羊肉、烤包子、香馕、羊肉抓饭、馓子、油饼和茴香玫瑰花茶的香氛”，写尽了喜宴的排场壮大，以及正当繁华盛世的库恰城的热闹非凡。所有的一切都如此灵动，读之如有身临其境。

不管是王宫、清真寺等地的建筑，室内装潢，还是人们的装束，作家的描写都极具地域特色，鲜明生动。“跳龟兹舞的女孩环佩叮当，高耸的棕黄色发髻上插着玫瑰，纤瘦的双臂涂了芳香的玫瑰花油，手指上染了朱红的海娜，面纱半遮半掩，一双灰绿色的明眸燃烧着火苗，销魂的睫毛眨出火星……”其描摹的新疆食物，更是让人垂涎：“烤肉乌苏塔孜（师傅、匠人）们支好了一架架烤肉炉，把串得红白相间的新鲜羊肉架在烤肉炉上，诱人的肉香和木炭味香顿时弥漫在风中。主妇们切好的黄、红两色胡萝卜丝堆积如山，洋葱和孜然浓郁的气息，在主妇们的手指尖穿来穿去，烟火的气息钻进馕坑里新烤的烤馕的麦香里，裹进焦黄香脆的烤包子里，挟着炸油饼和炸馓子散发出的香味，在空气里荡漾。”读来都是我们似乎知道，但是又不甚了解、语焉不详的，经帕蒂古丽的描述，便活色生香起来。

2．小说中的生灵

帕蒂古丽的作品，人与天地万物和谐相处，一切自然而然又显设计精心。

鹦鹉。因会学说人话而被作者选作人物命运的象征。小说的开篇，王宫里洋溢着欢庆与甜蜜，恩爱的麦尔丹王与王后养了两只鹦鹉，公的擅说“我是王爷”，母的擅说“我是王后”；古丽波斯坦王后难产离世，麦王在迎娶新王后前夕，将“王后”鹦鹉送走，“王爷”鹦鹉形单影只，连叫声都日渐沉闷，如同麦王无法走出丧妻之痛；随着外敌入侵，军方混战，民不聊生，麦王形如笼中的鹦鹉，只能在皇宫里怒斥强盗；逃到沙城避难的麦王，在艾则孜劝说其回到库恰时，说：“我也盼望回到库恰，哪怕像鹦鹉一样囚禁在王宫，也比这样在外面四处逃命要好。”之后，麦王回到王宫被“保护”，陈队长带人入王宫搜索，开枪射杀公鹦鹉，临死之前，鹦鹉抽搐着怒喊强盗，也预示着麦王的命运——被带走暗杀。

鸽子。在《简·爱》中，鸽子这一意象作为勇敢追求幸福的女主人公简的象征，反复出现。《最后的王》以放飞鸽子为引开篇，渲染出自由祥和的氛围。麦王放飞鸽子，检阅鸽群，是王的权威的象征，鸽子也是纯洁自由、勇敢坚定的灵魂的象征。混战开始后，麦王用喂养的两百多只鸽子的鲜血救活了受伤的人和服毒自杀的汉族人。自此，王宫的上方不再有鸽子飞过，也暗示着暗无天日的战争的到来和主人公们即将陷入流离失所的境遇。

帕蒂古丽的小说中，自然生灵俯拾即是，既有飞禽走兽往来，又有草木气息萦绕，生命平等，可怜可爱。这些自然意象，对情节推进、意境渲染及人物命运的彰显等有着不可或缺的作用，同时，使小说因为这些鲜活的生命而增添了灵性。

3．小说的群像

《最后的王》中，作家并不致力于书写家族史、王族史或者英雄史，而是巧妙选取了几个角度，将视野投向生命个体。不管是饱蘸笔墨塑造的，如威严、深情而又仁慈的麦王，博学、谦和又不失风度的艾则孜，幽默机智、生活经验老到的满脸大胡子的古尔班大叔，还是速写一般寥寥几笔，像旋舞如飞的、散发着少女迷人魅力的龟兹舞女，每个人物都有自己的个性，让人过目难忘。

小说中，年轻的王后阿米娜是作者着力最多的一个血肉丰满的人物形象。从十几岁的任性小女孩到失去丈夫，营救家人，全靠她一人撑起的坚强女性，作者将其个体内心的矛盾、曲折、委屈，尤其是个中小心思，表现得淋漓尽致，又十分合情合理。

阿米娜有优渥的家庭条件和高贵的出身，无忧无虑地长大，不谙世事地嫁入皇宫。看似门当户对的婚姻没有带给她幸福，反而让她陷入疯狂。入王宫四年，麦王对已故妻子的深情丝毫未减，而对她的不正眼相看，让出嫁之前集万千宠爱于一身的她倍感侮辱，在王宫的每一刻都让她如坐针毡。

“白天阿米娜是光彩夺目的王后，夜里，她是一个用身体侍奉不爱她的男人的怨妇。她每天在这样两个角色里生活。”

她终于容忍不了，变得嫉妒、偏执、多思。唯一让她感到轻松的时刻，就是继子艾则孜给自己画像，然而这萌发的情愫，也被继子凛然拒绝了。于是，远走、肆意妄为、疯狂成为发泄渠道，这时候的阿米娜初涉世事，持有一种叛逆负气、不惜一切寻求存在感的小女孩的性格。“在所有人眼里，阿米娜只是个半路上插进王宫来的女人，难道她就要一辈子生活在那个死去的女人的阴影里？阿米娜的无力感在于，没法跟一个不存在的影子较量，任凭她怎么挣扎，都必定是失败的。”然而高傲的阿米娜并未就此罢休，被冷眼的日子，在她靠美色诱引得到麦王的关注和疼爱中一去不复返。然而，也正是与麦王的日渐亲近，她逐渐成熟起来，开始“慢慢理解了麦王对妻子的深情，那里面有爱，有亲情，有对库恰未来继承人的期待，她明白了他失去的不仅仅是一个妻子，明白了什么是真正的死亡”。

当麦王被杀，艾则孜被囚禁，王宫荒颓，臣民四散逃难、居无定所时，她又恍然醒悟，感受到自身的责任所在，勇敢地站出来，为保家人周全四处奔走，试图给孩子们最妥帖的安排——尽管，他们之间毫无血缘关系。

“她内心的儿女私情转化为浓烈的亲情，升华为对这个家族的责任，她更多地考虑库恰王如何能延续他的世袭，因为她是库恰的王后。”

虽然没有做过母亲，此刻的她母性大爱的光辉开始逐渐散发出来，这爱充满慈祥与悲悯。阿米娜完成了从自我迷失到身份确立、自我认同的蜕变，从而获得了新生。

二、文体建设

帕蒂古丽的作品，源于对生活的敏锐发现、深刻洞察和丰富体悟，这首先得益于她的成长经历和人生阅历。而她的出神入化的驾驭语言的能力和善于从生活所感进而升华的思辨精神，更让人敬叹。

1．叙事风格——由浓郁的生活烟火味中弥散开来

帕蒂古丽的文本中处处是生活，又时时见思想：

刷我家的木门时，剩了不多的蓝色和绿色两种油漆，父亲混合起来刷上去，最初那些搅拌不匀的油漆，蓝不蓝绿不绿的颜色很怪异，热天冒起许多小泡泡，像青蛙的皮肤，冷天北风一吹

就龟裂剥落……他们各自的语言和生活习性，像蹩脚的油漆匠刷的油漆或者拙劣的泥工墁的墙皮，两种不同的油漆或者泥巴混合着，斑斑驳驳地粘贴包裹在我身上。

有少数民族地区传统的独有的富有智慧的生活细节：

古尔班大叔在浅滩上的野柳树上拴了马，让马先饮水。苏里坦从车上的馕袋子里拿出一个大馕，馕已经硬得像石块一样。古尔班大叔接过馕，用力地向河水上游抛出去几十米远，然后开始蹲下来洗手洗脸。等馕漂过来时，他已经洗好了，接住河里的馕，掰开一小半递给苏里坦，馕在河水里泡得很软，轻轻一咬就在嘴里化开了。

对真主祈祷，这深入骨髓的信仰，伴随着每个人的生活日常点滴，即使在赶路逃亡奔波途中，晨礼、宵礼，诵经绝不间断：

古尔班大叔带着祈求的诵经声在旷野里轰鸣，震颤着薄薄的晨雾。仿佛是这宵礼的声音把天幕渐渐拉开，诵经声唤醒的天光泼洒下来，一线深深的暖意从高处降落，照在古尔班大叔的后背上，照临礼拜毯。一阵旋风卷过狂野，苏里坦清清嗓子，迎着风张大嘴巴，他听见自己诵经的声音像窄窄的小河追着一条大河那样，跟古尔班浑厚的声音汇聚在一起，追着一阵旋风苍莽远去……

苏里坦赶往迪化的路上，因为戈壁十分颠簸，不由得感慨屁股要开花了，古尔班大叔说："木头做的马车还没有散架，难道真主给你的骨头会散架吗？"

诵经时神圣严肃，插科打诨时则诙谐有趣。就是这样的细节，拥有着无声的力量，读来为之动容。

2．语言娴熟，流畅形象

阅读帕蒂古丽的作品，最让我惊讶的，便是她运用汉语的能力，不管是静态描述，还是动态交代，或是内心思悟的托出，语言的运用无不如行云流水，顺畅淋漓。正如作者在自己的散文中提到的“在词语和思维方式中站住脚的世界，才是最牢靠的，在语言和习俗上保持其不变的特性，世界的关键就没有被改变。词语就像马鞍子、驴掌子，稳住它，脚下的世界就不会打滑”。

3．女性的视角，情感敏锐而细腻

评论女性作家时，我们总是不可避免地提到女性身份和女性视角。帕蒂古丽文本的女性特色，在于善于从生活中攫取细节，并自然过渡到对文化、民族的思索，敏锐的洞察力，细腻的情感和体悟，细微到尘埃，延展成世界。

“我甚至能像在搅拌的油茶里用舌头分辨出炒熟的大米、小米的不同香味一样，区分出凯热依、那伊曼、乌瓦克这些不同哈萨克部落发音细微的差别。”

舌头的争夺，身份模仿，多生的手指，她从身体、神经最直接的感受，传递出对文化、民族、地域对个体精神和生活的双重倾轧和争夺的思考。

三、身份认同与文化归属

身份的焦虑与自我认同的艰难确立，以及个体精神和文化归属问题，是帕蒂古丽散文的重要主题，也是她持续不懈的思考。

随着市场经济的迅猛发展，城市格局不断变化，随之而来的，人群流动性越来越强，身份的焦虑与自我认同逐渐成为文学创作的一个常见主题。

王安忆在《纪实与虚构》中，有过类似的有关身份焦虑和自我认同的描写：

> 在母亲的干预下，我们在上海这城市里，就像是个外来户。原因主要有三：1. 母亲明明会说上海话，且还比普通话还标准，但她却总是说普通话。2. 不许与邻居等其他人家的孩子往来。3. 不许全家参与具有当地特色的文化活动，比如看越剧。

这里提到了关于身份确立的几个因素：语言，人情往来和地域文化。帕蒂古丽的众多散文中也做出了类似的思考："人的行为不得不落在一个个点上，比如文字、语言、饮食、交流方式……有时，在南方无法定位的尴尬身份，使我成了新疆生活的局外人和江南生活的观望者，矛盾、碰撞和分裂，让我在任何一种文化中，都显得格格不入。我只有不断地在两种文化间平衡自己。"

伴随着社会现代化进程，民族融合与多元文化碰撞跌宕，给生命主体带来了较强的思想动荡和精神磨砺，可以概括为一种焦虑与希冀、痛苦与欣悦并存的体验。在帕蒂古丽的作品中，我们看到，其追寻的并非社会身份认同，而是多种不同语言和文化碰撞时，给个体精神层面带来的冲突、尴尬、焦虑，及其在多种不同文化群体中，艰难挣扎，抉择，最终达成平衡的过程。

四、创作价值

帕蒂古丽的作品，源于对生活的敏锐发现、深刻洞察和丰富体悟，这首先得益于她的成长经历和人生阅历。而她出神入化的驾驭语言的能力和善于从生活所感进而升华的思辨精神，更让人敬叹。

出生在多民族家庭，成长并长期生活于被汉族文化浸润包裹的环境里的帕蒂古丽，无疑是一位视野宽广、观察幽微、有着深思远虑的实力作家。帕蒂古丽的作品通过少数民族作家的身份和视角，对民族（家族）历史、世俗人情、文明礼仪以及宗教信仰等，进行了独具地域特色的描摹与书写，并进一步探究生命个体在现实与精神双重层面的思虑、挣扎及升华。她以礼敬自豪的态度书写民族文化，以开放包容的胸襟，锐意探索既有民族特色又饱含时代气息的表现方式，既呈现出了其民族的精神史、文明史，又努力实现了民族情感的超越和艺术视野的升华。无论是对于少数民族生活、历史、风俗、信仰以及文明的书写上，文化个体的身份确立与自我认同上，还是对多民族及多元文化碰撞与融合带来的焦灼与反思的呈现上，她都是当下探究得更深远的优秀作家之一，是少数民族作家中的佼佼者。尤其是对于文化层面的思考，从这个意义上说，帕蒂古丽不仅仅是一位作家，更像一位学者。

文学评论家施战军说，自然而然地写作是文学的高境界，犹如最好的人生是自然而然地生活。在帕蒂古丽的作品中，可以看到这样的自然。

原载于《文艺报》2017年6月21日

多棱镜下的边地秘境

——浅谈帕蒂古丽的系列散文

《水乳交融的村庄秘境》系列散文中，帕蒂古丽呈现给我们的是关于在她成长起来的土地上和记忆里的一些细微隐秘的故事。帕蒂古丽此次传递出的是作家在恒常的生活和经验中，人的欢乐、悲苦、宽厚、淳朴，是于琐细生活中渗出幽默，从困顿贫乏中品出甜蜜。她呈现给我们的并非生活的惊涛骇浪，而是细流暗涌，像带着温度的血液，缓缓地流过生命细密的脉络，供养起血肉之躯。她传递的是最贴近自然、贴近生活、贴近人心的东西，散发着我们所熟稔而迷人的寻常气息，更包蕴着作家的悲悯与温情，交织着思考与感性的多重意味。在这洋洋洒洒近三万字的系列散文中，概括起来主要有三个方面。

一、多民族与汉族的相处之道，传递出民族团结融合的自然顺畅与友好和谐

《水乳交融的村庄秘境》讲述的是在新疆多民族聚居的村庄里，以姬村长为代表的少数汉族人从初来乍到时的陌生怯弱，在本村维吾尔族居民的包容和保护下长期生活下来，并吸纳了维吾尔族民族优秀传统元素，逐渐形成汉维两族人水乳交融和谐相处在一起。《热合曼的汉族“女朋友”》中，心系汉民的村书记热合曼，不论是家庭装饰摆设及其更换，还是接待汉族和维吾尔族村民时的日常，都时时刻刻体现着对多民族尤其是汉族人的尊重。他们家庭之间的来往交流，包括生活方式、烹饪技巧等，是维汉两族人交流的缩影，而紧密交织在一起的日常生活基础上建立起来的情

感，反过来又在家长里短中不断升温，难以分解。《天堂果》从种桑树牵出维汉风俗的差异，然而在“吃桑葚”这样的日常细节的催化下，不同民族的阻隔和界限消弭殆尽。同时还勾连出对生与死的思考。正如《沙坡上的羊圈》中提到的，活着的时候，两个民族的兄弟姐妹血肉连着血肉，死了也是骨头挨着骨头。

二、于细微处见真情，凸显亲密无间、血浓于水的民族间情谊

《一缸子苞谷面汤饭》呈示了艾山江和侯尚玺老爷子一辈子的交情，“一缸子苞谷面汤饭”到底有何渊源？作家没有用煽情的浓重渲染烘托的写法，反而举重若轻地通过几个情景中人物的对话，将事情的起因和经过交代得明白利落，同时更衬托出主人公真诚耿直、知恩图报，老先生心善若水、从善如流的人性光辉，读来让人忍俊不禁，同时又有泪花噙在眼眶。《舒国连一辈子的“未婚妻”》寄住在维吾尔族妈妈家里的舒国连，在维吾尔族妈妈视如己出的“偏心”照顾下度过了青年时期，维吾尔族妈妈家两个女儿都喜欢他，为了不伤害亲人的感情，他选择娶了汉族女孩杜腊娥。两家人一直如至亲一般来往。维汉一家的浓浓情意在充满烟火气的日常中显得格外令人动容。《串门》通过两个空间，浓缩了“人情往来”这样一个最普通不过的生活事件，但最平凡常见的场景，却因为三个主人公之间的微妙关系而显得轻松又饶有趣味，读来有一种微醺薄醉的轻松自得感。《吃苹果的羊》回到老家三宫店村，作家的笔触从容舒缓，将最熟悉的天空四野，最了解的花果树草、人情俗事，娓娓道来，字里行间流露出作家面对故土时的温柔和依恋。

三、对多民族传统、文化和生活的再选择和反复思考

《坐在半空中的葫芦》讲述的是心愿传承的故事。苏莱曼·曼里克很小的时候被父亲从吐鲁番带到哈萨克族聚居的乌兰乌苏，成年以后的他坚

持不懈地寻找父亲描述的老家的葫芦，最终完成了父亲的遗愿，将葫芦种在了自家的院子，才定了心。他的儿子乌斯曼则考虑如何将家里的葫芦换成经济效益。在祖辈这里，葫芦承载着对故乡深沉的念想。在父辈这里，葫芦饱含对父亲的怀念，也是对童年记忆的一种追思。到了子辈，葫芦则不再具有深层的情感意义，转而成为年轻人谋生的思路。同样的，在《丢了的生活和捡起来的生活》中“混血族”家庭成长起来的玉素普，跟“我”一样，在成家立业之后，决定将父辈们的生活捡回来，这是一种对传统的传承，但同时也在无形中，将现有的伴随自己已久的生活丢弃了。新旧两种生活方式又都不彻底，常常杂糅在一起，又处于一种由于疏离而尴尬的境地，让人陷入进退两难的局面。

纵观帕蒂古丽的作品，故乡及民族融合的历史和进程是其叙述的支点，也是其文化思考的起点。作家以自己熟知的边地风土人情构建起作品的丰盈灵动，以思想上的沉潜完成对现实生活的敏锐捕捉，将生活认知升华为精神探索。既不流于表面，又不滥于抒情，从衣食住行，到人情秉性，她对事物的专注叙述，为我们描摹出一幅立体的新疆地区风俗画卷，然而，她似乎又在执着地书写着一件事——对民族融合和文化融合的思考。

原载于《美文》2017 年第 2 期

贴地行走与自由飞行

相较于小说、诗歌、戏剧等，散文可以说是拥有更高自由度、更为开放的文学体裁。这种自由开放，赋予它承载了多样性与丰富性，让我们读到斑斓繁芜的世界，也帮助我们拨开现象的迷雾，获取人生的真谛。同时，也因为自由开放，它对散文作者提出了更高的要求——要倾注更加纯粹真挚的情感，拥有更广阔的胸怀和博洽的智识，以及用精取弘的文学素养。

习习对生活和散文写作是持有高度的尊重和敬意的。她“坚持要求自己安安静静地写作，写自己认为的有文学品质的散文”。在这样的文学自觉下，她的创作始终坚守散文的底气——“个性的呈现，对生命、对生活深邃的切入”，在横向方面不断拓展写作内容的广度，在纵深层面对生命个体和历史时代进行深沉思考，在散文文体方面，她就散文作为文学而提出了更多的书写的可能性。

习习的作品有一种难得的熨帖感。正如《黑蝴蝶让我们目眩神迷》的题记所写的，如同拉着你一起在阳光底下话故人、聊旧事，那些昔日影像就在太阳的明影儿里活泼地蒸腾起来，鲜活灵动，又带有温度。这讲述是片段的、零散的，又能随时接续串联，一切自然而然。

一、真

梁实秋在《论散文》中写道：散文是没有一定的格式的，是最自由的，同时也是最不容易处置，因为一个人的人格思想，在散文里绝无隐饰的可能，提起笔便让作者的整个性格纤毫毕现。习习拥有女性作家普遍具有的敏锐细腻、多思善感、纯真沉静等特质，她将对生活的丰富感知进行咀嚼和回味，转化为写作的灵思。

习习的散文善写“小”，以小见真，且具有“大事化小”的能力。她的“小”并不是规避历史时代，去抒写细碎琐屑的小情小调，也不是沉浸在自我的世界里，宣泄个人色彩浓重的心绪或者情感。她在将眼光投向历史时，并不是记史数典，塑英雄叙伟事。她的“小”，是从苍茫的尘世中，攫取打动人心的部分片段，将细微之处放大，照射到现实和生命个体中去；她频频书写的那带有记忆烙印的生活经验，是对时代和历史的贴近，对俗常细节的还原与提炼，对平凡人可爱、可怜、可笑、可叹面貌的立体刻画。

《黑蝴蝶让我们目眩神迷》描写的是在“工业时代”依附于工厂周围的，工人们聚居生活的大院里的俗常人事。寥寥片段，浓缩了七八十年代的时代风貌和平头百姓的生存状态，读来是似曾相识的邻里和犹在眼前的人世百态。《一种类型的群居》交代了形如平躺茶壶一般的工厂大院里的日常。这大院里的世俗，尤其是由“贫穷和无知带来的习性”——比如偷窥的习惯、比如分配不均、争风吃醋，比如表达不满的粗鄙动作，当然还有一家有难，众人纷纷施以援手的善良……这些细节或者说片段的截取，体现出习习体悟生活的深意和尽可能冷静还原生活的本真态度。它们再现出时代的面貌，将读者记忆中已经模糊的人和事瞬间唤醒，并由此牵引出一系列与之有关的遐想。而生活在茶壶院儿里的人：万事精通、颇有威望的瘸腿舅姥爷，通情达理却也有迂腐古板的一面；人群里特立独行、被街坊邻里私底下嘲笑又因为组织大合唱而被另眼相看的知识分子四眼儿，想要独立要自由却被吓止，最终如愿以偿在大家遗忘的角落里默默无名地生活下去；正在长大的知识分子六一，如小大人一般机灵，也有他的淘气和倔强；做事投机、用情愚痴的大红，聪明却用错了地方，身体上承受的断指之痛并没有让他消沉半分，直到痴爱姑娘的芳心许给了双胞胎弟弟，终于背井离乡；漂亮却心意难测的邻家姑娘莲娃……所有的人物品性都是多样的、丰富的、立体的，没有好人与恶人的严明区分，他们是脚踩在大地上的普通人，是院落风俗和文化的建设者。这些小人物，人性里既有闪光面，又有不易被发现的幽暗面，既强大坚硬又柔软脆弱，如同在我们每个人的身边呼吸成长起来的。

二、节制

习习热衷于书写俗常人生，这俗常中的人事无疑是琐碎的、司空见惯的，然而又是包罗万象的，要有热爱生活和平心静气的心，才能发掘出那些有着独特光辉的部分。在将生活编织进写作时，习习的书写节制又通达。这节制既有情感的节制，又有语言的节制。

“不多不少，这次先说这些。”如题记所言，她的书写不执着于铺陈渲染，而是抓取与人事相关的核心片段。素描勾勒出轮廓和细节，没有浓墨重彩的粉饰，没有旁枝斜逸的杂乱。她平静而又扼要地力求描摹出旧时光中人事的本质样貌，让读者自己在这人事无常的变化中体味时光和人性的隐匿的力量。

《黑蝴蝶让我们目眩神迷》中，“我们这群人，像被一只无形的手——吊车的大爪子一样，随便揪起一团，丢进了一个茶壶——我们的大院”几句话描摹出生活的区域形状——平躺的大茶壶，以及大院里杂而不同人群构成和相对封闭的群居生活模式。她用提纲挈领的词句来点明要写的事件，犹如先想到特质，再来叙述佐证。《举着胳膊走路的人》中，“我们大院对知识分子的看法很复杂”“那是让人难忘的一天”“两个知识分子的交锋……”“但是，终有一天，举着手走路的四眼儿会让大家另眼相看的”“要说说合唱了”等等。这种凝练的书写方式有效而直接地截取最能表现人物的片段，把笔力集中在有聚焦效果的事件上，避免了冗长的关于背景和衔接的赘述。

语言的节制则体现为用词上的通透与练达。尽管在书写时节制情感，克制平静，精心提炼，习习在用词炼句、叙述口吻上却并不生硬，反而流畅生动，恰如其分。《我们乏善可陈的冬天》篇，讲述了以六一为中心的孩子们的冬日生活。心和胃全都空空荡荡的乏善可陈的冬日，六一大脑里的知识成了大家打发时间的重要谈资。六一给大家讲鬼故事，在精神和物质上给大家提供供给，然而，却集体引起了不适……不管是事件本身，还是用词，都饱含了冬的意味。“贫寒的长冬铺天盖地地来了”，“六一妈的尖叫声像摔了一地的冰碴子”，听鬼故事的“尕女子牙齿哒哒哒地乱磕着”……她的语言里没有过多的修饰形容，如清透的流水流淌而过，随大地起伏，或无声滋润，或就势落下。语言的通达与凝练减少了作家与读者之间的距离和隔阂，消除了阅读的障碍，平添了感染力和自然。

从习习的作品中，我们可以观测到历史时代的样貌，触摸到俗常的肌理，还有平凡小人物的喜忧与独特。她观察俗世的细致入微，对人情世事的悲悯与疼惜，使其作品具有很强的辨识度和审美意味。“我热爱写作，它只遵从内心的指使，它赋予我精神上的自由，让我常入无人之境，让我可以在一个人的疆场上万马驰骋。在繁杂躁乱的生活中，它沉静入心、可以不被打扰，而且，它与世间万物物理性的进程不同，它永远都在成长，它只会愈加繁盛。”自觉生活、自觉写作的习习，对待散文写作有自己的思考和态度，因这热爱，赋予她一股高昂自由的力量，这力量会支持她在写作上走得更远。

原载于《美文》2018 年第 2 期

梦的镜像

——浅析曹海英的梦境叙事

尼采认为，艺术上敏感的人总是面向梦的现实，根据梦的景象解释生活的真义。自古以来，梦以其玄幻神秘的意味，变化莫测的意象，富有创造性的意境，格外受到文学艺术的青睐。文学史上不乏以“梦”为主体，或以梦言情抒怀的经典文本。《齐物论》中，梦蝶之后的庄子曰：“昔者庄周梦为蝴蝶，栩栩然蝴蝶也；自喻适志欤？蝴蝶之梦为周欤？周与蝴蝶则必有分矣。此之谓物化。”在此，庄子表达了对梦境与现实的真实性的思考——孰真？孰幻？两者有本质的区别，然而又达到了浑然一体的境界。

曹海英的《拾梦记》也作了类似的思考。她的这一系列散文，记叙的是有关梦与旧时光的纠缠、映照与再现，有关对个体生命原始秉性的深度唤醒，有关隐秘的内心和潜意识的探幽。她以梦为光，投射进潜意识和深层记忆的裂隙，以此照亮进入生命经验、隐秘内心以及现实的入口。

弗洛伊德在《精神分析引论》一书中，将梦描述为：“梦似乎是介于睡眠和苏醒之间的一种情境。”梦的发生往往是在混沌不清的状态下，一种由生命个体的潜意识和无意识主宰的心理活动，它并不像人清醒状态时的思维经过逻辑判断、接受理性控制，因而往往显得无章无序、光怪陆离。因此，梦境往往具有两个方面的特性：一是片段性、画面感强。二是“梦”受其主体的经验所影响，独特性、荒谬性与创造性共存。人作为梦的主体，其理智会将在外部生活现实中获得的感性印象以时间、空间、因果关系的形式重铸，形成个体对世界的独特认识。当梦境渗入现实，作家将梦通过特定的方式叙述出来，使其转化为文学意象，形成独特的梦境叙事，富有审美意味。

梦境的意象

水。在曹海英的散文中，“水”这一意象多次出现。《沟口》中，“暴雨后的洪水”泥沙俱下地冲刷一切;《拾梦记》“渠水”篇中，“渠水泛黄，冲撞和泛滥中，露出一道深深的沟壑”“我跳进急流中，像一条鱼一样游起来”。这“生命的洪水”如同《圣经·创世记》中的洪水一般，携卷走旧世界和旧秩序，也为新世界的重新建立拉开序幕，预示新的开始。

逼仄的空间和无尽的路。《隐秘的时光》中，梦见“在非常逼仄的楼道里，顺着一个细长而狭窄的楼梯往上爬行”，这样的情境时常出现在文本主体的梦里。《拾梦记》将一些细碎的梦的片段集合起来，这些梦与一些不稳定的因素相关联：火车、旅馆、流水、陌生人、疾驰的汽车、候车室、剧场……烘托出梦中人的局促不安。《溢出梦境的城池》中，多次出现在梦中的某家沟，勾起梦的主体的怅惘——这与自己无关，又莫名牵动着内心的地方，连同其他空间——它们共同拥有暗黑、逼仄、晃动、无尽头、不平坦的特质——一起成为梦的承载地，承载着梦的主体的焦虑、紧张、伤感，以及其他情愫。

荣格认为，梦未完全脱离意识的连续性，几乎每一个梦中都可以找到若干细节，都是从昨天或前些日子的印象、理念与情绪所引起的。[①]借由细节和具体的意象，将梦中“无情的事实、哲学的警句、狂野的幻想、回忆、计划、预期、非理性的经历”[②]。通过生动形象的诗意语言，将人内心的潜意识、欲望叙述出来，赋予了现实书写更多的表达途径。

第二人称的叙述视角

《沟口》《梦中有匹烈马》《隐秘的时光》采用第二人称单数的叙述视

① 荣格著，杨梦茹译:《分析心理学与梦的诠释》，上海三联书店 2009 年版，第 93 页。

② 荣格著，杨梦茹译:《分析心理学与梦的诠释》，上海三联书店 2009 年版，第 81 页。

角。从接受对象来说，这种叙述视角是一种不确定的人称指示，它所对应的既可以是叙述者本身，也可以是文本中虚构的人物，还可以是文本之外的读者，因此，在叙述效果上，这种叙述视角能够为作者与读者的交流提供更通达的空间和更直观的感触，更确切地带入到作家设定的梦境与现实经验中去。

《沟口》中的“你”，指向高考前后的个体，因这梦，身份和记忆重新陷入紧张、焦灼和惶惑，这情绪一度在考中后消失殆尽，却在心里深深地扎了根，潜意识提醒着“你”，过往的都不曾离开。《梦中有匹烈马》中的“你”指向在日复一日、循规蹈矩的生活中疲乏的个体，在梦中与烈马博弈之后，现实中打破惯常，听从内心度过一个“奔突的下午”，最终又回归一如既往的生活中。然而，内心的涟漪却未就此平静，似乎在期待下一次内心困兽的觉醒。《隐秘的时光》中，“你”是被琐细庸常生活挤压的个体，在光鲜外表下，脆弱、焦躁、漂浮的心灵被现实碾压，作家细腻而又不厌其烦地将生活和内心的隐秘剖开。

第二人称视角虽然在一定程度上会给读者阅读带来一定的强压感，但在曹海英的散文中，第二人称的指代不确定性，与梦的不确定性暗合，相得益彰，渲染了呓语般的氛围，一定程度上增添了文本阐释的可能性，对于剖析生命主体的内心欲望和情感抒发有种淋漓尽致的畅通感。

心理蒙太奇

心理蒙太奇是现代电影中的一种重要表现手段，是指主要通过画面镜头组接，或声画的有机结合，形象生动地展示出人物的内心世界，常用于表现人物的梦境、回忆、幻觉等精神活动。

正如在《拾梦记》中，作者提到一些印刻在记忆里的画面，“这个画面躺在记忆里有近三十年。你都以为你忘记了”。文本中，作家侧重将梦的画面和片段，或者琐碎记忆的闪现，勾连在一起，使之成为新的意象和情境，传递内心活动和潜意识的动态。

因为梦是不受主观意识掌控的精神活动，会突破时间和空间的约束和规范，构建出一个新的世界。叙述者在对其进行描述时，多会选择将梦以画面或者事件的形式进行转述。在《拾梦记》和《溢出梦境的城池》中，作家所建构的梦境世界是荒谬的、缺乏逻辑的、天马行空的。《隐秘的时光》则延续了《梦中有匹烈马》的思考，作家对内心进行了反复考问。时间和空间的拼凑，梦的画面与片段被记录、剪切，再与现实凝缩、联结到一起，形成新的怪诞的经验，以此呈现出映示着潜意识的支离破碎、难以捕捉的梦，以及内心世界的纠结、扭转等精神活动。

内在真实性

这种真实性首先源于个体生命经验和情感的双重真实。

在散文《沟口》中，作家将梦境与现实的界限模糊处理，两者杂糅在一起，呈现出一种真实性强的效果。作家选取了实实在在地发生在主体生命历程中的难以忘怀的事件——比如高考，且这一事件的重要意义具有普适性。作家以其重现在梦境中来引出事件对其潜意识的根深蒂固的影响，而在梦境中的重复体验的书写，也为这段备受煎熬的经历增添了漫长而艰涩的回味，如作者写道：赶考的那条路，“你在梦中走过的次数，远远多于现实中的真实”。梦境与现实的交织，最直观地将作家内心那想要逃离又不得不面对的焦虑、惶然、矛盾呈现出来，最终达到情感抒发和宣泄的目的。《梦中有匹野马》则书写了在一个普通的下午时光，“你”因一个梦，而抛却所谓的理性，对现有生活做出的“破格”的思索和举动。

另一方面，文本呈现的真实性还源于作家对细节描摹的极致追求。

在时空错乱、情节怪诞的梦境中，细节的刻画为文本提供了一个相对稳定的边框和支架，使其不至于太过飘忽不定而被推翻。《梦中有匹烈马》中“你”与烈马的反复斯缠，《拾梦记》中，个体在每个梦境中的衣着对话、随身携带的物品、周围人的行为动作，作家都一一记录，此外，对事件，比如车祸，细致到每一帧画面的描述，及其给个体带来的生理和心理的应激反应，这些都带给读者真切地身临其梦般的阅读体验，增强了文本的可信度和审美感受。

可以看到，曹海英的散文中呈现出一种内在的真实性。即，源于梦的私人经验性特质，她的散文以意识流，或者内心剖白的形式组织脉络。她忠于内心世界的描述，同时，也揭示了真实的个体经验，充满着对现实和生命的独特体悟。

原载于《美文》2017 年第 6 期

大地情怀的诗意抒写

生在云南、长在云南的陈洪金，倾心于构建他记忆里和想象中的滇西——从丽江、大理到永胜村庄……不管是笔端的重心，还是精神和情感的归属，都始终落在云南的大地上。在云南独有的多民族文化的浸润下，他从斑驳的历史和传说中，从地域风情和民俗中，以及草木晨光中，发掘诗性的意味，呈现出自然、神秘、淳朴、宽厚的精神特质。在对自身所经历的世界进行审美观照的同时，又饱含人文关怀。

在《大地敬仰》中，作家行走在泸沽湖的所见、所闻、所感，连同摩梭人的历史传说、文化习俗、节日庆典、自然景物等绵密有序的编织，描摹出一幅跨时空的摩梭人生活图景，呈现了摩梭人“转山节”的盛貌，在历史和现实中尽可能地去寻找、挖掘摩梭人的精神碎片。

一、真实书写与诗意浸透

有别于小说、诗歌等其他文体，散文所呈现的，是现实生活中的真实存在，这种真实有两个层面：一层是生活中实实在在的客观存在，包括人物、景象、事件等等；另一层是作家自身的“感”，这个“感”包括感知、感受、思悟等主观情愫。然而，强调真实性的散文，并不是刻板地还原生活，而是渗透着作者之“感”的客观本真，以此达到从作者到读者、由此及彼的心灵深处的波动和共鸣。

《大地敬仰》中，以转山节的流程为主线，以参加转山节的人物为支线。最让人动容的应该就是作者不吝笔力，而又充满诗意地还原泸沽湖这片大地上的生活和自然万物。

转山节的隆重，是从参加转山节的人们的精心准备开启的。黎明之前，村寨里的人便起床，带着过节的物品，向格姆女神山走去。这些人在台地短暂地聚集，换上盛装，到达女神庙，膜拜、烧香，在喇嘛的诵经声里祈祷叩拜，继而由活佛进行摩顶赐福仪式。之后，人们在山坡上松散地吃喝，开始享受自由欢乐的盛会，或者向更远处的格姆女神洞朝拜。

这是一次祭祀、朝拜之行，也是一场洋溢着欢乐的盛会。参与其中的人们也各有特色：期待已久的摩梭人秉持着一颗虔诚而炽热的心；外来的游客恰逢盛会，兴奋又好奇地参与其中；喇嘛们心无旁骛地诵经；小活佛稚气未脱，人群中尽显孩童的纯真和灵性；摩梭老祖母内心平静，缓慢行走中无私地祈祷。“在此刻，承载了一个民族向着自己千年以来始终无比崇敬的神朝拜的虔诚，同时也承载了这个民族对于大自然的无限热爱。”花果遍山、宁静祥和的村落，淳朴的摩梭人热烈地生活、虔诚地信仰。

在真实性记叙的同时，作者还穿插了两处诗意化的虚写：一处是文本开端以神奇传说为引，道出摩梭人安住在泸沽湖这片土地的那种冥冥中自有安排的宿命般的缘起。另一处是格姆女神山的成因——格姆女仙的爱情传说，由此阐释转山节的缘起和摩梭人的精神皈依。

作为一篇记叙类的游记散文，《大地敬仰》中作者真诚而具体地记录了摩梭人转山节的风俗，他对这片土地进行了细致入微的观察和发现，而非走马观花地记流水账。虚幻无稽的传说，被作者佐以泸沽湖的历史、自然万物和摩梭人现实生活的细节、信仰和精神图景。缥缈的浪漫诗意与扎实的俗常人世了然无痕的融合，提升了文本真实性的信服力和审美意味。

二、叙事性与抒情性兼容，历史视角与人文视角并包

小说显智慧，散文见性情。作为倾向于表达个人话语和体验的一种文体，散文的抒情性更直接地符合作家对于情感表达、展现性情的需要。陈洪金的散文创作，叙事性与抒情性很好地结合在一起，《大地敬仰》虽然侧重于记叙，但其间不乏抒情性的表达。这种书写方式，使得陈洪金的散文呈现出一种既厚实朴拙又鲜活灵动的质地。在《大地敬仰》中，我们感

受到，陈洪金并不是单纯地进行史料或者知识堆砌，也并非滥用华丽语言进行矫饰，而是透过对细节的关注和关怀，勾勒出想要表达和呈现的民俗风情。这种关注和关怀是延伸到对具体的人、事物，乃至自然的万物生灵的。因此，我们看到的是有别于千篇一律的宣传文的，是别有情致的摩梭人和转山节。而在作者的语调、词句的选用上，也带有较强的地域性特征，温润安和，不疾不徐，散发出蓬勃的生命的诗性气息，比如："泸沽湖上的一朵朵浪花，成为山坡上一片随风舞动的叶子，成为草丛里年复一年开放的野花，成为掠过村庄上空的飞鸟翅膀上一缕明亮的晨光。"

在追溯摩梭人与泸沽湖的渊源、转山节的起源和流程，呈现摩梭人的信仰时，作者以自身的史识能力和自我感知，将神话传说，结合自身对自然万物的深入观察、考究，转换为以真实和细节填充的历史依据，使之成为更深层次的文本。另一方面，相对于散文作品中的叙事性书写，它则更多关注与散文叙事息息相关的写作对象本身。摩梭人的淳朴、善良、虔诚的秉性，沛然的生命力、自然而然的生活态度，等等，这些更具有打动人心的力量。在文本的最末，作为过客的游人即将离泸沽湖而去时的情绪描写，陈洪金用了一系列的词语点拨出外面世界的残酷的现实与忙碌："他们又将面对那些街道、车流、走廊、转椅、金钱、表格、账户、传真、医院、悼词、葬礼，面对奔走、劳碌、猜忌、谤伤、提防、拥挤、践踏、压抑、彷徨、失落、绝望。"从游人的切身体会来凸显泸沽湖的美好，读来充斥着无尽的留恋与怅惘。

泰纳在《英国文学史》序言里提到，影响文学的生产与发展的社会因素有三大方面：种族、环境与时代。从陈洪金众多的文学作品中，我们可以强烈地感受到——正如这篇散文的标题"大地敬仰"——他对于云南大地的深沉的热爱，这大地上的一切，是他的写作的经验来源和精神据点，而他也是带着一颗谦卑的心，俯身在这大地一般地观察民生、体会世事更迭、参悟人类的精神所求。在多民族聚居的云南，他在关注神秘多元的多民族历史文化的同时，更是将视角投向了细小的生命个体及其内心，在历史和现实中尽可能地去发现有关人性的精神碎片。

原载于《美文》2017年第10期

时光褶皱里的情与思

正如，我们很难界定秋天从何时开始，只能从一些细微的意象来分辨秋意如何变浓，比如清晨氤氲起的若有似无的薄雾和挂上叶梢的露珠，比如北方层林尽染的叠山和清明似水的风回荡在秋收后的田野，比如那烈日里此起彼伏的蝉声在夕阳落霞里渐弱……我们很难全方位地描摹和记录下时光的面貌，至于转瞬即逝的情感则更加难以揣摩和保鲜。但，在日渐清冷的秋里，这五位作家文本中关于时光与情感的荡气回肠，读来有一种难言的温暖和感同身受。

在《民族文学》2018 年第 12 期纪念改革开放四十年专栏中，鄢玉蓉的《芦草深深》，书写的是父女两代人先后三次的芦草洼荒漠移民之路。父亲年轻时的两次赴芦草洼开发建设，均以失败告终，黯然地半途而归；我们这一代人在芦草洼正式定居生活，并继续从精神、文化、经济等各个层面继续支援建设。在政府的号召下，人们怀揣着对美好生活的向往，凭着一腔热血，一点点地建设着这片荒凉之地，变沙漠为绿洲，变贫瘠为富饶，变荒芜为繁华。改革开放的号角回响在每一寸土地，引领人们开拓建设属于自己向往的生活。文本中，波澜壮阔的生产运动与建设并没有铺天盖地的展现，相反地，作者将笔触指向了生活的细枝末节——芦草洼居民从吃穿用行到周边环境的改善、从物质满足之后的精神和灵魂的观照等等这些关涉每个人生存的细节——从细微到显著的变化，从中可见时光的温情柔软与席卷一切的力量。

散文栏目中，林虹以《嗨，亲爱的时光》带我们回忆了其在鲁院读书的最后时光。作者的书写如同电影的跟拍镜头慢慢推进，那些藏在时光褶皱里的记忆和灵魂的颤动得到了完整呈现。时光里的人物，作家寥寥几笔便使之鲜活起来——纯真、温暖而又充满诗意的秋子老师，羞涩而热心的永康，慷慨仗义的周志方，志趣相投的王炜炜……时光里的细节——老师的授课、鲁院的日常、久违的歌声还有那月夜花香，使离别的愁绪在不断酝酿中逐渐沸腾。这时光像秋日的夕阳一般，美好而短暂，让人留恋不舍。师生情、同窗情——超越血缘关系、难舍难分的“情”让人动容。

吉海珍的《撒玛坝的时间》中，梦境与现实交织，不过匆匆一见的撒玛坝的梯田，出现在“我”的梦境——“我的梦境是族亲们的生活，也是哈尼族人的生活。”以梦境切入，通过地域生活图景，表现出哈尼族人独特的社会文化心理。日久天长地耕种劳作在撒玛坝、被红河水滋养的哈尼人被赋予了坚韧、纯净、包容的品性。撒玛坝的云海雾绕，让“我”思绪万千，追念脚下土地的过往和身边的亲人，思索流逝的时光和内心的坚守。作家笔触柔软如水，言辞之间无所矫饰，对哈尼人的温情流露自然，对时光的遐思悠长而坚定，其真挚的写作态度很容易带动读者沉浸其中。

连亭的《码头》呈现出了“码头”鲜活的市井气象，氤氲着烟火气息。“码头”作为一个独特的地理标识，承载着伤别、返乡、重逢、前途未卜以及新生活的期待等愿景，变幻莫测的水指向的不确定性，与稳固的陆地指向的确定性相互碰撞，转瞬即逝与日久天长相依相伴，带来无尽的审美想象空间。作者写道：“很多年后我才明白一个道理：对于码头，除了等待，没有更好的姿态。没有泊船，码头就不再是码头。”码头上的人们就在起起伏伏里年复一年地生活着，厌倦着、寻找着、失落着，又重整心情期待着。

码头上的阿全、达美和“我”的几个家庭，在小小的码头上每个家庭各成一体，又互相依存联系。看似司空见惯的生存之道、充满温情的邻里关系、淡然的家庭亲情里透射出最朴实的人生哲理。不同年龄的人的生存状态，俗常人眼里的生离与死别，构成了一幅丰富的码头生活图景。这里的情——亲情和爱情看起来都并不浓烈，似乎风一吹就散了，却又千丝万缕地将人缠绕和包裹，无处不在。

此称的《对岸的师父》，开篇写“我”的撕心裂肺和绝望，先设置悬念，后抽丝剥茧地交代成绩优异的“我”，因家里经济困难，求学之路眼看就要中断，心中郁闷和忧愁肆意发泄。文中，十几岁孩子的心事和天真，母亲的无奈，爷爷的疼爱，师父的护惜……这些看似平时记叙家常事件，避免了刻意渲染，如顺势而下溪水，澄澈又自然地流淌。随着失学—求学—转学等事件的一波三折地发展，作者塑造的“我”的形象渐渐丰盈——有才干，聪明好学，却还处于懵懂阶段，对自己的路没有清晰的定位和思考。文中也有一些值得深思的地方：在家人的安排下，“我”退而求其次地跟从鲁荣爷爷学习，做一名“安确”——并非出于对诵读经文的喜爱，而是“安确”在当地“吃香”和受人敬重。而后，“我”决定去免费的藏文学校学习，考虑的也是将来可以到国家单位里工作……可以领略到“我”想学习的急切心情，同时还掺杂了一些功利的成分。文中的师徒情也很值得琢磨和回味。“我”在学习经文过程中，流露出的对于学习的自满心、偶尔的浮躁和功利心，与师父对“我”这个徒弟的爱护和希冀，形成参差落差，让人怅惘。

本期散文专栏的四篇散文，呈现出了人情风俗各异的地域的自然生态和生命情态，以及在脚下一方土地上和悠长时光更迭里坚守的人，细腻的感知下，文本呈现绵密而扎实。通过对过往的追忆，透射出对“情”的不同感念。在这沉静的秋日里，给我们平添了些感同身受的体悟。

原载于《民族文学》2018 年第 12 期

第二辑

少年视角下的英雄光芒

致力于书写军事文学的徐贵祥，以其丰富的军史知识、军事理论，对军人、对战争的深刻体验和深度思考，开阔的军事视野和文学敏感，多维度地呈现了军事文学的丰富可能。他的新作《琴声飞过旷野》是特为青少年而写的长篇小说，作品延续了徐贵祥一贯的军事题材写作和英雄主义精神，将视角投射到了少年身上，讲述了战争时期几个在戏班里孤苦相依、纯真善良的青少年，积极向上，互相帮携，从戏班里打杂讨生活到新四军童子班里学文化，在如火如荼的生活中坚韧历练，在紧张激烈的战斗中昂扬成长，用琴声传递密码，飞过旷野传递进被敌人严密控制的战区，与战友们里应外合取得成功的故事。小说的故事框架、逻辑和作战细节在军事题材的其他作品中并不陌生，如何使作品既符合战争史实，又契合青少年的性格、行为气质，激励青少年的精神，徐贵祥做了很多思考和努力。

一、叙事策略与战争美学

徐贵祥的军事题材写作注重构建国族想象，张扬英雄主义，他“所处理的，恰恰是这个时代最具症候性的精神命题，其历史与现实感的建构，展现出作者‘正面强攻’的叙事野心”[①]。在《琴声飞过旷野》中，作者在叙事上节制而朴实，没有对宏阔跌宕的战事场面和军事相关进行重墨铺排和过多渲染，而是将其作为背景，进行简单明了的陈述，尽力简化人物关系，精炼灵动语言，情节明晰，通过人的内在情感和精神的鼓荡，有力凸

① 徐刚:《营房内外的“王大心”——西元小说论》,《中国当代文学研究》2020 年第 5 期。

显主题。

小说内置两条叙事线。两条线交织并行，互相推动。主线是拉倒—韩子路、秋子—乔咏秋、白儿扎等少年们的成长线。这些少年因为各种原因自幼离开了父母，在戏班里过着饿不死但是受累挨打的日子。后来李桐师傅进入戏班，他们的生活发生翻天覆地的变化。少年们可以上台演出，赚的钱大家平分，有可以自己支配的钱买喜欢的东西，有新鞋新袜穿。后来进入红军宣传队，每个人都被称呼名字和同志，成为精神上独立且被尊重的个体。他们自觉自发地在后方帮忙，救助伤员；学文化，在随营学校里编排话剧、歌曲，给劳苦群众讲课扫盲，宣传红军精神，成为发动群众战线的一分子，为红军打下坚实的群众基础；踊跃完成党组织交给的掩护、宣传、战斗等任务，积极成长为善于作战、能打胜仗的红军战士。少年们的成长经历了一个从柔弱无力到坚强勇敢，从解决温饱到丰富精神，从听人摆布求生存到独立自主谋战斗的“人”的自我认知、觉醒、成熟的过程。

另一条线是以韦思源、李桐、叶晨霞等红军的革命战事线，将国内革命战争——抗日战争这段战争历史穿插于故事中，简洁明了地勾勒出战斗发展脉络和战事策略，作为背景，在激烈的战火中映现红军为贫苦人民谋幸福的初心、作战智谋和无畏牺牲的英雄精神。李桐、叶晨霞潜伏戏班摸排地方情况，同恶势力斗争，在思想上团结群众、行动上心系群众；执行任务掩护战友，伺机战斗时冷静而坚定，冲锋陷阵时又展现出了共产党人的智勇兼备的团结斗争精神和向往美好的理想追求。

这两条并行的叙事线，以最简洁明了的方式传递出小说的深层精神意蕴：首先，红军对于现实的深刻认识——时代和社会的动荡造就了劳苦大众的困顿生活和命不由己的无根漂泊——赋予了红军为之奋斗牺牲的使命，他们深刻意识到团结的力量，引导大众正视苦难并萌发出终结苦难的强烈愿望，激发人民群众翻身斗争的动力，共建理想的国家。这也是小说肌理中潜在的逻辑线。其次，红军的英勇多智不仅体现在激烈战争中的有力对抗上，更在于对时代的长远把握上。他们关爱青少年身心，重视文化教育，是对和平时期社会的畅想和对子孙后代未来生活的长谋远虑。作者将对英雄主义的礼赞和对民生的热血温情糅合淬炼，形成了乐观昂扬的战争美学。

二、发掘细碎的英雄光芒

作为为青少年而写的战争文学作品，作者在战争渲染的背景下，更注重将笔墨倾注在通过小人物的细微情感，尤其是少年的自我体验、自我探求，直切青少年的内心，书写人的“常量”与“变量”，通过人的境遇、思想等多方面的反差，去感受成长的巨大张力。在少年的塑造上，作者选取的形象有旧社会最常见的苦命娃儿韩子路、姚菊，“红二代”学识超人的秋子，果敢坚毅、迅速成长的白儿扎等，他们在一起构成了那个时代孩子的缩影。小说主人公韩子路孤苦无依、没文化、没谋生手艺，受苦受累从不抱怨，有着对生活强烈的热爱和对艺术文化天生的渴求，她努力生活，珍惜一切来之不易的学习机会，从一无所长的孩子成长为用二胡传递情报的战士。生活的苦难滋养了她最宝贵的品质——善良谦让、有大气象、乐观向上、有韧劲。在红军宣传队、随营学校里，她一步步找到了自己的位置和方向。少年秋子有着超乎年龄的学识见闻，这是其他少年难以企及的，这样优秀的少年有着不可触碰的软肋——家人：父亲去世和母亲的立场问题使他一度陷入痛苦，这痛苦源自他对父母的沉隐的爱，也正因为对家人的爱，鼓舞着他始终遵循正确的道路前行。小说里的少年是品行端、有志向、爱学习、肯奋斗的群体。少年的成功塑造，首先在于对少年百转千回的心事的细腻书写，赋予了其血肉之躯；其次在于对困苦生活中孩子们的赤子之心的可贵挖掘，赋予了其精神之灵。这些少年形象，既是战争时期不断成长的革命战士，又是能独当一面的文化先锋，穿过时间的长河，他们也是值得现在青少年深省和学习的表率。

成人形象中，比起陈桐等红军英雄，张得开因其思想中的“变量”而更有意味。他曾是“谁势力大跟谁”的兵痞，逃兵当了戏班里剥削人的班主，走私贩盐坐牢，出狱加入“皇协军”，后又以国民党起义军官加入红军。他会对戏班的穷苦孩子动恻隐之心，也会为了赏金告发红军行踪，他不是彻底的坏人，乱世使他形成了攀附强势的利己处世学。在根据地耳濡目染，他被文艺宣传歌《团结起来到明天》彻底唤醒，从摇摆不定到投身抗日，侧面彰显了红军团结精神的感召力。

小说里有舍身革命的红军英雄，但并不旨在塑造高大全的角色。他们是人群中平凡普通的一位，在红军精神的影响和团结下，拥有了某些英雄特质而散发各自独特的光芒，这些人尤其是少年，是具有时代温度和精神力量的英雄。

《琴声飞过旷野》中，徐贵祥尽力克制铺排战事书写，勾勒出宏阔火热而又艰辛的战争场面，在战争传奇的大幕下，着墨凸显平凡少年们积极乐观的人生态度、对文化的渴求和勇于担当意识，刻画红军对穷苦人民的悲悯，对青少年的爱护，与战友的手足之情，少年身上散发的细碎的光芒，与红军闪耀的光辉相互辉映，使整部作品拥有了鼓舞人心的力量和荡气回肠的气概。

原载于《长篇小说选刊》2022 年第 2 期

光阴未晞有情在侧

《寸锦寸光阴》是南京作家顾抒凭借对南京云锦的特有情感而创作的，以南京历史古巷黑簪巷和南京云锦文化为背景的长篇儿童小说。通过对几位少年的人生——从童心世界的生活情趣的书写，到少年时期对人生的展望和理想的萌芽，再到成年之后追梦之路的曲折迂回，呈现出的，不单单是生命个体的成长经历和人生境遇，还有那条有着悠远历史却又名不见经传的黑簪巷中曾经承载的生活图景的变化和历史文化的传承。

童年经验和文化钩沉中国历史文明

小说紧贴孩童的现实生活，深入孩童的精神世界，将儿童的形象和童年的情形刻画得活泼逼真。作者根植儿童经验和儿童文化，钩沉隐没在巷子里的历史文明和文化遗产，将中国优秀的传统文化融入孩童的成长和思想中，展现时代的价值观念。

童年是人生中一个重要的发展阶段，在这个阶段中，生命个体完成一定的知识积累，同时，童年经验也给个体的心理发展提供了奠基性的开端，在漫长的人生道路中，或隐或显地对生命个体的个性气质、思维方式、发展方向等起着重要作用。

在小云的幼年生活里，父亲的离开是她心灵中的一大缺憾，而源于对父亲的思念，小云痴迷于绘画和设计；搬到小巷子中不起眼的院子租住，她受母亲的教导，认为自己终是这里的过客，充满了不确定，对于身边突然消失或离开的东西，她会画在纸上，以这样的形式将其保留住。她对于“消失”持有一种特殊的敏感。因此，在发觉了云锦的美和得知它将要消失时，产生了一种强烈的紧张感，这种紧张感随着时间的推移变成了一种迫切的使命感，如同画下了身边消失的东西一样，她要为云锦做点什么——这是个涉及要贡献自己一生的理想。但因为妈妈的执意反对和妹妹的未来，她不得不放弃了理想，暂时屈从于生活和现实。幼儿时期的小锦看着姐姐一笔笔地勾画云锦图案、痴迷云锦，耳濡目染的她长大后践行了姐姐没有实现的理想，最终姐妹二人都踏上了云锦之路。

多重视角观照消失的风景

小说采用多重视角，小云和小锦的儿童视角、“花团”猫的动物视角、老奶奶等大人们的成人视角共同构筑了小说的多维度叙事的完整和流畅。

云团。小说的开端和结尾，是云团的视角下的黑簪巷。这只被叫作“云团”的猫，行走在巷子的历史里，见证了云锦的辉煌与黯然，也引出了一个贯穿全文的关键词“消失”。

门墩和黑簪巷。对于巷子里的老居民来说，门墩只是一个残缺不全、毫不起眼的静物，早已与巷子融为一体，直到被偷走，才被大家念起。得知门墩被偷了，妈妈的反应是“哎呀”，最多有点懊恼——竟然没发现那居然是个文物。而对于小云来说，门墩是她独自等待妈妈回家时的陪伴者和倾听者，在每每希望落空时，门墩给予了小云精神上的厚重的抚慰；而之于夏宇，门墩是他进入自己理想世界的起点和发端。门墩嵌入的，是黑簪巷的风雨历史。在孩子们眼中，黑簪巷不只提供了一个住所，更是在瞬息万变的时代和现实中，庇护他们安稳成长，给了他们美好的童年和家庭时光的重要载体，是他们生命的一部分。

云锦。在小云打开 13 号门之前，云锦正在逐渐被黑簪巷遗忘，已经在经济和时代的浪潮里搁浅，被历史的车轮碾轧进尘土里。直到老奶奶的记忆之门打开，云锦的光彩得以重现，也照亮了小云的人生方向。作者紧抓孩子对新鲜事物的好奇心和老人对旧日事物的眷恋和怀念这些个体特性，将大量关于云锦的知识通过小云与老奶奶的对话饶有趣味地表述出来。同时，发掘孩子成长过程中的内心渴望和复杂的精神世界，搭建起孩子与家庭、社会以及成人世界之间的联系，使文本获得了生活的质感。

参差对照中的人情冷暖

作者顾抒在创作谈中提到，在故事中“真正想讲述的是人与人之间的缘分”。小说对当下社会中亲情、友情、邻里之情等关系进行了细致勾勒，在孩子和成人世界的参差对照中，展现出孩子眼中现实生活的简单美好，人的善良温暖，不同于大人的冷眼麻木，他们看世界是带着怯生生的好奇、无畏的热爱和满心期待的。

小云的妈妈在工厂里日夜倒班地劳作，赚取微薄的工资，独自养活两个女儿小云和小锦。尽管生活上有些拮据，却从不亏待女儿们，尤其是在教育上，她对子女要求严格，认为“女孩子家必须‘拿得起来’”，哪怕是对捡来的孩子小锦，她也视如己出，充满慈爱地倾尽所有，然而在小云选择云锦时，妈妈为了女儿不再像自己一般辛劳，拥有安稳的人生，而将自己的意志强加于她，使得两人发生了激烈的争吵。热爱绘画的爸爸在小云小的时候就“只顾着自己喜欢，熬尽了所有心血”。尽管他没有尽到做父亲的责任，小云对他也没有太多的印象，却毫无怨念，反而经常想起父亲投入画画时的样子，并且终生受其影响。在等待儿子来看自己中度过一天又一天的高婆婆，是当下社会老年人的缩影，他们在孤独和漫长的等待中熬过余生的日日夜夜。小云与老奶奶之间因云锦而结下的忘年交，小云与夏宇因为读书和绣片的分享成为亲密无间的好朋友，小锦对姐姐的爱使其选择了去实现姐姐未能完成的心愿……

在这部小说中，不管是因为家庭成员的缺席给亲子关系带来缺憾，还是母亲在女儿人生道路选择上的自私逼迫引发了争吵，朋友们因为客观原因失去联系等等，作者都选择给出了圆满的结局。这割舍不断的父母子女的情分、童年时期互相陪伴而培养出的友谊，让我们在瞬息更迭的时代和匆匆流走的光阴中感受到了永恒的温情。小说把儿童成长与历史文化、个人命运与时代发展交融在一起，通过古街巷里普通孩子对中华民族优秀传统文化的传承，对梦想的执着追求，对人与人之间美好情感的呈现，透过历史文化的光辉，展现了丰富生动的童年故事和现实。

原载于《中华读书报》2020 年 1 月 22 日

少年心事与向光生长

平生多阅历，胸中有丘壑。从小说、书画、古董研究到儿童文学，荆歌在艺术领域攻涉众多，其人其作都有很高的辨识度。而他凭借对写作的热爱，和“对这个世界至今保存着观察和描述的兴趣，并且把这种兴趣视为人生乐趣”，不管是先锋探索、现实主义写作，还是文化随笔，乃至近几年的儿童文学创作，他的作品都表达出了对时代现实、对人与人之间的关系的独特观察和思考。继《诗巷不忧伤》《小米兰》《芳邻》等作品在儿童文学领域取得了不俗的反响之后，他又推出了这部《他们的塔》，书写江南少年的精神成长，探索对生活的美好希望。

《他们的塔》讲述了少年大皮因要参加表哥的婚礼，春节期间到苏州笠泽镇的姨妈家小住的经历。小说以大皮的表哥元元一波三折的婚事为主线，从少年的自然本性和好奇心出发，描写了大皮在笠泽镇上结识的各式各样的人家，在小镇风土人情和美食浸润中，少年的欢喜与忧愁、少年的心事和思索不断发酵，谱写了少年内心和精神世界的成长。

小镇时光和人生百态

大皮是个阳光友好，善良多思，有一丝腼腆，又胸怀正义感与责任感的少年。他对世界充满了善意，同时也对新鲜事物充满了好奇。在大姨家遭到表哥元元的冷遇之后，略感沮丧的他很快结识了生活在小镇上的人们：坦率泼辣又纯真善感的胖女孩阿鹂，无所不能修理的孟师傅和他患有智能障碍却最快乐幸福的儿子孟小强，长了豆瓣脸、让人琢磨不透的男孩效效和他看起来很有学问、神秘莫测的爸爸，热情可爱的嫂子萌萌等等，他们各自个性鲜明，也都有各自的隐痛忧愁，但又都活得认真而积极，自在自得。表哥元元的婚事因表嫂萌萌的身体问题而陷入僵局，然而携带传染病毒并没有影响萌萌被人爱着喜欢着，最终在多方努力下和好如初；孟师傅身患癌症，独自抚养不能自理的儿子，却依然乐观地生活，告诉大皮“忧愁是暂时的，要永远做一个快乐的人”；效效爸爸因为倒卖文物，经常神秘消失又突然回家，他的行踪牵动着全家人的心……那些世俗认定的人生难以跨越的沟壑和难以言说的痛楚，在小说中变得轻盈，对生活充满热爱和信念的人，人生终会过得敞亮。

少年心事里的生命关怀

少年大皮在小镇度过的细细碎碎的时光，几乎浓缩了普通少年时光和少年心事的全景，看似寻常但又经历不凡，他的内心也随之不断揪紧和放松——结交新朋友时的期待和兴奋；听说神奇的乌龟金先生后，屡次想见而总不得见，对新事物持有强烈的兴趣和好奇心；对未知（传染性疾病）的极度紧张和忧虑；闯祸之后本能地主动承担，过后又羞愧、自责、着急、难过交织在一起的复杂心情；想到朋友可能会被坏人欺负时，经历了对敌人的强势力和自己弱力量的反复较量和纠结，最终还是决定为了朋友挺身而出的勇敢；跟小伙伴发现古董文物之后不假思索交给博物馆的自豪；受“善”的吸引，他对表嫂萌萌发自内心的天然的喜欢，并机智地帮助表哥、表嫂解开心结，使婚礼得以如期举行……塑造了少年特有的自尊、羞涩、义气、责任使命感，也有敏感和孤独。

在呈现生活和人性的丰富和复杂，书写少年心事的同时，作者还通过少年的视野传递出对死亡、梦境、取舍、未知、生命等问题的思考。作者将成人世界里难以言说的、无法说清的人和事，进行拼接、组合，剔除了成人给它们的附加意义，试图以儿童最纯粹的内心去体悟，让孩子以自己的方式去完成对人生和世界的认知，体验成长。也体现出了作者对儿童的现实关怀，他期待少年儿童自由多彩地成长，自主地完成自我认知的逐渐明朗。

大皮两次近距离感受死亡：一次是在瑞云塔下不慎落水，被表哥元元救起，高烧迷迷糊糊中引发了他对死亡的想象，这想象是从他自身出发的，有着具体的细节和表情，夹带着恐慌和后怕以及对家人的愧疚和眷恋；第二次感受死亡是在孟小强葬礼上，这一次是具体的、真实的，却又让人觉得缥缈的、虚幻的，因为起先是不敢相信，后又不愿承认是现实。真实的死亡带来的悲痛，往往不是当下就让人呼天抢地的，是在漫长岁月里慢慢啮噬记忆的痛痒，大皮也终于意识到“死亡是一件悲伤而神圣的事”。

对疾病的极度紧张和恐惧，其实是源自对于有限已知的恐慌。表嫂萌萌在婚前检查中查出是乙肝病毒携带者，引发了大人的强烈排斥。大皮因为吃了表嫂给他的糖，又对病毒传播的懵懂无知而产生了巨大的精神压力。当姨妈跟他解释清楚传播途径之后，他瞬间释然的生理反应，以及他对自己打针时极度紧张遭遇的回忆，读来都让人忍俊不禁。在他的紧张、担忧和释然中，我们联想到一些成人的影子，大多数时候，对疾病乃至事物，有限的已知比未知更能带来恐慌。

乌龟金先生不见了引发了大皮两个思考：生命和梦境。对神奇的金先生突然消失的担心，使得他的思绪转向了人类对动物的残忍，并且为自己吃过一次乌龟而感到羞耻；他希望乌龟能够逃离人类的杀害，找到自己的天地乐园……孩子世界里，梦是一种独特的精神寄托，小说中也多次出现梦境，但是当效效要循着梦去找金先生时，他又理性地认为这是荒唐的。这两个思考透着孩童视角和天真口吻，稚气中可见理性的独立思考。

在文本中，我们也会看到作者的声音，例如“大皮想得太多了”“大皮的担心纯属多余”这样的句子跳出来，中断大皮纷杂的思绪，儿童视角和成人视角交错，给故事以更丰富的充满趣味的呈现。

多样生活和复杂人生

热爱生活的作者在小说中对小镇静谧的江南风光进行了描摹，小镇的两座塔是不同于其他江南地方的标志建筑，废弃已久的老宝塔人迹罕至，却被三位少年无意中发掘出了宝贵的古董，是小镇悠久历史文化的无声的见证者；翻修后的瑞云塔成为景点，唯塔铃声声，远远近近地敲打在小镇人的心头，为人们拂去心头烦绪。小镇的美食，阿鹂“代言”的哑巴黑豆腐干、藏书牛肉、泡泡馄饨还有在孟师傅家吃的蟹壳黄等等，这些不仅是江南饮食文化的缩影，在小说中也承担起了故事情节的起承转合。如小说以美食“哑巴黑豆腐干”开篇，勾起读者阅读欲望的同时，也交代了故事发生的空间——笠泽小镇。在《塔铃声声》中，少年大皮第一次离开父母，到亲戚家借住，小镇上的人互相熟识，作者设定了一个流动开放又相对安全的空间，将主人公置于这个独立的新环境中短暂而自由地生长，在这个空间里体验生活的多样性和人生的复杂性。从城市扬州到小镇笠泽，不仅仅是地理空间的转移，更代表着内心空间的调整。大皮在这段时空里完成了多次内心叩问和思考，为其主体意识的完善和人生观的建构提供了积极的可能性。反观当下少年儿童生活的空间，因为家庭的过度保护、生活圈子狭小、行动单一而相对封闭，孩子们的生长空间在面积上看似变大了，从精神世界来说却越来越向内闭合。对小读者来说，是难得的新奇的生命体验，对成人读者来说，也能勾起对幼年时光的美好追忆。

荆歌在小说中避免了以往成长性、探索性儿童文学中传递出的强烈的成人意识和痕迹，没有赋予少年主人公过多的戏剧化的苦难，让其在善恶、困痛中成长蜕变，也没有使其承担成人世界所重视的过多的文化想象和价值追求，没有对青春期少年心事的答疑解惑，没有精神教化，也不作道德引领，而是充分尊重少年的独立个性和能动性，循着自己的童年记忆和经验，以少年的视角，从其生命体验和精神需求出发，追寻少年生活的本真状态，挖掘少年内心世界和精神力量。荆歌的儿童文学不仅仅是给儿童看的，也是给生活在逼仄空间中被各方面压力挤得无法伸展的成年人读的。《塔铃声声》在纷杂的不全是温暖灿烂的生活中，呈现出丰富的、多样的、有褶皱的人的内心，以及他们的真诚生活，传递出了积极向上的正能量的生活态度。

原载于《中华读书报》2020 年 6 月 24 日

云飞入碧宇

《和云朵一起奔跑》中，荆歌延续了对儿童精神世界的发现和对美的追求，将视野投向了女孩，小说截取了米青青、商爽、庞晓燕三个女孩的成长片段，通过她们不尽如人意的成长生活，以及家庭成员之间存在的或多或少的矛盾、隔阂和摩擦，展现女孩成长过程中的内心波澜、困扰和忧伤，她们用与成人截然不同的方式去消解与外部世界的对抗，自然而向上地完成个体精神成长。

小说用马阿姨到米青青家干活作为契机，马阿姨和米青青妈妈，米青青、商爽、庞晓燕三人春游分到一组，商爽家狗走失，简简单单的日常小事，像齿轮一样衔接起来，推动情节发展，又特意选取了女孩们关注的生活细节作为契机，比如对小动物的喜爱、爱美的心。与男孩的成长轨迹不同，女孩往往能够更敏锐地感知外部世界和捕捉他人情感上的细微变化，她们的成长是更倾向于以自我内心世界为中心，通过个体对外部世界的多元感知和情感交互来完成的。故事中，亲情、友情、对动物的爱等等情感构成了女孩们成长的核心和力量支撑。

米青青的妈妈有着严重的生理和心理疾病，光保姆就连续换了三十五个，在这样苛刻、压抑的家庭里，每个人都谨慎小心，被冷漠、嫌弃和委屈困扰。然而当妈妈在痛苦崩溃的边缘时，爸爸问米青青：“你爱妈妈吗？”爱治愈一切，一家人还是充满爱和期待地彼此靠近，互不离弃。商爽的妈妈是功成名就的画家，家境殷实，成长无忧，然而宠物的丢失打破了一家人的平静生活，寻找宠物的过程牵动每一个人，大家寝食难安。经济物质的富足，并不能取代精神的寄托，也向我们宣告每一个生命都值得被珍惜对待。庞晓燕身世最复杂可怜。爸爸病逝，妈妈一个人艰辛谋生供她读书，负担生活，母女两人在同学和外人面前掩饰家里的贫穷，维护她的尊严，以及隐瞒自己的“不体面”的工作。妈妈精力有限，庞晓燕得到的关注和亲情是有缺失的，母女之间因为缺少沟通而或多或少生有隔阂，但是，当妈妈考虑到晓燕的自尊，在米青青家里见面假装不认识而又为此无比难过时，晓燕主动认了她。这种被捉襟见肘的现实挤压着，不善表露却沉甸甸的亲情，最具有打动人心的力量。

亲情给予我们的是既隐痛又甜蜜的双重经验，友情更多的是慰藉和滋养。女孩们在友情中释放现实生活的压力，获取轻盈向上的力量，促使自己纷乱的情感思绪沉淀下来，使有危机的人际关系向着稳定的方向发展。米青青高冷却善良，她细心体察庞晓燕的掩饰，发现她的美丽，庞晓燕在不知情的情况下兴奋地穿了她的旧牛仔裤，她看破不说破，对待家人和朋友，她始终从为他人着想出发，并真诚维护。商爽家心爱的宠物狗走失之后，家人互相埋怨、着急的时候，作为朋友的米青青、庞晓燕对她关心备至的安慰，陪伴她走出伤心和焦虑。庞晓燕因为家庭贫穷而自卑自闭，不愿意交朋友，被米青青的热情感动而打开心扉。被困电梯时明明自己也害怕极了，却为了朋友“再累也要挺住，不能把她们推开，她不能害怕，不能哭泣，她要坚强”。她们彼此支持帮助，在友情里完成了作为独立精神个体的成长。

小说通过现实生活和成人世界给孩子们造成的惆怅和隐痛，孩子面对现实的态度和解决问题的能力，反衬出成人沉重思想包袱的不洒脱、易暴躁、爱逃避，甚至恶意针对等特质。米青青的妈妈强忍着亲密接触给自己造成的不适去参加同学聚会，回家之后反复清理自己，她既清醒地认识到自己的问题所在，又无法说服自己克服，在这种矛盾中，反复伤害身边的亲人和自己，又反复后悔自责，找不到出口；庞晓燕的妈妈，与女儿相依为命，她为女儿着想却伴随着冷漠，并不是女儿想要的，面对窘境，她想到的是逃避。还有小说里的老师，故意针对庞晓燕的家境不好、父亲过世的情况让她写作文，制造窘迫……在这样的对照之下，孩子们更显得冷静机智、懂事坚韧，她们用自己的方式去积极面对和化解现实的磕绊、消极和芥蒂，在纷乱的情感思绪和摇摆不定的人际关系中努力成长。

亲情是她们的软肋，那么友情便是盔甲，抵挡着来自生活的负面侵扰和某些人的恶意。生活总有不尽如人意和缺憾。人们无法选择生长在什么家庭，成人世界将一些境况放大化、复杂化。荆歌在他的儿童文学作品中，探讨了孩子们可能面临的现实生活和成长困扰，书写纷乱的家庭生活烦恼和遭遇家庭变故时，成年人和儿童承受现实和世界的不同方式：成年人选择封闭自己，逃避、发泄不满情绪或者冷漠，孩子们则以一种敞开的视角，更具共情力和同理心，努力试图去理解发生在自己和别人生活中的境况，去包容家人令人难以忍受的怪癖，去分担和化解与亲人、他人之间存在分歧和隔阂。小说最后，庞晓燕的画作由《我们》改名为《云飞飞》，我想是作者属意我们对女孩们的成长不仅关注其个体逐渐独立，也要注重精神思想的成熟和不断超越。面对复杂纷繁的世界和生活，女孩努力寻找自己消化和成长的空间，细腻柔和地去发现、去适应、去温暖，消解与现实生活的沉重和抗争，达成内心的圆满和谐。

微光成炬的英雄书写

《等你回家》的封面上有个金色的标志——“致敬时代楷模”，本书是作者吴洲星有感于特警张劼的英雄事迹而发，但是在书写过程中，她并没有站在高尚的道德点上，用庄重严肃的语言按部就班地记录、还原特警张劼惊心动魄的事迹；而是从生活的细节出发，通过“女儿”的视角，呈现了一个十岁女孩所经历的生活，侧面反映出爸爸作为平凡人的日常面貌，用旁观者的角度讲述事件经过，塑造出其舍己为民、舍小家为大家的英雄形象，传递了一种坚硬的正直的无私的大爱品格。

小情之中显大爱

小说氤氲着一种温情的氛围。儿童的世界里，没有绝对的坏人。同学李特每每在“我”受到欺负时挺身而出，而他们一家对“我”爸爸的关心，体现出普通群众对好人的安危的担忧；即使是“我”在学校里遇到的刺儿头——“黑塔一样的铁头”，他对爷爷的一根筋似的爱也非常让人动容。这种不计回报的小爱铸就了人与人之间最宝贵的真情。

从父亲形象的建构来讲，我们可以明显感受到，作为一个丈夫和父亲，在自己的小家中，他是经常缺席的。在女儿“我”的记忆中，妈妈自己一个人扛起家里所有大大小小的琐事重活，年少的“我”甚至要帮妈妈一起换煤气罐。作为爸爸，他经常回家很晚，且随时都会离开；他答应参加家长会，却又临场缺席；还时常让全家人提心吊胆；而作为英雄，他又是高大的、敏锐的、心系大家的，胸怀民众，会在危险面前挺身而出。这样具有两面性的爸爸，并不矛盾，反而让人倍感亲近——他的爱是绵绵缠绕在家庭与工作之间的。故事以“我”对自己的名字从讨厌到喜欢的转变引出。孩子的名字饱含着父母长辈对下一代的殷殷关切，“小船”也不例外，寄托着父亲对她的美好祝福和希望；尽管父亲在家时间很短，但是他一回到家里，对妻子温柔，对儿女呵护，家庭的氛围充满温情和关怀；得知儿子生病，他火急火燎地赶回家；对于孩子们的请求，他很乐意去满足，从不推脱，只是碍于工作不得不一次次违约；在执行任务时，他奋不顾身地用自己的躯体保全战友和群众；在经受死亡的逼近和病痛的折磨时，他坚强又积极地面对，用自己的行动去宽慰家人，缓解孩子的恐惧……他的爱是无声的，是看似寥寥，却丝丝扣情，撼动人心的。

朴素之中见伟大

文本之中的英雄不只父亲一个，还有爷爷——曾经为救小学生与歹徒搏斗，身中二十多刀，缝一百多针。父子二人都是充满勇与义、胸怀人民、具有家国情怀的英雄，他们又都是有血有肉、知冷暖有喜忧的普通人，他们也要面对家庭生活的琐碎日常，要顶起妻儿头上的一片天，也有面对死亡的绝望和病痛折磨时的抉择，也想要细细品味人生的个中滋味。当英雄还没有成为英雄，他们如何？当英雄被关注的热度褪去，隐没在普通人之中，他们又将如何？《等你回家》给了我们真诚而又朴素的呈现。在“我”的视角中，并没有正面塑造父亲、爷爷的高大形象，也没有过多地讲述他们的英雄事迹，而是在“我”与同学产生误会和矛盾时，从父亲对“我”的简单教导中，去呈现父亲的善良、正气凛然的品格；从父亲与同事的日常对话中，渲染他们亲密无间的战友情，这些都为父亲在爆炸现场舍身救人埋下了伏笔。

正是这些朴素的为人之道和责任心成就了他们的伟大，仿若一点点微光终汇成火炬，照亮我们的心。“等你回家”在文本的最后作为“我”和爸爸的约定，是一个孩子对父亲的最简单朴素的期待，也是父女之间最深沉的爱。

《等你回家》中，吴洲星敏锐地抓住孩子世界里那些看似不起眼的生活细节，有条不紊地描摹侧写，如同一行行细密的针脚，在生活纹理清晰的粗布上，缝就温情悲悯、义无反顾、热爱生命的英雄篇章，也为孩子们树立了善良友爱、坚强勇毅、乐观向上的精神追求。

原载于出版商务网 2019 年 11 月 15 日

爱的破冰之旅与精神重唤

儿童成长过程中和生活世界里最重要的两件事，可能莫过于在亲人的关注下享受被爱的幸福，以及和朋友们一起携手探索成长的乐趣。《冷湖上的拥抱》带给我们的，正是围绕着儿童情感触动和生命体验展开的，关于相聚和别离、失去与拥有、探索和发现的故事。同时，透过文字宣扬石油人披荆斩棘、勇于牺牲的精神。

小说从小女孩孟海云的视角，以其生活中的遭遇为切口，重点讲述了三个女孩在生活中相识相知，成为朋友，互相填补内心的缺口。机缘巧合下，跟随长辈重走当年石油奋斗之路，重温第一代石油人开发勘探、勇于牺牲奉献的事迹，呈现几代石油人默默无闻背后的荣光与坚定不移的信念。作者铺设出的是一段破冰之旅和回归之路，被赋予了双重主旨——疏解儿童成长过程中的精神困境，以及唤起对石油精神的重新认识和传承。

一、重唤石油精神的时代价值

作者将孟青山爷爷碎片化的回忆和疾病带来的异时空记忆穿梭、肖格讲解的博物馆里的历史档案、为石油牺牲生命的女子勘探队员之一江娟的日记、同学妈妈汪慧的早先记者采访资料等信息，像拼图一样拼接在一起，互相补充佐证，凑出一幅中华人民共和国成立后艰苦而又火热的石油勘探图景。通过对初代石油人的情感、精神以及技术等方面的记忆和经历的多角度追溯，完成对两代石油人勘测开采工作的全方位呈现。从中，我们既可以汲取到石油开采的科普知识，打开对这一陌生领域的科学认知，也在两代石油人艰苦卓绝的勘探经历中，被他们用生命镌刻出的石油精神深深打动。

二、儿童角度的“异乡人”及其身份认同

德国社会学家格奥尔格·齐美尔提出“异乡人”的概念，她认为“异乡人不是今天来明天去的漫游者，而是今天来并且明天留下的人，或者可称为潜在的漫游者，尽管没有再走，但尚未忘却来去的自由”。儿童在成人世界里完成身份认同有其独特性，主要是通过精神上获取他人的认同，以及其主观上对社会、文化的认定来完成。

孟海云因为妈妈意外离世，不得不离开自己从小生长的海南，来到远隔千山万水的敦煌。初来乍到时孟海云孤单、煎熬，充满了对妈妈的思念，对父亲的怨，对新环境、新家庭的无所适从。这个城镇的一切都是有隔阂的，包括她的父亲。更不用说这个内陆城市的生活环境、文化风俗、饮食习惯，以及这个城市里父亲重组的家庭、学校里的老师同学等等。陌生感和排斥感就像故事开始铺天盖地席卷而来的沙尘暴，挤对着她。孟海云总在想着，在什么样的时间、以什么样的理由离开这回海南。她是时刻准备着的。

亲情、友情等亲密情感关系的建立，是获取精神的归属感和认同感的基础。意外闯入的同学打破了僵局，在结伴旅途中，友情愈加坚定；危难时刻，父亲、后妈对孟海云的关心，冷湖上一家人的紧紧相拥，冰释前嫌，完成了情感认定。作者充分利用儿童好奇心强的特质，孟海云在与同学、爷爷的交谈中打开了切入这个城镇的入口，了解得越多，探索认识这个陌生地区的渴望越强烈。冷湖的雪山照片，作为楔子——孟海云发现爸爸并没有对妈妈撒谎，而爷爷的病，为她更深入地了解敦煌和石油人提供了契机。随着对周围环境认知的增强，激发出她对这片土地自然的爱和对文化的认同。回到父辈两代人为之奋斗的地方，重走石油勘测路的过程，不仅打开了她认识广阔天地的视野，也在石油精神的感染中，被坚定信仰和崇高理想冲击着，完成了个体思想的舒展、精神的成长。

总体来说，《冷湖上的拥抱》不论在整体构思、情节设置、人物形象塑造还是语言运用方面，都可见作者的巧思和功力，是一部题材新颖、关于爱的破冰之旅与精神重唤的儿童文学主题佳作。

原载于《中华读书报》2022 年 4 月 19 日

有意味的虚构

《灯塔》是一篇很有意味的小说。作者通过富有诗性的语言和节奏，敏锐而克制的思辨，讲述了一个关于信念的故事。

从小说的外部来看，在文本上，作者选取了三个为我们所熟悉的形象：“灯塔”这一意象本身，就具有鲜明的象征意义和悲剧英雄主义意味——是指引前行方向的明灯，是永恒的希望和信念，它同时还是一种不事声张的、面向未知孤独而坚定的存在。“灯塔”和老者作为古老守护者的存在，矗立于时间中光辉长明，备受人们向往，却没人真正了解它，也没人能真正抵达它；“国王”作为高贵统治者的存在，坐拥天下财富，却为了自己的绝对地位和权威，便粗暴无礼、不计后果地摧毁一切；“少年”怀揣赤子之心，不顾险阻踏上寻找理想之路，纯真稚气之下，难掩对现实的灼见和对邪恶力量的愤慨，有为梦想坚持和拼搏的志愿。

这三者之间，作者构建了两种力量的对抗——守护灯塔的老者与狂妄的国王。看似孱弱的老者，是永恒理想信念的守护者，他的力量是温和而隐忍的，是坚定而绵长的；看似拥有一切的强大的国王在酒色财气中虚度，为绝对无上的地位耿耿于怀，他的力量是野蛮而粗暴的，看似具有毁灭性却是虚空的。最终，少年作为希望的延续，“毁灭”被赋予了讽刺色彩。三者对峙的关系，丰富了小说内部意味的张力，铸就了小说的文心——希望是不会被灭绝的，总有新的萌芽，蓄力待发。

成长过程中逐渐建立起来的纯真却坚定的理想信念，总会遇到重重阻碍，理想的火焰看似被无情的现实或力量扑灭，却会以不易察觉的星星之火之势，伺机复燃……

在《灯塔》中，作者带我们重温了少年初长成时内心世界的建立，理想初具时的模样，与外部世界的对抗和追求梦想的情怀。小说表现出的对故事的架构力和丰盈的想象力，传递出的希望和力量等等，弥补了个别细节处理和情节衔接上的欠缺，很期待作者更多的思考，和更加细致成熟的创作。

原载于《中国校园文学》2022 年第 2 期

非遗文化的科幻之旅

2019年我曾给顾抒的《寸锦寸光阴》写过书评，从这两部作品来看，顾抒是一位非常有文化传承使命感和责任心的作家。她的创作有两处特别用心：始终保持着紧贴新时代儿童的现实生活和当下经验，回归儿童本位，对儿童的精神世界和内心需求进行温暖关照；同时，她注重对中国气质、中国精神、中华优秀传统文化的关注、还原和展现，对文化保护、文明传承的正向价值传递，激发儿童对中华优秀传统文化的兴趣和探索。

童话《失踪的木活字——非遗熊猫奇幻之旅》中，一如既往地倾注了作者对文化主题的关注，这是一部非遗文化主题童话书。故事以寻找“露咪”为切入点，来自X星的长相酷似熊猫的古咪，因飞行器故障降落地球，与“我”、斑毛、鸽姐经过一系列调查研究后，共同完成了对非遗文化“雕版印刷和木活字”的奇幻发现之旅。

一、立足于儿童本位，紧贴时代和当下儿童关注热点，选取当下儿童特别感兴趣、最熟悉的素材作为载体展开叙事，不拘泥于已有的俗套的儿童经验，注重推陈出新。

首先，童话中塑造了长着触角的熊猫形象作为天外来客，憨态可掬，打破了对外星人的固有印象，增加了亲近感，更利于小读者的友好感生发；选取中国民间最早最普及的玩具之一“陀螺”，利用其快速旋转的特性，作为飞天器，穿越时空；又巧妙利用近几年兴起的博物馆热，以博物馆讲解为介质，将“雕版印刷和木活字”这一非物质文化遗产的历史脉络、工艺技法、现代传承等，用儿童视角和充满童趣的提问与对话这种儿童喜爱的方式，巧妙而圆融地植入作品中。丰沛的想象搭载生活细节，赋予外星人、飞行器这些科幻以具体可亲的形象，利用儿童熟悉的场景和对话，将冷硬难懂的知识圆融传递出来，打破沟通和理解的隔阂。科幻、非遗文明、家族、使命……许多平时书本上常看到的，难以阐释理解的，长期存在于儿童想象中的复杂的抽象概念具象化、形象化、生动化，通过文学审美转化成易于掌握的经验知识。

其次，作者在书写城市儿童时，将儿童置于当下现实中，既生动还原家庭和学校生活片段，又展现了当下儿童面临的内心困扰，尤其是孩子的情感诉求。“人和人在一块儿，一点儿都不孤单。”城市家庭中因父母忙碌而常常疏忽淡化的亲子情，在朋友之间的插科打诨中趣味横生，在回归乡村生活中感受亲情温馨，用美食来作为家人之间较少的交流和连接，等等，塑造了阳光而富于智趣的儿童形象，使作品整体呈现出平和、欢乐、明朗的色调，其中也不乏让人忍俊不禁的儿童生活细节，尤其是学校生活，给予了小读者很多慰藉和疏导。

二、构思立意和叙事结构精巧，抓住了科技和文化两个赋能点，丰富了科幻童话创作的可能性。

小说精心构思了两个“寻”，古咪对露咪的寻找是一个小齿轮，带动着孩子们对中华非遗文化活字印刷的探寻和发现这个大齿轮，用一个刻有“心”字的木活字作为一把非遗文化的钥匙，打开了孩子们走向世界、探索未知的光明大门。叙事上，采用第一视角顺叙和旁观者视角插叙，通过高科技“陀螺”回到事件发生现场，完成对不同时空、事件的还原，第一视角下更便于儿童读者把握事件的来龙去脉，也增加了趣味性，避免回忆口吻带来的障碍。小说的最后，作者设置了一个开放性结局，吸引和鼓励孩子们继续向浩瀚未知不断探索。这也是儿童文学作品的引导意义所在。

童话中，顾抒既充分利用宇宙星球、外星生物、壳体伪装、星际航行时空穿梭这些科幻元素，充分调动读者尤其是儿童对宇宙和万物的好奇心、探究欲，于潜移默化中渲染活字印刷、中国文字、古诗词等中华文明的独特魅力，又不止于单纯的书写和宣传，在孩子们对中华优秀传统文化产生的认同感和自豪感后，又进一步推动，将其转化为一种迫切的使命感——孩子们组成了活字印刷保护小组。在中华优秀传统文化滋养下，构筑起作品的审美内核、文化内核和儿童精神的多重升华和营造，也为当下儿童文学写作提供了一些创新性的有益经验。

森林探秘与自我疗愈

《欢喜的森林》是明天出版社“童话中国”丛书推出的一部优秀力作。作者赵卯卯通过丰赡恣意的想象和纯真诗性的语言，讲述了小女孩“欢喜”在山林乡间的生活趣事和奇遇妙闻，在自然与温情的感染下，对山林进行了好奇而又大胆的探索，渐渐打开孤独封闭的心扉的故事。作家不仅从儿童视角出发，在贴近现实生活的基础上，对童年经验加以想象，细微捕捉儿童内心流变，也从写作技法上对古典文化与现代想象进行对照糅合，实现了对中华优秀传统文化的创造性转化和创新性发展，积极呼应了时代要求。

捕捉儿童的内心波澜

《欢喜的森林》中，欢喜突然被父母带到陌生城市生活学习，虽然表面不露声色，被老师提到名字时，欢喜的“心底生出海一样大的羞愧”“心里的森林正在翻腾、呼啸，眼睛就要冒出泪花，那巨大的一团尖叫，正在胸腔里撞击”“心里的一切都化作了灰尘”。面对新环境，她封闭起自己，社交障碍、语言障碍随之而来，欢喜的孤独之感主要来自不被理解和交流困难，也是个体意识觉醒的表现。孤独是生命的共性，人有人的孤独，森林有森林的寂寞。作者也敏锐地捕捉孩子独立生发的哲思和通达的认知：“我们都像鸟儿一样自由，我想妈妈可能并不知道。”“我们要做的不是改变，而是包容。”久居山林的“姥姥”积累了丰厚的人生之道和山林生活经验，却在欢喜急于知道答案时，只是给予了她智性启发：“山林的秘密不可说，因为它需要每个人自己去探索，去经历。”“这世界上，没有什么东西是必须永远属于某一个人的。”欢喜在乡下山林的奇遇时光中，充分释放好奇的内心本能，完成了森林探索，重新找回了内心那片生命力充盈的森林。

奇思妙想摹画森林奥秘

童年乐趣往往来自于最简单的满足。这乐趣是远离陌生城市环境的束缚，信马由缰的自由，在对自然万物的好奇中感受众生平等皆自在的善良温情，这一切都在欢喜的森林里。自古以来，文学作品中就不乏对山林的想象。山林与世隔绝的幽远生发出无限的遐思，自然万物有灵，蕴藏的道性与神性，都令人向往。欢喜的森林，有它独有的烟火味道：姥姥的菜园、柴火炉烧铁锅，加上发光的月光盐，就有了世间难得的美味。山林有它声声不绝、绵绵不息的生命：山涧，湖，风，树，野兽，树上古老的鸟窝，它们各自发声，混响出山林的模样。山林有它不可说的秘密：有自己想法的小路，会自己选择主人、能变成大白鸟的小鞋子，可以抓住的雷电，锻造星星的山谷，能通晓动物语言的萤火芝……山林也有它在经年累月中形成的生存规则，住在铜锁里的小狐狸，会交换它的秘密种子，只能种到月光盐罐里，像照顾婴儿一样悉心呵护，会结出奇异果子，要在特定的时间地点吃下，才能获得秘密；有月光的夜晚小狐狸会从铜锁里跳出来，中秋夜带欢喜到铜锁家里做客；星星山谷里锻造星星的仪式；山林集市有各种珍稀的物事，必须用自己最好的东西以物换物……这些是属于山林的记忆，也是时光走过的印记，作者以纯真的想象，予山林之物以生命、声音、色彩、状态，不制造曲折离奇，而是在细节的填充打磨中幻虚成真，重焕那些旧事物神秘又浪漫的光彩。吸引读者，尤其是充分激发起儿童的好奇心，满足儿童的探索欲，引导他们身临其境地去故事里、山林里畅游，建造属于自己的森林，认识自己的内心。

让古籍里的文字活起来

相比于构建现实的复杂和可能，童话故事往往更注重愿望的表达和满足。《欢喜的森林》中，“心中的森林”是童话的精神内核，整个故事可以看作对森林秘密的探索发现之旅，也是孩童孤独内心的疗愈之行。

《欢喜的森林》令人惊喜的，还在于它让书写在古籍里的文字活起来，对中华优秀传统文化进行了创造性转化和创新性发展。赵卯卯以唐代志怪笔记小说集《酉阳杂俎》，传奇小说集《宣室志》《三水小牍》为引，选取优秀经典古籍中记载的奇闻逸事片段，以适宜儿童理解和喜欢的表达手法，创造性转化出月光盐、雷电、白鸟鞋、布满野兽足迹的石头、金蝶扑火等精奇的意象，创造出一个神秘灵动令人向往的森林之境，使童话呈现出中国现实、中国想象、中国味道相融相织的质感。

> 那是个美好的午后，蝉声覆盖山林，山风在老房子的前廊里奔跑，偶尔几声鸟鸣传来，就像落在湖中的石子，让山林泛起一圈圈涟漪。

在孩子们成长中会有无数个孤独、迷茫、疲惫的时刻，《欢喜的森林》也会像一粒石子，落入他们的童年记忆和童年想象，泛起层层涟漪。

原载于《中国教育报》2024年7月10日

树种在塞罕坝播撒

《童年树》是一部以颂扬塞罕坝精神为主旨的儿童文学作品。小说通过小琳、小柱的少年视角，选取塞罕坝林场几个家庭几代人的成长经历，讲述了在“绿化祖国”的伟大号召下，塞罕坝林场人甘于奉献，付出青春、汗水、智慧甚至生命，薪火相传地为塞罕坝和祖国的绿色发展艰苦奋斗，最终使荒原变林海伟大创举的奋斗故事。

主题写作和宏大叙事对于儿童文学有着不小的挑战，要避免主题先行，又要使少年儿童读者易于接受，对其进行精神激励。作者保冬妮秉持着家国情怀和时代使命，以“六女上坝”等真实历史人物为原型，深入塞罕坝调研，注重提升文本的真实和温度，从时代现实、日常生活和艺术技巧等层面进行了创新实践探索。以日常生活为切入口表达主旋律，传递精神价值。

全书共五编，上、下编为主体，书写在塞罕坝出生的小琳、小柱的童年生活和成长经历，另三编穿插塞罕坝林场人后代秦朵的演出经过和游学见闻，当下北京天桥艺术中心舞台和六七十年代塞罕坝艰苦的植树建设两个时空中，三个孩子迥异的成长经历衔接交错并行。精巧的叙事方式给情节推进注入更多活力，避免了单一叙事视角带来的枯燥乏味，多面拼塑出塞罕坝林场建设者群像，展示了父辈们在塞罕坝林场开荒植树的艰难历程和伟大成果，织就了塞罕坝荒原变林海的宏伟图景。

作者结合少年儿童最感兴趣、日常接触最多的元素，从自然生态、地理空间、实践活动等方面开拓题材，铺设情节。富有时代和地域特色的物品：承德姥姥送的“奇货”麦乳精、糕干粉、关东糖，塞罕坝的莜面鱼鱼汤、烤土豆、苦粒、提浆月饼、檀香香皂，在生白铁盆里洗澡等时代记忆，重现物资奇缺的塞罕坝的幸福生活片段，为文本增添了贴近时代、贴近生活的烟火气和真情实感；作者深度考察还原塞罕坝富有生命力的自然物种，蓝刺头、金莲花、马兰花，研究它们的地理渊源和变化，突显塞罕坝的建设成果；从对黑琴鸡、狼、蓑羽鹤宝宝的照顾中，传递保护生物多样性，维护生态平衡的现代价值理念；通过当下儿童熟悉的观看演出、博物馆参观、塞罕坝游学、日常学习等活动，普及、传承中华优秀传统文化。审美意象的多样和表现手法的多元，丰富了文本内蕴和价值思考，增强了作品的可读性和趣味性。

建设塞罕坝林场第一代青年，以关思雅为代表，被知书达理的父母培养成全面发展的文体标兵，过着衣食无忧的生活，大学毕业后积极响应国家号召，义无反顾地扎根荒山秃岭的塞罕坝，发挥自身特长，投入火热的造林建设。甘于奉献、善良乐观、勇于担当是塞罕坝林场人共有的精神气质。作者并不局限于歌颂林场建设的青年亲历者，而是将其置于家庭生活，关注到与他们血肉相连的上下两代亲人。乌日娜奶奶、关思雅父母等这些在后方的老一辈，默默支持孩子的事业，“到国家最需要的地方去工作，做自己想做的事情，值得父母骄傲”。也不乏令人揪心隐痛的下一代：回乡路上意外身亡的松子儿，自小跟父亲分离的曹黎林，幼年丧父的小琳，带着两个弟弟寻父亲却迷失在落叶松林里的大柱。作者隐去了骨肉分离的痛苦和恐惧，将笔墨着于亲子相处的温情片段。父母们舍身忘我奋战在造林一线，给孩子们的爱可能不是完整的，却是最纯粹的。环境的恶劣荒芜与邻里之间携手帮扶、不分彼此的温馨形成对照，这也是小说最打动人心之处。在这一个个有血有肉的家庭日常生活中，那些被我们习以为常的温情、对美好未来生活的向往，在每个人心中汹涌澎湃。

塞罕坝精神作为一个相对抽象的概念，对儿童而言是难以明状的。作者避免口号宣讲和概念灌输，伟大精神由血肉可亲的青春铸就，从现实生活的细节中蒸腾而出。《童年树》中，孩子们自小耳濡目染的是父辈们创造幸福生活的坚定信念，是抛家舍业的牺牲奉献，是携手同行的美好愿景。时代浩荡与主旋律书写被细化融入儿童个体对现实生活的敏锐感知，成为他们成长经历中不可分割的一部分，塞罕坝精神变得可触可感。树的童年和人的童年同行并进，参互成文，孩子们就像一粒粒播撒在塞罕坝荒野上的树种子，在父辈们炽热的理想、精深的智慧、不竭的奋斗中沐浴滋养，最终成长为扎根祖国大地的参天大树。

原载于《中国新闻出版广电报》2024年3月4日

民族视域下的生态书写与文化传承

《冉里的树皮衣》以云南哈尼族梯田申请世界文化遗产为时代背景，围绕少数民族、儿童成长、生态保护等方面，通过少年冉里的日常生活和成长经历，展现了“树皮衣”等历经时间打磨而愈发斑斓的少数民族文化。作为土生土长的云南作家，马瑞翎以云南边境地区儿童的生活和成长为视点，睿智俏皮的对话，生动传神的儿童形象，绘就了少数民族少年趣意盎然的生活画卷，笔触细腻、格调明丽地再现了少数民族的生活现实、精神风貌、民俗风情，触摸民族文化的核心特质，传递出作者对自然生态和精神生态双重保护的理念，以及传承自然生态和优秀传统文化的思考。

“人类也并不比一片叶子和一条虫子高明。”

人与自然的关系一直是重要的哲学命题，也是紧迫的现实议题。放在儿童文学作品中进行探索，就要根据儿童的认知特点，将儿童置于自然中直接感知、亲身体验，才能建立起对自然的尊重与责任。马瑞翎通过冉里的生活成长空间，开辟“土地与生命”的视角，将目光聚焦到哈尼族人重复了一千年劳动的土壤田间，以及与土壤有关的生命——水稻、虫、鸭、神灵，从一年之始的早春献祭祈福、播种、捉虫、秋收到一年之尾的休养生息，围绕哈尼族梯田上的水稻种植，富有想象力的诗意与童趣兼具，展现秀丽多姿的自然风貌，将自然的有机运转具象化：爬到寨子上方像站在大山巨人的肋骨上，寨子边是大山巨人的肚脐眼儿；云从森林里生出来升上天空，小溪汇聚到一起流到沟渠像汗水从毛孔里渗出来往下流那样……森林、梯田、水渠、寨子彼此照应，生命就循环流转起来。

比起现代文明，作者更宣扬古老的自然的原生态生活方式。在这古老里，既有未被污染的纯净，也萌发出原始生命力，像哈尼族人的生活劳作，不急不躁，内心安稳，自由且充满希望。她认为众生平等，我们眼中的世界和万物生灵眼中的一样，有同样的情感和思想。

作者同时书写了少数民族对自然与神灵的敬畏，这种源自生活、生命和精神诉求的，同时也是发自内心的信仰，比如神仙、咪咕大人、稻谷娘娘、“福气”等这些神明象征和各种敬神祈祷仪式，陪伴着哈尼族人吃饭、劳作、祭祀等，从中得到精神的富足。不仅给作品增添了古老而神秘的民族色彩和力量，也天然地激发出孩子们的敬畏之心。

“除了前进之外，还应该时不时停下脚步，看看祖先发明的这些好东西！”

作品以传承为主旨，既有对中华民族优秀传统文化的传承，也有对时代和现代文明冲击的思考；既有对自然生态的延续保护，也有对生命精神的悲悯继承。在近几年热门的文化传承主题写作中，如何让儿童真正理解、敬重、融入、传承传统文化是重点也是难点。在这部作品中，作者摒弃知识典故的照本宣科，贴近儿童心理，让文化与生活进行动态融合。哈尼族梯田申请世界文化遗产这件大事，得到了哀牢山哈尼族人的最高重视，牢牢印在每个人的心里。他们日常的交谈寒暄、风俗农事、盖房建设，甚至信仰，都无不与申遗紧密联系，并为之让步。给新盖的洋房加上蘑菇；将古老的民族的物件仔细保存，等着给“联合国”看；连田里的泥鳅，都是“联合国泥鳅”；为了带专家去看龙林怪树，咪咕大人打破祖训，祭出自己家的野猪……趣味横生的日常，质朴的民族愿望，真挚无私的情感，以小见大地让申遗、传承、文化这些抽象词语通过朴素的日常灵动起来。

哈尼族古老的“树皮衣”的制作，作者也没有给出科普教学式的传授，而是主要抓住儿童想要拥有新奇物件的急切的心情，以及与父母的对话来灵活展现。冉里爸爸制作的树皮衣，是父亲对古老哈尼族文化的再现和传承。对树皮衣的好奇引领冉里主动去了解树皮衣历久弥新的历史和价值，萌发了告诉朋友的自觉。爸爸去世以后，冉里将“树皮衣”当做父亲的手，成为一种精神上的陪伴和保护。在此，用生命的继承完成民族文明传承，民族文化的生命力得到更直观的呈现。

“树皮衣不是一件衣裳，而是爸爸的手。”

儿童文学作品永恒的主题是书写成长。儿童的成长离不开家庭和友谊两个方面的塑造，情感支持和温暖陪伴是儿童最重要的精神需求。作者细腻地摹写儿童真挚又纯粹的情感世界，在生命的欢欣自由中，品味生死和苦难。冉里和小伙伴的友谊，有无拘无束的分享，也有各执一词的交锋；在冉里失去爸爸后，朋友们毫不吝啬地送出自己最珍惜的礼物安慰他，真实又贴切地写出了孩子的稚气和善良。在亲子关系方面，作者塑造了一位不同于当下常见的，城市中因工作忙碌而忽略或敷衍孩子的父亲。“能把儿子逗乐，是一种了不起的本领”。冉里的爸爸“每天扛着锄头在田间地头”，干着巡查水渠这件平平常常却“顶顶愉快的事情”，他总能体贴满足冉里的需求，尽己所能地实现孩子的愿望，在孩子失落时给予幽默风趣的安慰。父亲去世之后，为人处世的方式还时时刻刻鞭策指引着冉里生活，他未完成的事业，也成为冉里未来追求的方向。作者真实映射出孩子成长所面临的漫长曲折的经历和复杂艰难的现实。朋友之间的共情力，亲子之间的同理心，是温暖的精神滋养和积极成长的力量的源泉。

“以后很多东西都得变！”

《冉里的树皮衣》采用的双重叙事视角给作品增添了多重阐释空间。一方面，作品从儿童本位出发，充分贴合儿童对现实生活的感悟，沉潜于儿童的心灵世界中，展示冉里的生活和精神世界。另一方面，又穿插作者的幕后旁白：“事实上”“当然……是不会……，只需要……”“但情况并是不这样……”，来提醒和预示事情的多方位走向，在文本内部产生对照回响，审美空间上产生更多未知和可能的韵味。故事的末尾，十三年的申遗之路在专家和哈尼族人的不懈努力下画上了圆满的句号，少年们“提前当一个哈几阿达”的梦想也正在这片古老的土地上滋养生长，等待盛放。

原载于《中国出版传媒商报》2024 年 8 月 9 日第 2962 期

第三辑

立时间之畔，呈物候之美

耳窑作为关涉陕北特有物候和人文版图上的一块独特碎片，既是空间层面的建筑实体范例，又是精神层面的人情风貌所向。散文在自然和人文的双重视角下，从空间、时间、陕北女儿三个层面进行了交织书写和重叠映衬，走过耳窑所在的村落，追溯它的过往和当下，想象耳窑的地理联结和情感际会，它承载着的是陕北女儿们的青春心事和长成，也蕴含着陕北特有的风俗人情。

作为空间的“耳窑”是陕北窑洞群落中一种特殊的建筑形式，生长在小理河畔，在小理河的温润滋养下，它精巧玲珑，通透明亮，被大窑扛着，是一个没有被烟火气熏染的、纯净的独立空间。文中多处用“人化”的手法，进行物人合一的切换书写，展现自然蕴含的真切又厚重的情感，也赋予人以自然般纯净带来的内心舒展和不可抗拒的强大力量。奔流不息的河流是亘古如斯的文化承载，是历史的沉淀，也是未来的承载，支流汇入主流，不断联结壮大。作者笔下大理河、小理河的汇聚，像男人和女人的相遇与交融，共同构建家庭，成为一个生命共同体。“在水一方”的耳窑和住在其中的小女儿也相互映衬。清明尊贵的耳窑，被大窑守着护着，是陕北靠山式土窑的小女儿，一如住在耳窑里的一代代陕北女儿们，她们空灵、明净，性格内敛细腻，过着宁静的生活，贴近自然、顺应自我情感，满怀欢喜地等待心上人到来，去迎接和开拓新生活，这也辉映着包纳一切的河流一往无前的奔赴和无私的滋养。

散文用诗性凝练的语言，书写了对陕北地域文化的感思和对陕北女儿纯美奔放的赞赏，既呈现了自然的风土，又展示了人文的风土。

原载于中国作家网 2022 年 6 月 3 日

美感记池与缺憾命运

《纸城堡》中，“我”追忆了一段少年时光，以第一人称和旁观者的视角，讲述了记忆中的一段关于同学“甘蔗”从闽南搬到潮汕后，被嘲笑排挤，而后慢慢被接纳的生活。

童年记忆往往既真实又虚幻。《纸城堡》不仅真实生动地再现了童年的现实生活片段和内心活动细节，又因“我”年少时常莫名发烧造成的生理上的不清醒，以及搬家带来的空间腾挪，而在真实生动之外散发出迷离和神奇的光彩。在看似少不更事的纯真回忆里编织进了少年时期特有的，对偏爱的或超出认知的世界和现实所做出的奇幻想象，比如把巧手折纸的甘蔗认定为“纸将军”，能像“神笔马良”一样，折纸成真；比如对金佛虔诚许愿、对鬼的好奇与忌惮……在纯真笃定的叙述中，呈现出真实的童趣。

同时，小说也传递出孩童世界的特有的认知、困惑和思考。甘蔗一家从闽南搬到潮汕，空间的转移带来身份的变换，在融入当地的过程中受到了阻隔。妈妈积极学习潮汕话，跟邻里互动聊天，送吃食，努力融入当地主妇圈子，然而激动之时，“闽南语像退了潮的河床一样裸露出来”，外地人的标签始终存在。甘蔗作为无力改变世界的孩童，则选择了默默隐藏自己，尽量使自己透明化，羞涩笨拙地回应友善和好奇，忽略、过滤挑衅和嘲笑。折纸是他打发孤独和焦灼的唯一方式，也是化解来自“阿猴”等人排挤，引起同学们的注意和喜爱，融入学校生活的方式。甘蔗一家这样作为城市里的主动移民，对融入当地文化是有着强烈的渴望的，这融入和被排斥过程中的激动与隐痛、卑微与自尊等滋味，也是非常耐人琢磨的。

文中提到的“记池”和“命运”，是提领这段故事的关键词。作者反复插叙因为种种原因，“我”的记忆是不能够相信，不能作为事实依据的，这段所谓的回忆是在现实基础上，经过“我”的理解和感受加工后的想象。小说后面，偶然与老同学重逢话旧事，展现出“我”的记忆偏离和“甘蔗”现实命运的反照，剥离想象后的落地回归，形成一种差势力量，更添唏嘘。

原载于中国作家网 2022 年 8 月 5 日

在行走中消解重建

我们为什么出发？以何种姿态行走？我们将至何处？

自古以来，中国文人就偏爱寄情山水，由山水地理而作的传世名作也熠然璀璨。《甘南行记》作为一篇游记散文，作者从诗意不断丧失的都市生活回归自然和土地，在山水地理的浸润和感染中，在历史和现实时空的追溯和游走中，祛除繁华喧嚣与内心芜杂的干扰，完成精神的重唤与洗礼。

由长安出发，火车过浊黄似汤的渭水，进入温婉沉静的天水郡，车过麦积山石窟，出天水，进通渭，到兰州刘家峡，在禹王开山劈谷的传说中展现自然的神奇伟力，见证当代水电枢纽工程的重工力作，探访炳灵寺、拉卜楞寺，感受历经繁华、洗尽沧桑的佛性的照拂和信仰的净化，过诞生、传唱英雄的桑科草原到达隐逸旷美的扎尕那，在山地高原的旷景和生命力中，感受灵魂突破樊篱。一路走来，车行景移，一切景语皆情语。在书写甘南地区的山水地理和人文景观的同时，作者引经据典，展开了关于历史、人生、文化等各方面的思考；借景抒情，将主观的情感、人文感怀、思想省察投射到客观的山水风景之中；望景栖心，通过自然诗性的语言表达以及对山水人文的精细描摹，消解社会焦虑和时空辗转所带来的沉重，揭示山水地理之于现代人的意义和价值。

“直到穷尽岁月的余生，才方知芸芸众生里的繁，苍凉大地中的小，百里红尘内的孤独。”在历史和时间的长河里，在自然和人文的滋养中，重拾生命原质，寻到精神释放和肃静的归处。

原载于中国作家网 2022 年 10 月 14 日

从身体进城到精神还乡

《灯盏2021》收录了入选中国作家网“文学之星”的十四篇小说，这些作品既书写小镇人情又着眼异域风土，既关注到了被忽略的北漂老人，也抒发了铿锵的英雄赞歌，作家们拨开纷繁世俗倾注过多热度的现象的遮蔽，将目光投向芸芸众生平凡却复杂的人生况味，透过时代和现实的光照，发掘坚韧、悲悯、温情的力量，呈现出对时代和现实的深刻而独到的思考。

其中最令我注意的是，吴彦飞的《阮郎归》。

早在《太平广记》中就载有《阮郎归》的故事，讲述的是刘晨、阮肇二人到天台山采药，遇到二位仙女，被留住了半年，后来二人思乡心切，终于回到故土，却发现村子已然衰落不堪，才觉过了十世了。

吴彦飞的小说《阮郎归》延续了这个故事的设置，聚焦当下在时代波澜中靠知识改变命运的农村中青年，讲述了罗之秋、卢云舟二人青年时离开乡村到城市，经历了求学、谋生、漂泊、定居之后，因亲人去世、家中变故等契机，中年重返乡土的几次人生经历，努力与原生家庭、乡村恢复良性关联，传递出人的城市化过程中，个体游走于城市和乡村的纠结、矛盾、释然的心路历程。

辛弃疾的《阮郎归》以“山前灯火欲黄昏，山头来去云”起，小说的开篇也是这样一幅画面——夕阳下乱云飞渡，昏黄的天色与游走的浮云映衬纠缠，衬托出罗之秋黯淡游移的心理状态，也奠定了小说淡漠而克制的基调。作者冷却隐藏自己的主观情绪，以不褒不贬的态度叙述情节，留出阐释空间。罗之秋父亲去世，在此，失去至亲的切肤痛感被隐去，他听故事一般听他人转述父亲晚年和临终遗憾；卢云舟面对亲人唯利是图的刻薄嘴脸，也是呈躲避姿态，冷眼下道不尽无奈，然而，生活依然在继续，内心深处微波泛起。

小说打破了叙述的线性，双调并叙，罗之秋、卢云舟二人的经历相似、兴趣相投，看似两个平行的人生轨迹实则合成了一个个体的完整多面。在瞬息万变的时代洪流中，流入城市成为乡村青年人的生存常态，尤其是接受了高等教育之后在城市安家的青年人，如何抗争家庭和乡土的负面牵绊，如何回望乡土，处理与乡土之间生来亲密、后天疏离的复杂而矛盾的联系，也是很多人面临的问题。作者对这个群体现实生活和命运的可能性做出了自己的思考，在小说的最后，他们与乡村、与自己达成了初步和解。

原载于《文艺报》2022年10月26日

原文名《拨开世俗迷雾，寻找现实光照》

关于平常人一生的书写

书写死亡以及农村丧葬的小说并不鲜见，它们或渲染悲情，展现农村凋敝颓败现状，或在丧葬习俗中呈现农村风俗世故。相较之下，《柿子树下》是一篇不动声色又写尽悲凉的小说。

小说从一位农村老年妇人的死亡视野展开，通过质朴的语言和克制的叙述，将经年累月不见波澜的生活细节和情感情绪绵密编织在一起，形成了强大的情感张力，在平淡的乡村生活里，暗含着作者隐而不发的悲悯。

老妇人的视角一边直视（幻想）死后的情景，一边又穿越回年轻时代艰辛却满足的生活，老年和年轻的时光穿插交替，回忆被打断又回穿，加上不疾不徐的叙述节奏，非常贴合老年人的特征，增加了现实感和融入感。无论是生者视野下对自己葬礼的体验和感想，还是年轻时候女儿远嫁他乡的哭泣中的平静规劝，丈夫走后孤独的大山回响，逃离城市生活回到熟悉的生活场域，对死亡从静漠平视最后到期盼……现实以冷酷一刀刀刻在这位老妇人的生命轨迹上，她从来都是坦然地接受。没有刻意塑造卑微人物，没有刻意营造悲苦现实，并且试图以一种轻松自然的方式去度过。在这样的语境中，平凡生命的悲剧意味反而更具有了打动人心的力量。

将现实生活最沉重的负担和情感在时间的滴漏中消解，作者通过以“生”望“死”来达成。最令我动容的两处，一处是她擅自修缮家里，梦到死去的丈夫不高兴，醒来她做了一桌子菜弥补——她“对着门外的田野：他爹，快回家吃饭啰。不一会儿，大山回应：他爹，快回家吃饭啰”。这是他们几十年中不起眼的瞬间，也是再也回不去的生活。另一处是最后一句：“儿女们把她的骨灰埋在了他乡的公墓里。”文本中，生与死不断地回环滚动，现实与过往接踵碰撞，最后，她和丈夫一起生活的美好回忆，他们的家，以及在另一个世界里重聚的美好希望，都随之消散了。只留下柿子树，五冬六夏地立着。

透过细腻真实的文本，不论是生活细节还是情感走向，我也深切地感受到作者对农村留守孤寡老人的内心情感的关切，老人们对情感的渴求，对死亡的态度，对儿女的爱和希望，跟所有年龄的人同样热烈，又隐秘又厚重。这份爱，应该被回应，也值得被书写。

原载于中国作家网 2022 年 11 月 4 日

“逆女子”出走的半生

展现女性苦难和生存困境的小说历来不鲜见。《西码头的畲子》将时代背景置于七八十年代改革开放前后，把女性可能面临的困境集于“逆女子”钱艳萍一身，讲述了她在时代激流和跌宕命运中艰难却稳步前行的“有名”的半生。

在观念传统的七十年代初，钱艳萍用大喇叭宣告跟家里断绝关系，毅然决然地嫁给被西码头看不起的“畲子”隋天保。在万象更新的八十年代，她先后经历了丧夫、创业谋生、与另一位“畲子”暧昧纠缠、扩大经营、抚养两个儿子上大学、失去小儿子、被严打抓起来“二进宫”、悲恸中谋得新营生“哭坟”、眼看饭店陷入危机又迎来西码头包装改造的机遇等考验，艰难困苦不足以概括她的半生遭遇，乐观坚强也形容不出她的活法。不同于听命无助的女性形象，小说展现了一个思想率性奔放、敢想敢干、既有烟火气又热情的倔强的“逆女子”形象。

作者在男性视野下给予女性命运和困境以深沉的人文关注，将女性情感抉择、生存危机、精神独立等多重难题集结，再将其通过一些或悲伤或惊奇的机缘，用举重若轻的方式一一拆解，最终呈现出处逆而安的生存格局和松弛自由的生活状态。当然，成为获得情感自由和内心恣意的“逆女子”，也必然付出了一些宝贵的代价，比如牺牲亲情——她和儿子都选择了青年离家断绝联系，比如独自承受生活重担，比如面对爱人的突然离去和“情敌”来访。

原载于中国作家网 2023 年 3 月 10 日

以眉画心

中国的诗词曲赋中，对“眉”的描述不胜枚举:《洛神赋》中用“修眉联娟”写洛神眉毛弯而细长，形容其貌美；唐代盛行柳叶眉，《长恨歌》中记杨贵妃“芙蓉如面柳如眉”；也不乏典故，比如西汉张敞为妻画眉传为夫妻恩爱佳话……在中国传统文化意蕴中，柳叶眉通常是柔情绵绵、温顺和睦的象征。

小说《眉眼盈盈》中，作者以“眉”作为牵动故事的内在动因，以“画眉”为情感催化剂，从锅炉工老唐和保洁员万惠两人的人生经历，侧窥中年人的情感纠葛和精神趋向。老唐在中年丧偶后独自带着女儿生活。作者没有赘述他生活的苦楚，而是通过为妻子画眉来展现年轻时夫妻生活甜美；在妻子去世时只能买廉价的笔为其画眉，画好就火化了，寥寥几笔，反衬在城市奔波劳碌、思想被封存挤压的生活状态。邻居万惠和过世的妻子一样，有好看的柳叶眉，却因丈夫出轨离婚而心事重重疏于打理。杜康送来装着画眉工具和家传祖母绿戒指的礼盒，试图弥补亏欠。柳叶眉是老唐向往美好的念想，也是万惠前夫杜康没放下的过往。画眉成了照进老唐和万惠拘谨、狭窄、单调生活空间里的一道温暖的光，是老唐对邻居万惠的恻隐之心，也是他们追求美好生活的依托。

作者非常注重细节和内在逻辑的关联与衔接。小说开头的粉色坤车、柳叶眉、鸟鸣、老唐在街心公园久坐、红色现代车等细节，关联起了情节。此外作者也特意用诗文、典故来进行情节上的衔接，增添了小说雅致细腻的韵味，也更贴合老唐的人物性格和气质。老唐在街心公园久坐和万惠在院子里呆坐，道出了城市劳动者的工作之外的某种生活状态，通过独处，完成对他们的内心自白和情感想象，不仅关注了城市孤独忙碌的中年人的特有的情感需求和生活状态，也传递出作者对于生活的思考。

“过日子嘛，还是留一点谜好。”

“可谜又究竟是谜……为什么呢？”

“谜”是否要留，怎么留，什么时间解，怎么解，生活自会给出答案。

原载于中国作家网 2023 年 4 月 28 日

戏里人生戏外明

小说《盗戏》以汤知碧婚姻中意外出现的插曲为切入点，看台上刘秀英演完了从夫妻恩爱到离心反目的半本戏，台下的汤知碧忍受委屈在内心走马半生，勇于自证清白，完成了对情爱、婚姻从笃定到坍塌，再到释然的历程。通过女性细腻的内心剖白和敏感的情绪流转，抽丝剥茧地展现女性在现代生活尤其是两性关系中面临的生活难题和情感困境，在对照中书写女性人格的现代化转变。

小说的精巧之处在于"戏"。首先，选取了戏剧《碧玉簪》的经典情节，将戏剧中传统女性刘秀英备受凌辱的婚姻与现代女性汤知碧遭受猜疑的经历进行穿插交织式的叙写，两个故事平行发展，又交错推进，围绕刘秀英的个性悲剧、婚姻悲剧，渲染对照汤知碧的猛然警醒、理智选择，戏剧和现实两线互文映照、互相铺垫。其次，小说本身的戏剧性。汤知碧完成了从纯真青春到懂事成熟的个体精神转变，在夫妻二人的矛盾拉扯中，她重温了年少的悸动，恋爱的盲目，新婚的甜蜜；在冷静揭开真相后，又抛出了"笔迹"的悬念。复杂的人性、紧张对立的人物关系、各怀鬼胎的设计谋划……小说在凝重的矛盾中开场，在"人生如戏，何必较真"的顿悟中轻巧落幕，产生了强烈对冲和戏剧性。另外，双线并进的设置，加上小说放眼于情感生活，作者尽力避免冗繁的叙事，精心构建情节。比如误会解开后，汤知碧、邵连山、邵母三人到剧场，通过剧里王玉林母子给刘秀英道歉，联动现实中的邵连山母子二人；而关于邵连山其人，关于汤知碧今后的人生，作者则都给读者留下了足够的想象空间。

当然我们也可以看到小说存在一些明显的短板。比如文学性上，小说的语言和叙事节奏明快，但细节之处铺陈过渡不够自然，带有堆砌、普及的意味；叙事上，双线并行，加设了其他元素，比如选柚子作为伏笔的关键物品、业内竞争对手“老王”大费周章的栽赃、昙花破案等，这些设定需要更结实的架构、逻辑和机理去支撑；主题上，女性的觉醒也还有待于进一步深化、提炼和升华。

原载于中国作家网 2023 年 6 月 16 日

当大雨倾盆而至

小说《水渍》通过一片“水渍”引发的装修纠纷，勾连起“我”的童年记忆、家庭生活和工作，在过去和现实对照中，展现当下都市中年女性的一种生活状态，以及对在这种生活冲刷下导致的内心的波动流转，对女性面临的现实难题进行了纪实性描摹。

小说在很短的篇幅内道尽了现实生活扑面而来的琐细繁杂。作者在叙事上非常克制而练达，主要采用线性叙事，以小见大，由表及里，设置“矛盾”窥探“关系”，通过“解决”反映“问题”，不论是装修、家庭，还是工作，作者都抓取了冲撞最激烈的部分，最有助于塑造人物的当下经验，巧妙地将情节浓缩到三个矛盾点，展开叙事。

首先是雇佣关系中的摩擦，“我”作为主话人，旁观看装修工人“磨洋工”、装修队与物业之间相互推诿，拆穿伎俩、表达诉求时是直截了当的；其次是家庭关系（夫妻和亲子）内部的暗涌。夫妻之间不露声色的试探和“心理战”，母女之间表里不一的争执妥协，原生家庭和童年阴影日濡月染的影响，让“我”深陷其中，却只能婉转解决；第三是工作中同事的推责。同事对工作的不负责，一定程度上给已经难题频发的生活带来了更多阻力，但也是可以游刃有余去应对的。

连绵不绝的雨水倾尽了都市中年女性正在面临的现实摩擦。尽管“一地鸡毛”的中年女性生活状态已经被众多作家反复书写，同题材的《水渍》也不失为一篇颇有亮点的小说。小说尽管呈现了三种关系，但内部声调始终保持一致，小说两次写到一首当下流行的歌《就让这大雨全都落下》，其实是一种态度的隐喻埋藏在文本中。各种矛盾点集中指向了一个内核——“责任”。工作责任，家庭责任，父母责任。“我”没有歇斯底里地反抗发泄，也没有随大流进入“躺平”的状态，而是站在现实的大雨中，愈加清醒，愈加坚定。

原载于中国作家网 2023 年 9 月 8 日

流动的生命见证

在扬城小镇日夜流淌的幸福河，是小镇生活的见证，生命个体从幼到老，从弱到强，从生到死……镇上的每个人都是幸福河的一滴水，被幸福河滋润、净化、疗愈。幸福河奔赴向前，生命的步伐也永不停歇。

散文的真实，讲究书写真实经历和亲身见闻。在这篇散文中，作者将对亲人内敛的微妙情感，对过往的深情回首，以及人生复杂的难以言明的经历，通过精致丰富、灵动跳跃的语言，包纳进对幸福河的描写中，因虚及实，情理兼备。艰辛的经历、沉重的过往，与河流的波澜动荡同频，被特意简洁轻化处理，突显河流宽容涤荡的力量，也暗喻着生活“幸福”的走向。“这里的路是把童年折叠成小船的形状，涂上月光的色泽，放到每一个人的运河里去。”作者还通过船、羽毛、月光、梦境等意象，隐喻现实的指引、对人生意义的选择。在主动或被动的向前行进中，品味生活的滋味，打通生活的路。

作者在等待阳光中结尾，寄于对美好、对善的期待，既是对自己的正向暗示，也是对读者的导引。奔流不息的幸福河，显映生生不息的生活场面，描摹渐行渐远的人生图景。生命的意义，等待我们自己揭晓答案。

原载于中国作家网 2024 年 1 月 19 日

打磨现实的火彩

2023年中国作家网“本周之星”栏目的入选作品依然散发出强烈的现实主义意味，多数作者倾向于将个体经验与时代、集体记忆紧密融合，关注时代、现实与生活，尤其重焕那些被忽略的、被漠视的、被遗忘的群体记忆和民俗的光彩，关注普通人日渐消匿的生命轨迹以及他们在纷扰世界里的精神走向，在“习焉不察”和“微不足道”中敏锐感知，发掘新意，在对现实的解读和解构中更新文学实践，建构自我文学审美。

散文篇目里，写景抒情类的散文在优美之余也有哲思深度。《旷野三章》于萧肃冷寂的旷野发现缄静不语的生机，成就旷达雄浑的生命之美。《耳朵里总养着几只鸟》则诗性与哲思兼具。《写给南浔的组章》移步异景，以景入情，南浔的过往历史与南浔的水景一起流动不息，而作者的内心所思所感也与之一起韵动。与北方乡土的凝重、苦难不同，这篇散文呈现出的是人在画中，乘舟赴星河的江南风情。

同时我也注意到，有更多作家将目光投向追忆山乡旧貌与家族往事，注重于民俗、时节、农序、乡野中建构自然审美，通过对当下现实与过往经验相对照的文学实践，重焕精神回溯的力量。《大寒：一朵梅丈量到春天的距离》《冬事杂忆》，都是书写记忆中的“冬”，于时序节气、物候自然、乡村风俗的经验和想象中，融入对当下人和事的体察，记录时光流转、时代变迁中被忽视和被遗忘的，内心对留存美好的希望和期待。《火灰里的童年》的烟火气和怀旧气更加浓郁，在秩序井然的现实生活中，热腾腾闹哄哄的童年更有趣味，富有生机。《墙根下的缩影》中，由对祖父的追忆展开对童年生活情态、故乡风土人情、村庄过往风貌的日常记忆的书写，完成对当下乡村生态的思考。《北方的庄稼》不仅呈现深具中国传统意味的农事乡俗、婚丧嫁娶、物候天气里的人情世故，更写出了它们在时代情势下的传承和变化。《圪塔院记忆》将时代变迁与对故乡回望重叠，日常生活的更迭与亲人的悲欢沉浮，交织成我们的生命经验和情感本源，也让我们深切感受朴素生活里生长出的生命力。《尘封的胡同》《大地之灯》都是回忆童年时光。《大地之灯》追忆了少时在江南乡村的劳动生活场景，对田俗农事的细细回望，是作者内心从空虚到充盈的力量源泉。《尘封的胡同》则发生在北方胡同，通过回忆亲人，将家族记忆的背景投向广阔历史，苦难与温情并存，为平实的叙述增添了厚重的滤镜，展现出一个时代的众生百态，读来尤其真挚动人。

总体来说，散文类的作品普遍具有真挚的审美意趣。作家们乐于回忆或者记录个体生命体验和认知，并结合时代进行对照，在追忆往昔中辩证思考，将看似简单的个体经验通过文学书写转化为整体性精神记忆，使其文学表达的意蕴层次和可能更加丰富，更有意味。

小说类作品中，作家们更多地选择立足于现实主义创作实践，从现实生活出发，尽力摆脱经验的拘囿，在有限的篇幅里承载更多现实观察和思考，在语言表达和叙述结构等方面更加成熟，也进行了一些新的尝试。有意识地将人置于时代洪流和现实力量中，外在现实生活逻辑，内在则形成复杂丰盈的经历和感知，而且更注重通过生活细节和内心情感去塑造人物形象，增强人物性格的延展性和生命的鲜活力，从而使文本更具有撼动人心的力量。小说《水渍》通过一片“水渍”引发的装修纠纷，勾连起王芳的童年记忆、家庭生活和工作，集合三种矛盾，尽显当下都市中年女性所面临的现实生活的琐细繁杂，外界烦扰的扑面而来与内心情绪的波动流转形成强烈冲击。小说的亮点不仅在于对女性面临的“一地鸡毛”的现实难题进行了再现描摹，作者有意将这种现实的冲击反转为女性向生活冲锋的势能，完成了对新时代下女性的独立、坚韧品格的新解读。小说《盗戏》也是以女性视角书写，以“戏”为文核，以汤知碧婚姻中意外出现的插曲为切入点，看台上李秀英演完了从夫妻恩爱到离心反目的半本戏，台下的汤知碧忍受委屈在内心走马半生，勇于自证清白，完成了对情爱、婚姻从笃定到坍塌，再到释然的历程。通过女性细腻的内心剖白和敏感的情绪流转，抽丝剥茧地展现女性在现代生活尤其是两性关系中面临的生活难题和情感困境，在对照中书写女性人格的现代化转变。当代社会下讨论的女性独立，早已不再局限于“每个女人都应该拥有一间自己的房间和每年五百英镑的收入”，经济独立、精神独立到情感独立，及其带来的自信坚定、处事不惊、有自己热爱的生活和擅长的领域等为代表的内核稳定，这些时代风貌下凸显的女性蜕变，被作家们敏锐捕捉，同时也细腻地展现出了女性所蕴藏的对抗世界和改变逆境的力量。

《高楼湾》和《拘魂枕》是两篇书写北方乡村的小说，从不同的视角展现当下乡村生态，探究农村年轻人的来处和去处。小说《高楼湾》写北方乡村的热闹与凋敝，写农村婚丧嫁娶的陋习和陈旧观念，写乡村年轻人的务实能干，写生活的重压与生死磨难，写乡村淳厚善良的质地里滋养出用力生活的生命。小说《拘魂枕》则是通过农村迷信的传统技艺“拘魂”，展现进城之后被城市化了的农村人如何面对乡村的“黏性”。作者写两代人间因为城市文明而造成的隔膜，写城市的疏离和村庄里互相帮扶的温暖，写现代化进程之下城市与乡村生活的复杂变化，探寻在城市和乡村巨大发展差异下人们如何弥合情感落差的缺损。

短篇小说受篇幅影响，要求在有限的文本中截取典型情节，通过细节、对话等对人物塑造，尤其是精神世界进行准确的聚焦，架构好故事的同时，艺术技法的突破和精神层面的深省，这些是读者的阅读期待，也是作者们努力的方向。

今年“本周之星”有不少令人惊喜的作品，在文本的完整、新颖和深刻性上都有所突破，多数作者不再满足于讲述一个故事，追忆一段回忆，传递一些个体经验，而是着力将文本讲好，讲得更具囊括性、文学性、复杂性，体现时代、现实、情感的丰富和复杂。当然，部分作品也存在一些普遍的瑕疵有待进一步思考，比如细节处理是否能够深入生活的肌理，情节的枝蔓是否冗余需要修剪，铺陈过渡是否有堆砌之嫌而不自然顺畅，逻辑的通达性是否经得起推敲，下笔前是否对要表达的文本内核理清，采用的技巧是否能够衬托起内核，而非相离相悖……可以看到，作家们也在不断反思、尝试和实践。相信他们的写作会继续精进，也期待更多好作品。

原载于《文艺报》2023 年 11 月 24 日

寻找文学作品的“位置”

文学是审美意识形态的语言艺术。作为艺术的一种，其呈现也是丰富多元的。判断文学作品的过程，是一个复杂的主观的过程，有人注重突出思想主旨，有人侧重追求艺术技巧的丰富与创新，有人偏重文学接受……往往会基于读者的经验学识、兴趣爱好、审美偏好等，呈现出多样性。优秀作品并不拘于一格，不形于一态，不定于一尊。陈思和教授曾提出，判断好的文学作品的标准有两种：一是对人性刻画的深度和人性所展示的丰富性。二是将本民族的语言发挥到最大的丰富性与包含性。从为“人”的内核和语言运用两个方面，对优秀作品的共性进行了精练概括。新时代文学更注重时代性、人民性，要体现出时代精神、历史视野、现实力量与审美意识，成为思想精深、艺术精湛、制作精良相统一的文学作品，才称得上是文学精品。

思想精深。一时代有一时代之文学。文学是社会生活的“晴雨表”和“风向标”，文学在审美表现中始终与社会生活、时代、现实相互渗透。优秀文学作品能够审视当下现实的广博内涵，反映历史时代的深刻贯穿，善于直面挖掘当下丰富的现实素材，塑造血肉鲜活的形象，发掘生命个体深微的精神世界。文学创作要以人为中心，深刻探究其思想内核，能够帮助人们多维度认识生活的不同侧面；能够使人勇于面对和理解自我与世界的复杂性；能够提高大众的文化素养和审美能力；能够在文学想象世界中，创新人对时代现实的认识和解决问题的思维；能够增强人的道德判断力和道德荣誉感，进行价值引导和精神引领，激励面向未来的信心和途径。

艺术精湛。“一切艺术创作……都是以艺术的形式反映生活的本质、提炼生活蕴含的真善美，从而给人以审美的享受、思想的启迪、心灵的震撼”。文学作品是遵循美的规律，反映自然美、现实美、心灵美的艺术创造，主要通过语言修辞、情感和价值构建，叙事策略等创造出来。文学语言是一部作品质感和气脉的直接载体。《文心雕龙》提出，文学语言应“辞约而旨丰，事近而喻远”。作家对日常语言精心选择和提炼加工，形成具有个人风格、艺术魅力和审美内涵的文学语言，创造出有个人风格的文学想象。成熟的文学作品能够以言简意赅的语言表达深邃意境，善于将灵动的想象融合到现实生活的书写之中，而不是给言之无物的空洞装饰上华丽的外表。同时，要符合生活逻辑，设计叙事脉络和情节线索，抓取生动的生活细节，完成对现实生活的敏锐捕捉和深邃思考。

制作精良。阅读流传至今的文学经典可以发现，优秀的文学作品在容纳客观现实的驳杂万象、生命样态的鲜活丰满、精神世界的先锋表达上都有着优越独特的表现，大多都囊括了思想的穿透力、审美的洞察力、形式的创造力、情感的感染力，在合力下方能呈现高质量的效果，而非单一性。在艺术表现力上，内容与形式深度融合，追求扎根生活、扎根人民，用细节真实、情感真挚，命运感人等增强作品的感染力、吸引力。比如鲁迅《药》中，对老栓买药前后取钱的动作、神态、环境描写，入木三分地刻画出封建统治时代背景下穷苦人的麻木和愚昧。文学作品要有厚重底蕴、独特风格，需要传承优秀传统文化，也要在时代潮流的冲击下，不断创新形式内容，融合当下科技、媒体、网络的传播优势，吸纳人类智慧结晶，有筋骨、有道德、有温度地展现时代风貌和现实新变。

操千曲而后晓声，观千剑而后识器。文学写作是一段漫长的旅行，文学认知和艺术修养的养成也非一朝一夕。文学感知力和判断力需要经历漫长、踏实、多维度的写作经验和阅读实践的积累，在文学欣赏的共鸣中，找到文学作品的“位置”。

原载于中国作家网 2024 年 7 月 26 日

第四辑

从《大堰河——我的保姆》开始

在中国新诗的发展历程中，艾青是一个无法绕开的诗人，特别是在新诗发展的第三个十年，艾青无疑是最具代表性的。一方面，自然是因为他的诗歌成就，另一方面，也是因为在他身上，世界的潮流、时代的声音还有个人的气质实现了最完美的统一。

艾青的诗歌创作从《会合——东方部的会合》开始（作于 1932 年 1 月 16 日），“艾青”这一笔名第一次出现则是诗歌《芦笛——纪念故诗人阿波里内尔》在《现代》杂志上发表时，然而让艾青声名鹊起、引起文坛注意的则是他作于狱中、1934 年 5 月发表在《春光》上的《大堰河——我的保姆》，这首诗也以其巨大的感人力量成为艾青最出名的代表作之一。可以说，《大堰河——我的保姆》一诗奠定了艾青整个诗歌创作的基调，是他诗歌创作真正意义上的开始。

诗歌与生命的同构

诗歌作品于真正的诗人而言，绝不仅仅是文字工作的结果，而是他最真诚的呼吸，是他整个生命的寄托与升华。古人有“吟安一个字，捻断数茎须”“为人性僻耽佳句，语不惊人死不休”的字斟句酌，今人也有海子这样将整个身心完全投入到诗歌火焰中的诗人，虽死犹生。可以说，诗人的诗歌与其自身生命有一种同构关系。

艾青一生中最重要的经历之一在他一出生时就发生了。他生于一个殷实的地主家庭，出生时算命先生说他会克父克母，所以一直到四岁他都被寄养在他的乳母大叶荷（诗歌中取其谐音“大堰河”）家中，五岁时才被父母接回自己的家中，但也只能叫父母叔叔、婶婶。可以说，艾青童年的生活是富裕的，却不是幸福的，他相当于是一个生活上有父母但精神上却没有父母的孩子。童年对一个人的影响到底有多大，可能所有人都不能说清楚，但大家都必须承认这种影响，它是贯穿一个人一生的。而文学家天性中的敏感因子又把这种影响放大了，大家如曹禺、张爱玲者，读者都能从他们的作品中看出这种影响。幸运的是，精神失怙的艾青却有大叶荷这个乳母，关于乳母的温馨回忆成了他巨大的精神财富。

你用你厚大的手掌把我抱在怀里，抚摸我；
在你搭好了灶火之后，
在你拍去了围裙上的炭灰之后，
在你尝到饭已经熟了之后
……
在你拿起了今天的第一颗鸡蛋之后，
你用你厚大的手掌把我抱在怀里，抚摸我。

大堰河的爱，简单朴实无华，却带着她特有的厚重与温暖。无论是“灶火”“炭灰”，还是煮熟的饭、拿起的第一颗鸡蛋都带着自己的温度和大堰河的爱一起融入了艾青的生命之中。在一生最初的时刻，艾青便接触了真爱，接触了地气，开始在古老和广阔的土地上扎根、生长。

当艾青在狱中想起了自己的乳母，想起了自己不幸但也有温馨的童年，一同席卷而来的还有她仿佛无穷无尽的苦难。

大堰河，含泪的去了！
同着四十几年的人世生活的凌侮，
同着数不尽的奴隶的凄苦，
同着四块钱的棺材和几束稻草，
同着几尺长方的埋棺材的土地，
同着一手把的纸钱的灰，

大堰河，她含泪的去了。

斯人已逝，长歌当哭，她带走了自己的辛酸，苦难还是在这片土地上横亘。其中“几尺长方的埋棺材的土地”可能是最令人产生共鸣和思考的意象。古老中国社会，一个农民最大的梦想无过于对土地的渴求，有了土地也就有了衣食丰足、儿女恭顺，也就有了一切，而往往这些只是一个美好的意愿。他们生于斯长于斯的土地能将他们埋葬，却无法掌握在自己手中，他们在这人世间要做一场无根的漂泊，带着苦难辛酸，最终要化为孤魂野鬼控诉头顶那片阴霾的天空，这种控诉到了艾青的诗中就化为了对大堰河苦难的血泪诉说，是“给予这不公道的世界的咒语”。

当诗人在狱中深深怀念和悼念乳母的时候，早已时过境迁：

大堰河，今天我看到雪使我想起了你：
你的被雪压着的草盖的坟墓，
你的关闭了的故居檐头的枯死的瓦菲，
……
大堰河，今天我看到雪使我想起了你。

此时的艾青不再是那个在乳母怀中的乳儿，他已经成为一个进步的青年，一个接受过“欧风美雨”的熏陶毅然回国投身进步活动的有为青年。1932年，艾青回国不久就加入了“左联”美术家协会，并和江丰、力扬等人组成了“春地画会”，发行美术画报并举办画展。他们一系列的活动引起了法租界巡捕房的注意，他和几位朋友被捕入狱并以“危害民国罪”等罪名被判处了有期徒刑六年。很多人都说诗人的不幸有时恰是诗歌幸事，此语在屈原、李白、杜甫等许多大诗人身上都有其有道理的一面。在艾青身上亦然。在狱中，缺少了绘画需要的颜料和其他素材，艾青的艺术创作开始从绘画转为诗歌，这对中国现代诗歌而言无疑是一件幸事，一个大诗人由此诞生。

此时的艾青鲜明地看到，那些深重的苦难不只存在于自己的乳母大堰河的身上，她只是许许多多人中的一个，这种苦难一直以来都笼罩在他们的头顶，笼罩在中国古老的土地上。

> 大堰河，今天，你的乳儿是在狱里，
> 写着一首呈给你的赞美诗，
> 呈给你黄土下紫色的灵魂，
> ……
> 呈给你的儿子们，我的兄弟们，
> 呈给大地上一切的，
> 我的大堰河般的保姆和她们的儿子，
> 呈给爱我如爱她自己儿子般的大堰河。

对自己乳母的经历和苦难有设身处地的痛，也许这才是最真挚、最好的“赞美诗”；对这片广阔土地上更广大的人群有一样的同情与理解，这才是一个伟大诗人的胸怀。苦难的土地、苦难的人民自此成了艾青诗歌中无法抹去的身影，土地更成了艾青诗歌中重要的意象之一。

诗歌与时代的同构

好的诗人有优秀与伟大之别，伟大诗人的特质之一是他能用自己的诗歌创作来带动诗歌的走向，在特殊的历史时期开启诗歌的一扇大门，通向一条更广阔的路。王国维在《人间词话》中言：“词至李后主而眼界始大，感慨遂深，遂变伶工之词而为士大夫之词。”这便是大诗人的独到之处，苏东坡开豪放词一派也是一样的道理。而在中国新诗的发展历程中，也有这样具有开拓性和指向性的诗人，郭沫若是一人，艾青也是一人。郭沫若让白话诗倡导以来在创作实践上有了重要的实绩，而且在新诗的合法性和可能性上大大开阔。而艾青的诗歌则是新诗第三个十年最成功的范例，既注重诗歌的艺术性，同时与蓬勃的民族解放斗争血肉相连，达到了诗歌与时代的完美契合。

意象是诗歌最重要的表现手段之一，“每一个有独创性的诗人都有属于他自己的意象”，正如“香草”“美人”之于屈原，“月光”之于李白，“麦地”之于海子，古今皆然。如上文所述，“土地”是艾青诗歌中最重要的意象之一。

假如我是一只鸟，
我也应该用嘶哑的喉咙歌唱：
这被暴风雨所打击着的土地，
这永远汹涌着我们的悲愤的河流，
这无止息地吹刮着的激怒的风，
和那来自林间的无比温柔的黎明……
——然后我死了，
连羽毛也腐烂在土地里面。
为什么我的眼里常含泪水？
因为我对这土地爱得深沉……

（《我爱这土地》）

与《大堰河——我的保姆》一样，这首《我爱这土地》也是艾青脍炙人口的诗歌。在这首诗里，对祖国“土地”的热爱得到了最集中和最生动的体现。尽管这“土地”屡遭磨难，被“暴风雨所打击着”，河流永远“汹涌着我们的悲愤”，刮着“无止息”的“激怒的风”，然而诗人的眼中还是“常含泪水”，对这土地“爱得深沉”，如同对大堰河的“赞美”一样，诗人仍愿化为“一只鸟”，即使喉咙嘶哑，也要为这土地不停“歌唱”。

在这里，我们没必要把这里的“土地”和《大堰河——我的保姆》中的“大地”做字眼上的生硬联系，两者在本质上本来就是相同的，它们的关联生长在诗人的血液中。从生命的一开始诗人便扎根在农民的怀中，真切地接触着这片土地上深切的灾难；在诗歌创作的一开始，诗人就将这种对苦难的言说与体悟贯穿始终。诗人的脚步从未离开满目疮痍的土地，他的诗歌也是在这片土地上开花、结果，最终果实累累。

从时代的大潮而言，诗人是幸运的，他不幸生在民族危亡之时，他又有幸看到了古老的中华民族从生命深处迸发出了耀眼的火焰和光芒，如凤凰涅槃一般甩掉一身枷锁，最终获得重生。体现在诗歌中，便是无处不在的希望。“希望”有许多不同的体现形式，“火把”“黎明”“太阳”等都是它的表征，而这些也成了艾青诗歌中重要的意象，与“土地”一起构成了爱情诗歌创作中的主题，也将艾青的诗歌与时代紧紧连在了一起。

从远古的墓茔
从黑暗的年代
从人类死亡之流的那边
震惊沉睡的山脉
若火轮飞旋于沙丘之上
太阳向我滚来……

（《太阳》）

身处在一个火热的时代，自然会充满希望，也自然会发出战斗的呼声，像《我们要战争——直到我们自由了》这样的诗歌便是此例，然而艾青在对希望以及战斗呼声进行书写的同时也清楚地认识到了苦难的深重，“雪落在中国的土地上，寒冷在封锁着中国呀……”，两者是诗中联系在一起的。恰恰有了对苦难的书写，才不至于让那份希望成了无本之木，变得虚无缥缈，也正因此那份希望愈发地灿烂光辉，也更加地催人奋进。这种“苦难”与“希望”之间的互动关系让艾青的诗歌有了独特的深沉忧郁的品质。他的忧郁不像象征派诗人和现代派诗人那样，在时代低潮时发着无奈的叹息，散发着幽微纤细的抑郁，艾青诗中的忧郁饱含着一种对苦难的深刻揭露和深切的同情。可以说，艾青是站在时代的高度感受和书写着时代的脉动，他的忧郁也变得深沉和厚重。

艾青在创作伊始便被胡风称为“芦笛诗人”，这一方面当然是因为他的诗作《芦笛》，另一方面也是因为他诗歌中体现出了西方现代主义诗歌的影响，胡风便指出他的诗“明显地看得出西方近代诗人凡尔哈仑、波特莱尔的影响”。从这一点而言，艾青的诗歌也达到了与世界诗歌艺术的同步。所以在他的诗歌中世界的潮流、时代的声音还有个人的气质实现了最完美的统一。而这一切，都源自诗人最真切的生命体验和感受，可以说诗人是用自己全部的人生经历和对这个民族、这片土地最真切的体悟进行创作，而这一切都是从那首《大堰河——我的保姆》开始。

原载于《文艺报》2012年5月18日

消匿的鹿铃声

——浅析《额尔古纳河右岸》

《额尔古纳河右岸》描述了生活在大兴安岭密林深处的游牧民族鄂温克族百年沧桑发展的历史，可以说是一部诗意与凄美并存的史诗性作品，氤氲着作家浓厚的悲悯之情。作家利用一个年过九旬的鄂温克族最后一位酋长女人的身份，用一种平和朴素的口吻将一个游猎民族神奇又诗意的生活娓娓道来，传达出了对自然、生命及现代文明的深刻思悟。

一、自然呈示——神话与诗意架构的乌托邦

迟子建曾说:“由于对大自然无比钟情，而生发了无数人生的感慨和遐想，靠着它们支撑我的艺术世界。”[①] 鉴于童年生活环境与成长经历的深刻影响，迟子建的写作也大都与黑土地有着密不可分的联系。

在《额尔古纳河右岸》中，迟子建为我们呈示了一幅鄂温克民族游牧生活的有声风景画卷。阳光下的松桦森林，夜幕上的月亮星辰，穿梭不止的风雨云朵，线条简单的岩画，莹白冰雪覆盖着的绿地山川，流水般的鹿铃与马蹄声，安恬又激越的萨满跳神舞……一切如神话般的不可思议，却又都那样的自然而然。这自然描写秉承了她的一贯创作特色，在还原自然本真的基础上，以一种童年视角，通过大胆想象，以及在各种神话传说的渲染下，读者不自觉地跟随作者在那清新、自由而又不乏灵性的东北原始森林中徜徉忘返。

---

① 方守金、迟子建:《自然化育文学精灵——迟子建访谈录》,《文艺评论》2001 年第 3 期。

作家摒弃了单调的景物描写，在书写自然的同时赋予其某种特殊的意义。小说中，自然意象或者被用以预示吉凶，或者暗示人物情感、行动、命运等，如雨后天空的变色彩虹预示了父亲的死亡等。除此之外，最引人入胜的应是自然意象与神话意象通过想象加以杂糅、有机融合，这一独特的手法为小说增添了浓重的诗意与神奇色彩：驯鹿常代替垂危的小孩去天堂；尼都萨满赌气刺灭了一堆火，打猎时却遭遇了火神幻身成的面容血肉模糊的老妇人；河边捡回的小蛇竟是达玛拉灵魂的托身；伊万葬礼上出现的一对俊俏姑娘，竟是他猎枪下放过的一对小白狐……

在额尔古纳河右岸的黑土地乌托邦上，一切生物都怀着对自然与生命的至高敬畏自由快乐地生活，神灵似乎无处不在，自然中的花鸟树鱼、火雷雨虹、鹿马蛇狐等一切生物都具有灵性、富有似人类般的情感，它们作为人类社会的一部分与人们平等相处。小说沉浸在浓厚的神秘主义的氛围里却又尽显淳朴与真实，想象大胆却又毫不夸张，这首先源于迟子建对自然物象的熟悉与热爱，又深受神话的滋养，现实生活中的具体事物在她那天才想象的加工后变得神圣而又梦幻，这被赋予了某种神性的具象反过来又给读者以心灵滋养与精神慰藉，给人以情真意切之感；其次，与作者“童年视角”的叙述方式也密不可分。迟子建认为，从某种意义上讲，这种童年视角更接近“天籁”，是一种纯天然、纯情感和纯审美的切入方式，在这种方式中，清新、天真、朴素的文学气息能够像晨雾一样自如地弥漫。小说以“儿童视角”切入，用一种童话式的写作方式来寻找语言、组织结构、观照人生，赋予了书写以自然灵性，保持了情感的纯真透明，为这片土地增添了超凡脱俗、绝世独立的诗意，构建出一个令人神往的纯净的乌托邦王国。

二、死亡情结——温情书写下的人性展示与生命思悟

鄂温克族，这个生活在大兴安岭密林深处的游牧民族，无时无刻不承受着各种威胁——严寒、猛兽、瘟疫、战争等或自然或人为的灾难梦魇般地侵害着鄂温克人的生存，死亡无可回避。

小说的主人公“我”坚定地守着森林终老，在无数个静水流深的日子里，看老了风雪，也送走了一个又一个的亲人，“我已经说了太多太多死亡的故事，这是没办法的事情。因为每个人都会死亡。人们都是从同一个地方出生的，死时却各有各的走法”。

“我”的两个姐姐被严寒带走；达西与他的猎鹰与狼同归于尽，被找到的时候只剩残缺不全的骸骨；父亲林克被雷电击倒在松林里；母亲在篝火旁跳舞到死；叔父尼都萨满在一次跳神之后气尽力竭；我的丈夫拉吉达在马背上被活活冻死；我孩子被当作猎物而误杀……

这一个个鲜活生命的离去，比起那种呼天抢地式的哭号和无法释怀的伤痛的表达，迟子建向我们传达的更是一种生生剥离的痛楚，这痛楚是隐忍于心的，不做过多言语表白的，它充斥着忧伤的情愫，但所激发出的却并非绝望与虚无，而是那种“逝者长已矣，生者如斯夫”的对美好生活的憧憬与争取，是一种寄期望与关注于生者的勃勃的生命力。迟子建以轻描淡写的笔调与温情的叙述口吻，使原本平凡而阴霾的死亡具有了诗的意味——亲人离去时或面如沉睡般安详，或嘴角挂着笑容，丝毫没有痛苦、狰狞之感：“列娜已经和天上的小鸟在一起了”；“我的父母一个归于雷电，一个归于舞蹈”；“被夕阳里的猎手所击中，也许是一件值得骄傲的事情吧”……而对离去的人的送别方式也别有诗情——“我们这个民族没有存活下来的孩子，一般是被装在白布口袋里，扔在向阳的山坡上”；对成人则“选择四棵挺直相对的大树，将木杆横在树枝上，做成一个四方的平面，然后将人的尸体头朝北脚朝南地放在上面，再覆盖上树枝”来风葬。原本失去亲人的伤痛，在这种诗意的送别方式下，也变得平和、安详——在处变不惊的淡然心态下安然地接受生死命运，生与死都与自然交融在一起，在森林中自得其乐地生活百年。

这些关于死亡的毫不隐晦的详尽描写不仅仅是情节衍生与发展的原动力，更是诗意化地再现了社会人生的悲剧美及熠熠的人性光辉。豁达的生死观拨开了鄂温克族人“施与大爱”的羁绊，超越个人情感的大爱与悲悯在小说中淋漓尽致地展现出来。

这种“施与大爱”的突出代表便是萨满。萨满作为神的代言者，民族的守护人，在鄂温克民族中扮演了不可或缺的角色，有时甚至成为最大的牺牲者。小说中尼都萨满始终孤身一人，为了民族的安危，在一次跳神后气尽力竭而亡；后来的萨满妮浩，在明知道跳神每救活一个人就会牺牲自己一个孩子的情况下，每当有垂危之人需要救助时——不管这生命是可爱还是可恨——仍“艰难地穿上沉重的神衣”，跳起神圣的舞蹈，忍痛将自己的孩子一个个地送上天国。他们怀着大爱之心与悲悯众生的情怀，用神圣的舞蹈把爱的光环与生的希望赐予了族人，他们的人生在苍凉中散发着凄美动人的温情之光。

迟子建曾说：“我写过的死亡都是漫不经心的，并不是刻意的设计，因为它往往是日常生活中突然的遭遇……生比死艰难，死是速战速决的，而生则是非常惨烈的过程。”[①] 有了那惨烈的“生”的对比，死亡在迟子建的笔下反而因为作家那豁达超然的态度而一改惯常那种绝望、阴霾之感，充满了隽永的诗意。这种对待伴随着生的死的从容态度，显示出了作家悲天悯人式的通脱与达观，并且通过死亡闪现出亲情之间那刻骨铭心的依恋以及人性最神圣最感人的一面，从而完成了对生命本身的思考。可以说，“死”只是作家透视生活的切入点，“生”才是思考和体验人生的最终目的，写“死”是为了写“生”做铺垫。正是在作家这种对“死”的“漫不经心”的书写下，“死”才具有了某种独特的诗意，反过来，“死”也为迟子建的小说增添了独特的魅力和神韵。

三、暮光里的希楞柱——伴随现代文明而来的孤独与凄凉

生活在午夜醒来能看到星星的希楞柱里的善良坚韧的鄂温克人，在原始森林里过着封闭自足的生活。他们敬畏自然，甚至连上吊自杀都会选择枯树，因为“按照我们的族规，凡是吊死的人，一定要连同他吊死的那棵树一同火葬”。动物更是如此，驯鹿“从草地走过，是一边行走一边轻轻啃着青草的，所以那草地总是毫发未损的样子，该绿还是绿的。它们吃桦

① 迟子建、闫秋红：《我只想写自己的东西》，《小说评论》2002年第2期。

树和柳树的叶子，也是啃几口就离开，那树依然枝叶茂盛”；他们崇拜神灵，相信万物皆有神性。他们敬畏火神、山神，供奉玛鲁神，向它们祈福许愿，靠萨满跳神舞来脱离危难……鄂温克人的生生死死都与自然万物息息相关。

所谓的现代文明的侵入扰乱了鄂温克人的生活，汉族人“爱砍伐那些活得好好的树，把它们劈成小块的木柴，垛满了房前屋后，看了让人心疼”；林业工人进山砍树，开发大兴安岭。“一到落雪时节，就可以听见斧声和锯声。那些粗壮的松树一棵连着一棵地倒下，一条又一条的运材路被开辟出来了。”铁道兵也要往山里修铁路和公路，为木材外运做准备……鄂温克人的生活条件似乎因为外界文明的介入而改善了，可作为交换代价的是，伐木带来的噪声使我们不得不频繁地搬迁，森林被迅速蚕食，原本宁静平和的游牧生活终于被现代文明吞噬了。族人离开大山寻找新的生活，只留下“我”与安草儿坚守山上的乌力楞——“我的身体是神灵给予的，我要在山里，把它还给神灵。”这最后一个希楞柱火塘里摇曳不息的火光，陪伴着我跟这个愚痴的孩子，孤独地闪跃在那行将消失的林海雪地里，历经百年沧桑的鄂温克族人，在这片肥沃的黑土地上，只留下了美丽而模糊的倒影。随着那清脆的鹿铃声在喧嚣尘世中的渐行渐远，这一纯净的黑土地乌托邦也最终消逝在历史的迷雾里，只留下无限的哀婉与怅惘。

作为“本色派”的中国当代女作家，迟子建在《额尔古纳河右岸》中以童年视角切入，以其独有的温情叙事的口吻与散文化的笔法，将神话传说、自然描写与弱小民族的历史进程编织在一起，在人与自然的相生相伴里，在生与死的观照中，为我们构建了一个远去了的清新纯美的自由国度。在追忆美好的同时，透过往事的缝隙折射出对生命、对自然、对文明的深度思考。小说自始至终充盈着强烈的真实感，呈现出了纯净明朗、哀而不伤的独特艺术风格。

脱贫攻坚题材文学的“入围”与“突围”
——以温燕霞的《琵琶围》为例

2021年是我国脱贫攻坚战取得全面胜利之年。自脱贫攻坚战打响以来，我国社会各方面对乡村经济和民生给予了重点关注和帮扶。乡村振兴，乡土面貌日新月异，不仅是对提升经济水平和物质条件的紧迫需求，也是文化的重要战场。“在‘时代与文学’的命题下，……我们这个时代的文学叙事，正在与当下的中国生活、中国经验发生着更为密切的关联——新的时代，敦促广义的文学叙事发生新的变化，同时又对文学叙事提出新的要求与新的课题。”[①] 作家应如何用文学来记录、讴歌这一段波澜壮阔的历史进程和永载史册的空前壮举，为党领导下的人民群众同艰难恶劣的生存条件、落后的生活理念进行如火如荼的斗争，留下宝贵的文学记录，以文学的力量来助推现代化建设的伟大实践，是一个重要课题。

作为当下文学创作的重要叙事语境，脱贫攻坚题材的文学创作既在叙事模式上赓续了以往乡土文学和现实题材写作的风格，又在文学表达层面进一步丰富。具有地域特色的话语体系，别具一格的民风民俗民情，各地的乡村生态和文化样态，性格迥异的扶贫干部、困难群众以及农村新人，山乡巨变和现代化进程的奋斗图卷等等，都赋予了脱贫攻坚题材的现实主义写作以新的内容与新的时代精神。

江西作家温燕霞将视野聚焦在扶贫领域，足迹遍布赣南、赣西、赣东地区，她与扶贫干部、贫困群众同吃同住，反复实地采访和考察、推敲细

① 聂梦:《并非简单“搬用”，而是有所“发明”——新时代文学创作如何面对文学传统》,《光明日报》2021年5月19日。

节、核实政策，积累了大量素材，“那些来自泥土的故事，给她带来了充沛的创作灵感和激情”[①]，也酝酿出了真切的感受和深沉的思考。由此创作出的长篇小说《琵琶围》，于2020年9月在《人民文学》发表十二万字节选版，四十二万字版于2020年12月由江西人民出版社出版发行，同时入选中国作家协会2020年重点扶持项目及“纪录小康工程”主题书单，引起了不俗的反响。

《琵琶围》虚构了一个位于“三省通衢”的赣南原中央苏区山区的贫困村“琵琶围”村，讲述了村民脱贫和易地搬迁的故事。这座琵琶形状的围屋饱经战乱和沧桑，在时代更迭中几经易主，见证了革命先辈的顽强斗争和壮烈牺牲，也镌刻着带来山乡巨变的扶贫工作成果。伴随着新时代新政策，原有的七十多户居民大部分搬迁到更适宜居住的城镇，剩下十户贫困人家，各有各的困难和心结，坚守在围里，扶贫工作陷入了攻坚的僵持阶段。应贫困群众的要求，县里派文化馆的副馆长何劲华和干部金彩凤去解决问题，由此展开了一段艰难的“入围”与“突围”。温燕霞紧贴党和国家关于脱贫攻坚、扶贫扶志的政策，通过描摹时代大背景下的物质和精神贫困的人民群众最真实的生活图景和最细微的思想动态，吹响时代的号角，反映出我国脱贫扶贫工作波澜壮阔的伟大进程。长篇小说《琵琶围》作品研讨会[②]上，与会专家对《琵琶围》作出了高度评价，认为“《琵琶围》是2020年长篇小说的一个收获，以小切片写出了大时代风貌，展现了中国在消除贫困进程中取得的历史性成就和历史性变革，代表了当前我国现实题材文学出版的较高水平”[③]。在书写时代和政治的洪流中，温燕霞找到了自己作品的定位，她跳出脱贫扶贫主题文学常见的话语视域，情节上并不注重铺排扶贫工作的宏大规模，而是以扶贫工作中的扶志为重心，将笔墨更多地投入到对人的思想和内心的揣摩，真实地表达了人的思想状态的

① 徐文颖：《长篇小说〈琵琶围〉作者温燕霞：作家必须爱上书中所描写的土地》，《江西晨报》2021年4月23日。

② 《琵琶围》作品研讨会于2021年5月10日，由中国作协创研部、江西省作家协会、人民文学杂志社、江西人民出版社联合主办。

③ 虞婧：《长篇小说〈琵琶围〉：小切片写出大时代风貌》，中国作家网2021年5月11日。

起伏转变，在内部空间的腾挪转合中给作品赋予了更丰富的文学意蕴。

一、历史视野与当下意识

在脱贫攻坚、全面建成小康社会的语境下，不乏展现新时代新气象、乡村精神气韵，描绘中国扶贫宏大而感人场景的现实题材力作，被广泛关注和评论。《琵琶围》讲述的是在交通不便、土地和资源贫瘠、只留下老弱病残的琵琶围，在国家政策、有关单位和个别企业家的扶持下，扶贫干部春风化雨的动员和帮助下，贫困户转变思想，克服重重困难，踏上了脱离贫困、迈向幸福生活的光明之路。跟其他弘扬主旋律的优秀现实主义小说不同，《琵琶围》不注重宏大叙事，没有重墨塑造扶贫干部的高大形象，也不刻意营造感人事迹，它的独特之处在于善于抓细节构建生活真实和历史真实，突出人的主体性和复杂性，集继承传统精神和追寻时代价值于一体，营造多层次意蕴空间。

小说情节上设置了两条叙事线，这两条线关乎两场战争：主线是正面呈现的正在琵琶围开展的脱贫攻坚战。琵琶围开展扶贫工作的干部被钉子贫困户们暴力赶出琵琶围，以何劲华、金彩凤两人为代表的扶贫工作人员继而肩负起攻坚重任，通过排查摸底弄清楚每一户贫困户的困难所在，想尽办法消除他们的思想痼疾和顾虑，根据每户人的特点，一点点地摸索出适合琵琶围村民的增收途径，帮助他们组织合作社，招商引资，网络直播，开展种植铁皮石斛、食用菌、香菇、黄豆，发展养鸡、竹编等生产项目，扶贫工作组和贫困户相互之间逐步建立起了信任和友谊，最终实现贫困户脱贫，搬离琵琶围。副线穿插在主线情节之中，是以哑伯的身世之谜作为引子，通过历史史料、第三者转述等，拼凑出了在琵琶围发生的革命战争，还原了中国共产党为了贫苦人民能够翻身当家过上好日子，奋勇战斗直至牺牲的壮烈场面。

这两场战役时隔几十年，都是中国共产党领导的，带领人民群众发动的艰苦卓绝的斗争，最终都取得了胜利。作者将中央苏区的革命战争与攻坚扶贫战穿插在一起，历史和当下现实互文，以当下的扶贫工作接续了当年红军为贫苦人打天下，优良的革命传统和共产党人的初衷一脉传承。现实中，何劲华、金彩凤等扶贫人员为贫困户想方设法做实事，橘子婆则作为历史见证者，将历史和当下现实牵连在一起：看到何劲华为他们做事不求回报："你们和杨书记像当年的红军呐。那时红军在我屋里食饭要给我伙食费，我不肯收，他们就放在桌边上。要是行军路上挖了老百姓的红薯，也要在地里埋几枚铜板，硬是不占我们老百姓的便宜。"①看到石浩财他们贪占村集体便宜，愤愤不平："想当年红军宁肯自己吃不饱，也不会让老百姓饿肚子，老百姓心疼红军，口粮送给红军，自己吃糠咽菜，拆下门板送给村苏维埃当担架，那时哪个也冇想到要占集体的便宜。我打死你这个只想占便宜的懒鬼！"②而另一位历史见证者哑伯，一直默默照顾橘子婆，守着战友牺牲埋葬的地方，本本分分做人做事。虽然"没有显赫的战功，更无远扬的威名，但他为革命信仰、为红军献出了自己的一切！即便别人误解、冤枉他，他也不改初心"③！这一段是对哑伯一生的总结，又何尝不是作者对当下千万默默无名的扶贫工作人员，为非亲非故的贫困户们脱贫奔小康而牺牲自己小家、无私奉献的肯定和感恩。回望历史是对扶贫队工作出发点和目的的间接解答和呼应，也是对中国共产党人的"志"的凸显。

温燕霞书写扶贫工作，除了进行历史回望，还赋予了其强烈的时代气息。

小说呈现出了与当下现实相契合的时代和生活气息。因为水库的修建，琵琶围像孤岛一样，与外界地理上的联系只有一条险路，但网络和信息并不是与外界封闭隔绝的。作者将信息化和现代化手段植入扶贫工作，比如手机直播，一方面直播是我们常见的带货致富的扶贫手段。在这部小说中也有相应的片段，何劲华的儿子、儿媳充分结合琵琶围贫困户的特长，通过网络渠道开拓了扶贫路径，成为县青年创业先进代表；另一方面作者巧妙地利用了当下现实中网络的宣传和引导大众舆论的功能。小说中朱雪飞、许秀珍等人胡搅蛮缠时，金彩凤声色俱厉地进行说服教育，被石浩财录

① 温燕霞：《琵琶围》，《人民文学》2020 年第 9 期。

② 温燕霞：《琵琶围》，《人民文学》2020 年第 9 期。

③ 温燕霞：《琵琶围》，《人民文学》2020 年第 9 期。

像传到网上，试图造成舆论影响，给扶贫工作施压。没承想，网友纷纷点赞支持金彩凤，声讨朱雪飞、许秀珍等人，间接促使她们收敛消极思想，一定程度上推动了扶贫工作的开展。时代气息增添了作品的现实感和真实性，告别沉闷传统的乡土农村题材书写，赋予扶贫工作更鲜活的场面感和表现力。

温燕霞创作的《琵琶围》不是直观展示波澜壮阔历史进程的记录书，也非套路式地描摹还原山乡巨变的制式画卷，而是将纵深的历史视野与开阔的当下时代意识相结合，通过传统传承和时代精神相结合，自觉与公共叙事语境区别开来，完成“扶贫扶志”这一重要主题的表达。

二、“入围”与“突围”

脱贫攻坚的目的是改善贫困地区贫困人口的生活状况和生存境遇，这种改变不是简单的经济上施善、物质上救助，而是通过普及创收技能，开辟经济渠道等途径，使得人民自发、自觉、自立地过上富足的生活。因此，扶贫题材的创作呈现出以人为主体、以人的价值为本位展开故事叙述的现代性特点。

《琵琶围》里主要塑造了两个群体。一个是以县文化馆的干部何劲华、金彩凤为代表的扶贫工作人员。有别于其他脱贫题材的作品，他们是因为有文艺才能而被贫困户点名，被上级劝说、经过思想斗争后，入琵琶围的。作者特意设置了他们家里也都各有特殊情况：何劲华的老婆刚做完手术，家里开了豆腐店，儿子突然带回去一个即将临盆的女朋友，他对这个儿媳妇的前卫行为有些不满却又无可奈何；金彩凤心脏不好，老母亲年老多病，女儿马上要高考，前夫不管不问……在这样一团乱麻、措手不及的情况下，他们想方设法在最短的时间内克服自己的困难，去替群众办事，完成自己的使命。再次，作者在塑造这两个干部时设置了一些缺点，何劲华心善却有些软弱，观念有些陈旧；金彩凤心直口快，容易着急抓狂。当被告知要“今年年底，直到他们脱贫，搬下山为止”[1]才能回来，金彩凤嘴

① 温燕霞：《琵琶围》，《人民文学》2020年第9期。

上发着牢骚："我的天呐！我还以为就是去几天，给他们劝劝和。这么长时间在山上，……我去不了！"[1]转眼却又迅速地安顿好家庭，赴琵琶围投入工作，积极想对策、寻出路、做思想工作。其他扶贫干部也有一些缺点，比如扶贫手段有些刚硬、不够因人而异等等。正是这些缺点，塑造出的每个人都如同我们身边的普通人，他们又都在扶贫事业前迅速拧成一股绳，出谋出力，是最有温度、有情谊、有执行力的一群人。另一个是琵琶围滞留的十户贫困户，各有各的困难，他们集合在一起，堪称贫困人口生存状态图鉴：遭受误解的五保户哑伯；丧失劳动能力的红军亲属橘子婆；"二斤半"酒鬼石浩财在遭受事业打击、妻子远走后萎靡不振，性格暴烈耍赖，最爱挑起事端、贪便宜；"石拐"和许秀珍两口子因身体原因无法从事重体力劳动，跟女儿们关系紧张，独子外出打工又失去了音信，心如死灰；朱家三姐妹朱云飞、朱雪飞、朱雨飞都失去了丈夫寡居，被没文化、贫穷和偏见"三根麻绳"拴住，无法外出打工也无处可去，平日里靠做农活勉强果腹……这"是一个人人堪称典型的'问题'农民的落后群体。他们的情况各不相同，但在某些方面又惊人地相似，如红眼病、自卑感、贪图小利、自暴自弃等等。某种意义上说，他们存有的这些毛病，显然都是小农经济时期遗留下来的严重滞后于时代的精神病象与心理痼疾"[2]。这两个群体并没有鲜明对比成为两个阵列，而是如同我们身边普通人，都要应对来自生活的出其不意，作者不同程度地呈现了他们内心对现实的妥协对抗的动态。

我们看到《琵琶围》所描绘的山乡巨变图景，更集中地聚焦在"人"的巨变上。贫困群众是脱贫攻坚的"坚"之所在，石浩财，小说的开始石浩财和哑伯拿着大刀，把驻村工作队和帮扶干部赶出了琵琶围，堵死了唯一一条入围的路，点名要求文化干部何劲华和金彩凤到村里解决问题，等他们入围了，又在住处放蛇给他们下马威，"家里现在冇米冇油，麻烦你帮我们捐些米来，不然全家都要饿肚子了"[3]，"我那橱子烂了，嫩故能帮

① 温燕霞：《琵琶围》，《人民文学》2020 年第 9 期。

② 白烨：《向内走的脱贫攻坚叙事》，《中国出版传媒商报》2021 年 7 月 16 日。

③ 温燕霞：《琵琶围》，《人民文学》2020 年第 9 期。

我换个新的？哎哟，你帮我打扫了房间哪？……能不能麻烦你帮我把灶间也扫一下？”[①]还要以对考评组讲扶贫干部的缺点来要挟扶贫干部满足他的要求。他的出场是一个“不食饭，专食酒”、蛮横无理、混吃无赖的人物形象，随着情节推动，慢慢揭开了他现状的原因：他曾经做生意积攒下财富，有经商头脑，又会唱灯彩调，日子也曾红火，然而生意失败之后老婆受不了跑到外地打工，留下两个孩子，生活的不如意使他更加一蹶不振，酗酒麻醉，看到别人有拆迁补偿，也幻想着多叫苦哭穷，躺着就过上好日子……温燕霞的笔下，贫困户是有些才华和能力的，“志”“智”兼存的，只是因为不幸的遭际，个人力量薄弱，加上一些歪风影响，于是就把“智”用在了钻空子、偷懒耍滑、等靠要。政策和组织帮助他们把“志”扶起来，何劲华根据石浩财的问题对症下药：“他的志气都被酒坛子泡软了，我们要把他拉起来，第一件事是让他戒酒。”[②]在摸清他名下店铺的来龙去脉的同时，了解到他是个讲义气守信用的人，并且曾经经商有道；带他找到老婆白桂花，激励他重拾对美好生活的期盼和奔头，一步步把他拉回正轨。

在扶贫政策和组员干部的牵头下，企业家赵峰和薛丁山，因为落魄时受恩于橘子婆等人，经商成功之后回到琵琶围反哺报恩；大家自觉地发掘自己的长处，比如许秀珍靠腌咸鸭蛋率先脱贫，朱家三姐妹朱云飞善作画、朱雪飞善竹编、朱雨飞善饲养，利用网络直播渠道、企业对口购销等，纷纷找到了致富路。温燕霞对扶贫工作是非常熟稔的，因此她笔下的脱贫，并不是国家单方面地提供物质帮助、政策倾斜，人民群众单方面地接受，也不是如法炮制既往成功的脱贫手段，而是首先进行精神上扶志，不放弃一个贫困人员，滋养人心与信念，对症下药，因人施策，贫困户摸索出自己能走的小康之路，扶贫干部予以引导、协助和支持，实现精神和物质两个层面的脱贫，这才是真正意义上的脱贫。

小说中不仅是扶贫困群众的志，难得的是，我们看到作为扶贫干部的何劲华、金彩凤也不是无所不能，他们也在不断学习新知识，接受新事物，掌

---

① 温燕霞：《琵琶围》，《人民文学》2020 年第 9 期。

② 温燕霞：《琵琶围》，《人民文学》2020 年第 9 期。

握新技能。儿媳袁小雪，刚到何劲华家时，已经接近临盆，无论是家庭、职业、着装、举止行为，都让何劲华打心底接受不了，后来却在扶贫工作中起了重要作用——何劲华慢慢认识到小雪是个有想法、有干劲儿的年轻人，“老古董”的他逐渐转变思想，向她寻求推销农产品的途径；金彩凤泼辣却心细，常常能在细微处给村民温暖，扶贫工作需要什么，她就主动去学习什么。文化水平不高的她，为了完成橘子婆的采访稿，以新凤霞为榜样，学着写作。

小说中，“入围”和“突围”形成一种辩证关系，不仅是扶贫与脱贫的表层意指，同时还有思想层面的深层呈现。不管是扶贫者还是脱贫者，“入围”时解构自我和认识自我，发掘更多可能性，“突围”中完成自我转变和突破，在脱贫攻坚中，迎来“志”与“智”的双重成长。

三、政治表达与文学性实践

“脱贫攻坚的目标就是要实现物质生活与精神境界的双重提升，生活方式与生产方式的双重变革，生存权与发展权的双重保障，农业现代化与新型城镇化的双重实现。”[①]脱贫攻坚作为国家的一项重要战略，尽管开展的地域不同，因扶贫对象、政策手段等有很强的相似性，作家在书写时如何避免作品主题思想流于政治表达上的概念化、口号化、简单化、程式化，创作手法和内容方面的同质化、模式化倾向，丰富文学意蕴，是需要重点思考的问题。

温燕霞创作《琵琶围》用“长篇小说”的文体来记录脱贫攻坚的历史进程，在瞬息万变的社会现实下，通过人与自然环境，现代化科技、历史和传统文化等等彼此之间多元而复杂的关系，以及结构意识和语言表达，来展现宏大的时代主题，完成了对文学性的自觉实践与追寻。《琵琶围》的语言朴实，精炼不失优美，间或掺入方言字词，避免了影响阅读的顺畅，大多采用符合人物特性的、在场性的对话描写刻画人物、推动情节发展，如哑伯石大山病倒了，大家劝说橘子婆别担心：“你怎么就孙悟空跳到

① 李朝全：《脱贫攻坚主题文学：国家大事的时代表达》，《中国文艺评论》2020年第9期。

南天门慌了神？”[1] 朱雪飞说许秀珍为了不争气的儿子“把四个女儿当茶籽来榨，榨得女儿们都不敢归屋了”[2]。小说中多用通俗易懂的生活常识和日常场景来打比方、摆事理，对乡土生活进行一种沉浸式的表达和渲染，很具表现力。在民俗风情的呈现方面，作者设置了一个独特的文化符号——“灯彩”，何劲华、金彩凤进琵琶围，第一件事就是演灯彩调，这是贫困群众在最困难处境中最妥帖的慰藉；后来何劲华应赌约，在石斛崖壁上吊着吹灯彩调，让石浩财录了视频发到网上，这也是石浩财思想破冰的一个节点；何甘和小雪作为县回乡创业青年代表被媒体采访时，也是自编灯彩小戏来介绍琵琶围的扶贫成绩和喜人变化……扎彩灯、灯彩舞、灯彩调、灯彩戏，不仅是琵琶围独有的文化记忆和艺术形态，还承载着人们对过往生活中幸福的回望，对未来向往的深层表达。

“扶贫攻坚主题文学接续了以往乡土文学创作中的风俗画描写传统，在描绘新农村积极向上、创新图变时，展现了各地奇异的乡风民俗与语言习惯，如何保持乡村既有的风物民情与文化形态，在现代化进程中保留一份乡村的文化记忆，拥有一份慰藉人心的精神家园，也是作家们关注的重点”，“赋予了当下乡土中国新的内容与新的时代精神”[3]。

《琵琶围》中也存在一些有待再推敲的地方，比如扶贫手法具有一定程度上的重复性和模式化，种植菌菇、养鸡、企业家出资扶持等场景，都给人一种似曾相识之感，在其他脱贫攻坚题材作品中也多有雷同；在语言运用上，俚言俗语的使用拉近了读者与作品中人物的距离，但是部分起衔接作用的景物描写或旁白的表达过于文学化，衔接过渡不够自然，略显匠气。然而瑕不掩瑜，作者对繁复庞杂的现实生活的再现、对人有变化时的内心的揣摩、对鼓舞人心的向上力量的追寻，使作品文学意蕴层面得以丰富，赋予了作品以现实质感，在众多的脱贫攻坚题材作品中散发着独特光芒。

原载于《中国当代文学研究》2022 年第 1 期

---

① 温燕霞:《琵琶围》,《人民文学》2020 年第 9 期。

② 温燕霞:《琵琶围》,《人民文学》2020 年第 9 期。

③ 张堂会:《新时代脱贫攻坚主题文学研究》,《江苏社会科学》2021 年第 5 期。

手抄本《九级浪》发掘与研究

中篇小说《九级浪》完稿于1970年秋，后便在民间被读者秘密传抄、阅读。但由于原稿未见且彼时有关手抄本的阅读记忆只存在于少数人的口述中，故其原稿形态和艺术价值一直未被充分关注和阐释。本文以最新整理的全本为依据，对其版本问题、文本品格和文学史意义再作探讨。①

从"残稿"、手抄本到全本：关于《九级浪》的版本问题

《九级浪》目前尚未公开出版，能进入研究者视野的只有手稿本、两套手抄本、缺失三十四字的全本。手稿是最原始的、最可靠的源本，目前收藏于中国现代文学馆，也即作者所说的"埋在颐和园玉带桥后一个环湖的孤岛上"②，后被捐赠和收藏于该馆的"残稿"。手稿本共一百二十页，页码标至一百三十二页，中间缺第九页、第十页、第十五至二十四页。手稿本经专业人员修复并完成数字化，当前已可查可阅。但直到今天，手稿本也并未为业界所熟知，更遑论研究了。

除手稿外，它还有不少质量参差不齐的手抄本。手抄本是其主要的传播媒介，其在"文革"时期的传阅效果目前无法确知。在手稿和缩微胶片版被发现之前，有关《九级浪》的零星讯息只存在于北岛、多多、杨健、刘自立等少数几位学者的回忆录或普通读者的非正式口述中。民间保

① 此文系国家社会科学基金一般项目"新文学作品发掘、整理与研究（编号：17BZW185）"阶段性成果，与中国艺术研究院张元珂合作。

② 毕汝谐：《关于〈九级浪〉的一段回忆》，陈思和、王德威主编《史料与阐释》总第五期，复旦大学2017年版，第69页。

存至今的手抄本的情况也是一个永远的谜。不过，现今已面世的是香港城市大学图书馆收藏的一套，即“由赵一凡先生1970年代初翻拍微缩胶片。原件为一百三十五胶片负片，页码标注为一至八十五，原缺第五十三页，共计八十四张，现存于香港城市大学邵逸夫图书馆‘《今天》文学资料特藏’”[①]，根据鄂复明复述，这是1988年赵一凡逝世后由其保存至今的一份完整的手抄本。手稿和手抄本先后面世，意义重大。鄂复明对这两处馆藏加以比对与补充，遂形成了于2017年面世的仅缺三十四字的全本。

《九级浪》也存在版本问题。姑且不论不同形态的手抄本由于传抄而不同程度地存在文字差异，单就手稿、赵一凡所藏手抄本、鄂复明整理的全本而言，从文字、段落到结构都有变化。手稿本中间缺十二页和结尾缺十八个段落，手抄本由于文字错讹和缺失第五十三页，故都不可作为研究所最终依据的“善本”；缺失三十四字的全本面世后，手稿本除具有独一无二的文献价值外，其文本阐释价值已几被封存，但相比于手稿本，手抄本和全本的结构、修辞和文本语义系统均发生不小变化。其中最大的不同在于，手稿本在传抄过程中至少形成了两个不同结尾的版本：一个是以“我”和勇人相聚并在餐桌上闲聊司马丽而结束；另一个是讲述“我”纵情声色、欺凌伍行浩等生活中的诸多不堪，以下乡插队落户而结束。在此，手稿本面世价值和意义在于为考察各种手抄本中的异文情况提供权威依据，而经由手抄本和手稿比对、补充后所形成的全本为学界全面、客观、深入研究这部中篇小说的文本形态、语义体系和主题向度提供了根本支撑。

司马丽和陆子：中国当代小说人物画廊中的两个“迟到者”

司马丽是文本中最引人注目的人物形象。她是一个略显高冷、不乏高雅、特立独行的女子。同时，她也是一位很自我、很有个性的风尘女

① 鄂复明：《毕汝谐〈九级浪〉与赵一凡的“诺亚方舟”》，陈思和、王德威主编《史料与阐释》总第五期，复旦大学2017年版，第75页。

子。或者说，这部小说首先因对这一典型人物形象之丰富内涵的探察和表现——如何“高雅”，怎样“风尘”，以及从“高雅”到“风尘”的质变过程——而给人以深刻印象。事实上，这个出生于民主党派高级干部家庭、在别人眼中“不太容易接近”“谁也说不出她的优点和缺点”，以读书、绘画、治病为人生主要内容的女子，一边痴迷艺术并因之而自闭于一己构建的精神空间中，一边又接连沉浸于与几位男性“玩主”所缔结的情爱游戏中，其处事、言行、心态足够个性、开放、典型。司马丽初尝爱情，继而怀疑，最后放浪形骸，从根本上是由其自身病弱体质、自闭生活、肉身解放等个体质素综合造成的，而与“文革”时期的社会环境并不构成直接的因果关系。然而即便如此，这种形象也足以对彼时主流意识形态和文学规范构成冒犯。作者在她身上寄予了复杂的个人情感和社会关切，一方面对司马丽的身心遭际和人生历程表达出一种省察意识，另一方面又借由司马丽与“玩主”们交往经历竭力揭示“文革”前期被压制的变异的社会景观。因此，司马丽是中国当代小说人物画廊中一个富有多重意蕴但有待深入阐释的典型人物。

“我”，即陆子，也是小说中另一给人以深刻印象的人物形象。“我”可能是中国当代小说所塑造的第一个主动质疑“文革”主流价值观，但又自感孤独、迷惘、幻灭，且不乏自嘲、玩世倾向的叛逆者形象。“我”熟读中外文学名著，也有写作上的天赋和才华；“我”沉浸于形而上世界，又与勇人、“马路天使”们鬼混；“我”和司马丽的短暂交往彼此有爱，有痛，有厌倦，也有遗弃；“我”被老畜生及其随从所欺负，同时也动辄欺凌伍行浩这种弱者……“我”的文学艺术才华、无处释放的理想、对人生的迷茫和无路可走的痛苦，以及纵于情色、玩世不恭、生性懦弱，也都显示出其在“十七年”和“文革”文学人物画廊中独特“这一个”的精神气质。由此，我们可以看到，作者本人通过塑造“陆子”这一形象，在实录、忏悔和代偿中，完成了对自我与历史原罪的尖锐书写。

结构、意象、讲述：有意味的形式

小说的结构是一个有机体，各部分不仅互为关联，彼此映衬，且也可独立存在。《九级浪》在结构上共分四部分：第一部分（共六段）：荀老太太向“我”讲述司马丽的出生经过及其家庭情况：为某民主党派高官与其仆人所生；生父跋扈、专制，生母温厚、顺从；母女俩因“北京和平解放了。世道变了，妇女和儿童的利益，得到法律的保障”而留在这个大家族里。第二部分（共十段）：荀老太太和“我”聊天，聊她在司马公馆里的见闻、她和司马丽生父的风流事以及司马丽母女情况；“我”在阅读司马丽写给我的一封信——她在信中畅谈下乡插队后思想改造情况。第三部分（共十段）：由阅读司马丽信激起对三年前十七岁的“我”和司马丽一段非同寻常的青春往事的回忆。这是小说的主体部分。第四部分（共六段）：回忆被荀老太太和众人的笑声打断，于是“我”放下司马丽的来信，一同进屋陪大家喝水、聊天。其中，第一、二、四部分属于“现在时”，第三部分属于“过去时”，“现在时”是故事展开的背景，“过去时”是小说讲述的主体；第一部分包含于第二部分中，主要以荀老太太为视角，对司马丽的出生、家庭背景和成长环境予以简述，以为“我”回忆中的人、事及其关系出场搭建舞台。

在第三部分，小说就是这样以“我”为视点，以“我”与司马丽的交往史为中心和主线，以勇人、勇珍、冯明、伍行浩、张三等人的故事为参照和辅线，逐渐将主人翁司马丽的神秘面纱一一揭开，从而将一个女人的情感和人生娓娓道来。

（1）“我”被常从楼下经过的一位“脸色苍白、身材单薄”“衣着很朴素，却仍然显得不同凡俗”“总是独自一人，而且总是步行”的女同学所深深吸引。

（2）“我”与勇人是朝夕相处的朋友。勇人、伍行浩等都是街头阿飞式“问题少年”。在一次预谋的车上扒窃行动中，司马丽装有病历的钱包被伍行浩盗取。“我”见证了这一过程。

（3）假期里的某一天，勇人约“我”一同到他姐姐家探亲。司马丽跟随勇人的姪姐勇珍学习绘画。“我”第一次见到司马丽。

（4）“我”和司马丽因艺术上的相通而彼此吸引，交流日深日频，直至产生爱情。

（5）“我”和司马丽说了那次车上偷包事件。她对“我”略有失望。

（6）司马丽遭遇老畜生的劫持和身体施暴。“我”迫于威胁而选择逃离。“我”和司马丽的关系断绝。

（7）穿插讲述勇珍与冯明、冯明与司马丽的情感或婚姻故事。

（8）后来再次相遇，司马丽向我讲述那次施暴未遂的经历，对我很失望，但“我”和司马丽依然发生了一次性关系。她的放浪和腐化让我心痛。

（9）穿插讲述勇人与老畜生、伍行浩父子的恩怨故事。

（10）“我”与勇人相聚。勇人向我坦白他与司马丽的情爱关系。

（11）“我”从他人处获知司马丽同冯明、张三等许多男人的“鬼混”，得知司马丽被诬为“九级浪”。

（12）“我”与“马路天使”们厮混，放浪形骸。

（13）“我”和司马丽下乡插队。

在主述部分，局部层层铺垫（尤善用倒叙、插叙），章节前后呼应，故事主次相映，人物左右关联，从而使得“讲述”本身成为“有意味的形式”。在（1）（2）中，“我”迷于其人，但不识其人；在（3）—（6）中，“我”识其人，但不解其人；在（8）（10）（11）中，“我”知其人，但惑于其人；在（13）中，“我”和她冰释前嫌，各自浴火重生。在此过程中，“我”的所见与未见、所知与未知，都借助一隐一显、由此及彼、略带戏谑风格的讲述而赋予浓厚的文学意味。人物及其故事各安其位，且尽量依靠人物本身的言行、形貌、心态予以呈现，特别是在主述“我”和司马丽的交往史时，也顺带旁述勇珍和冯明（夫妻，知识分子家庭）、老畜生和女儿（父女，底层之家）、伍老头和伍行浩（父子，败落之家）、勇人和伍行浩（同伙，圈子社会）、老畜生和勇人（死敌，圈子社会）、“我”和“马路天使”（玩伴，圈子社会）等若干对次要人物的“关系图式”，从而以点带面、以少映多、由此及彼地将对“文革”时期的人际关系、社会图景、人性样态作了书写。

“九级浪”作为小说营构的核心意象，也别具丰富而深厚的文学意蕴。这一意象出自伊万·康斯坦丁诺维奇·艾伊瓦佐夫斯基的著名油画作品《九级浪》。风暴、巨浪、海浪中的船与人，以及视觉感极强的色彩、扑面而来的光影、层次分明的布局，构成了这幅油画最震撼人心的表意符号。一般认为，展现大自然自身蕴储着的不可抗拒的巨大力量，表现人在与大自然勇敢抗争中所迸发出的大无畏精神，是其最主要的两个主题表达向度。虽然这幅画取材于海难也突出了灾难，但总体格调并不低沉、悲戚，而旨归在于传递信心，昭示希望。然而，在小说中，这种偏于正面和褒义的表达完全被置于相反向度予以指涉：

（1）“你知道《九级浪》吗？”有一天司马丽说。她遥望着晴朗的星空，问我，也像是问那弯弯的上弦月。

“在冯明家看过……”

“我特别喜欢这幅画。”司马丽仿佛对自己说话一样，“《九级浪》是伟大的海景画家艾伊瓦佐夫斯基的代表作。我每次看到它，就想到‘学海无涯苦作舟’这句话。刻苦，刻苦，我还不够刻苦……”

（2）我猛然想起艾伊瓦佐夫斯基的海景名画《九级浪》，好像没顶的大浪从四面八方涌来，前面是浪，后面也是浪。我们在下沉……

（3）“‘九级浪’是特浪的姐们……”

（4）“《九级浪》……”我想起这幅海景名画。我的迄今为止的坎坷遭遇似乎都被画在其中了。

勇人接着说：“你改邪归正。《九级浪》这幅画正好描绘出咱们这几个落水者。你改邪归正吧。”

（5）我微微一笑。这时，一个酝酿已久的想法在心里明朗了：认真地写一部小说，回答那些□□的道学君子。这将是一个中篇，但是它不会比长篇小说小。……题目不必商榷——《九级浪》。

（6）我蹒跚地往前走。在我内心世界一个巨大的浪涛呼啸着卷起，这当然是——九级浪。它仿佛要冲刷掉我总在沉思的那些问题。但这是不可能的。

《九级浪》或“九级浪”在小说中共出现六次：在（1）中，司马丽喜欢这幅名画，她从中感受到了“刻苦”二字在其学习绘画过程中的分量，而且因为这幅画，“我”与司马丽的交流渐入佳境；在（2）中，“我”在遭遇老畜生的暴力威胁时，突然将彼时处境与《九级浪》中的海难关联在一起，是一次对自己危险境遇的顾虑和即时反应；在（3）中，老伍及其圈子里的“玩主”们直接将之转为对“特浪的姐们”（司马丽是典型代表）的代称；在（4）中，出狱后的勇人回顾自己的坎坷遭遇，与《九级浪》中拼命挣扎的“落水者”产生共鸣；在（5）中，“我”有感于往事且为了“和目前的生活方式告别”，决定创作一篇题为《九级浪》的中篇小说；在（6）中，“我”则是实实在在感受到了来自社会环境和自身存在的迷惘之思（“我茫然地站住，不知道前面哪一条是我应当循进的道路”）。由上可以看出，司马丽、老伍、勇人、“我”与《九级浪》的关联，其意蕴指涉都不一样：之于司马丽是精神励志型的；之于老伍是原始本能型的；之于勇人是人生共鸣型的；之于“我”则是存在之思型的。因此，也可以断定，它并非单纯指向小说中玩主们和彼时部分读者所口口声传的指向司马丽混乱男女关系，而是赋予其以某种更深层的象征意义，即小说中的各类人物被“文革”冲击得七零八乱，其痛苦而迷惘的生命遭际以及为摆脱这种处境而奋力挣扎的状态，像极了《九级浪》中的海难及在其中拼命挣扎的溺水者们。在此，尤须强调的是，考虑到小说中的“我”与毕汝谐在身份、经历和思想上的高度相通性，“我”与《九级浪》的关联以及由此所昭示出的深层内涵，完全可以看成是对彼时作者自身处境、形象、意识的外显或转叙。

断裂与关联：不能漠视的文学史意义

如果考虑到“反思”“伤痕”等新时期文学思潮，特别是后来逐渐占据主流的“人学”主题，以及王朔在20世纪90年代的爆红，这部中篇因对人性主题和欲望风景的书写而的确与新时期文学构成了某种渊源关系。[①]然而，问题也由此而生，即倘若这一论定成立，另一种声音便不请自来——新时

---

① 陈思和和王尧分别从民间潜在写作、“文革”与“新时期文学”的关联方面肯定了《九级浪》的文学史地位及意义。比如：“作为‘文革’时期的一部民间潜在写作，《九级浪》的文学史意义是不言而喻的。”陈思和：《卷头语》，《史料与阐释》总第五期，复旦大学2017年版，第1页；“如果我们把‘文革’与‘新时期’两个阶段联系起来，就会重新评价王朔的一些作品，就会重新论述《九级浪》到《玩主》这一线索。”王尧：《覆舟之后的“玩主”》，《读书》2010年第11期。但两位学者对这个问题的探讨都一笔带过或语焉不详。

期文学的源头有这么不堪吗？这很容易导向外在于或脱离具体文本与历史语境的道德申诉。那么，该如何恰当评价其文学史意义？

其一，毕汝谐作为彼时潜在写作者之一，以小说方式对1970年前后城市一隅纷乱的社会风景和高干子女在“文革”初期的言行、心态、情态予以实写，在题材和主题表达方面具有填补空白的意义。在小说中，玩世、打架、恋爱、烟酒构成了“我”、司马丽等干部子弟日常生活的主要内容。自命不凡、纵于情色、放浪狂欢、打打杀杀、胡作非为，同时又感到压抑、心痛、迷惘、悔恨，从常理来说，他们的这种作为肯定为广大老百姓所不齿，但在“文革”这种极不正常的高压环境下，这种“玩世”自然也渊源有自并被赋予一种反抗力量，即表面上看，这部小说以司马丽为中心，描写了几位“玩主”们的叛逆青春和颓废人生，但归根结底还在于作为一种政治运动的“文革”严重干扰或摧毁了这些干部子女的正常生活和成长，从而将其拖入沉沦之渊和迷惘之途。毕汝谐作为前中宣部大院中的一员，依据亲历、亲为或亲见所创作的这部中篇小说，其最独一无二的价值就在于对这个阶层的“玩世”生活予以实录，并由此演变为对“文革”极端主义价值观的质疑、颠覆，因此，在客观上还是达到了解构彼时主流意识形态的效果。

其二，这部中篇所侧重表达的人性主题及其社会关系不依附于任何一种宏大背景，而以一种不带褒贬的客观写实方式，在中国当代文学领域内较早开启了聚焦躁动青春叙事、塑造城市玩主形象的先河。而其中直接触及男女间的性关系、性主题，特别是在第九节中对“我”与司马丽的一次性行为、性心理所作的细致描写，更是凸显其在中国当代小说史上的拓荒意义。在个人主义、性、爱情被视为书写禁区的年代，毕汝谐在《九级浪》中对之所作的归于本位或本体的大胆书写，也就具有了重要的文学史意义。须知，这些放浪形骸的玩主形象以及作者塑造这种形象所主动采用的避雅就俗式理念、笔法，直到20世纪90年代才在王朔的文学实践中得到全面、充分展现。从这个角度来说，它为梳理和研究新时期文学的创生与演变过程，或者说考察研究“文革”文学与新时期文学的内在关联，提供了最具代表性的典型文本。

其三，作者彻底抛弃“革命现实主义和革命浪漫主义”两结合的创作理念，转而以批判现实主义为主，积极吸收萨特的存在主义哲学观，从而赋予这个中篇小说以独特的精神气质。它迥然不同于官方文学理念、样式，也有别于彼时大量手抄本中那种纯粹刺激感官体验的“黄色小说”或直接对“文革”作赤裸裸批判的涉政小说，而是一部现实感、思想性、艺术性俱佳且与世界文学主潮有所接轨的精品力作。“现实感”集中表现为对玩主们青春期内的原欲、创伤、迷惘及其诱发其发生的“文革”社会背景作了独到思考和艺术表现。作者自己在严酷环境中所遭遇到的身心压抑和为求得暂时释怀这种压抑而放纵于情色之乡的经历（暂且栖身、消解苦闷），借助小说中“陆子”这一人物形象及其故事而得到充分展现。陆子们的放浪、苦闷不独是上流社会高干子弟躁动青春期的产物，更是特殊年代极不正常的社会高压氛围、严重扭曲的社会制度折射于这批高干子弟生活和精神世界后所必然导致生成的“恶之花”。作为文本品格的“思想性”是如何生成的呢？这是作者自幼喜读卢梭、狄德罗、萨特、加缪、爱伦堡等众多欧美名家带有哲学气息的经典著作的缘故。当然，在“文革”时代，能像毕汝谐这样有条件、有机会接触并通读大量中外名家名著者并不多见。广泛阅读所累积生成的思想卓识，移植于《九级浪》写作中，就主要表现为对陆子与司马丽人生“活法”及生命样式的深度思考与充分形塑。虽然“思想性”这个中篇小说中的呈现与那种“羚羊挂角，无迹可寻”的圆融超脱境地尚有较大距离，但其探索与实践的自觉性以及在 1970 年这个节点上创生并流传下来的事实，已为尚处于创生期内的“中国当代文学”提供了新经验和新方法。

其四，《九级浪》在语式选择与实践、话语风格上作出了诸多皈依“本体”的探索，其价值与意义不容忽视。如作者所言：“《九级浪》是一场长达百日的青春热病”，唯“真实”是瞻。为此，作者采用第一人称内聚焦讲述语式，对焦点、距离、节奏、结构、语感等与“文学性”生成密切关联的关键要素作了极具创造性的艺术整合。如果考虑到这种语式在新时期小说中被广为采用，以及在 20 世纪 90 年代以来的“小长篇”中成就诸多“小经典”，那么，1970 年生成的《九级浪》在中国当代小说语式发展史上所昭示的“启下”意义当予以肯定。另外，出现诸如“我家老头子不是东西。他从小胡嫖乱色，不干好事”“你这穷光蛋”“这老杂种”这类弑父型或解构型话语，特别是在考虑到这种类型的话语被莫言、余华等先锋小说家们所广为运用并大放异彩——比如：“一九三九年古历八月初九，我父亲这个土匪种十四岁多一点。”（莫言《红高粱家族》）“没有老王八蛋哪来小王八蛋……当年有名的徐大混蛋不是我……”“爹，你他娘的就算了吧。”（余华《活着》）——《九级浪》在中国当代小说语言发展史上首次所昭示出的实践意义也应予以肯定。

余论：经典化的机遇与可能

《九级浪》呈现了与“文革”主流叙事完全不一样的风景，就在于它以“我”为视点，讲述了出生于高干家庭的司马丽如何由高雅冷傲、冰清玉洁蜕变为放浪形骸的风尘女子的演变过程，并在对她与勇人、冯明、陆子、张三等若干男性玩主们情爱游戏的书写中，表达那一代城市青年人感性、盲动、燥热、癫狂的成长主题。在此过程中，不论公开描写青春期内的爱欲体验，还是揭示逃学、偷窃、打砸、欺凌、乱性等混乱的社会风景，以及传达低沉、颓废、阴暗、感伤的情绪基调，在“文革”期间都是极其少见、异常尖锐、冒险的文学实践。小说中的几位人物形象及其结成的关系图式都极具典型性，对“文革”前期被历史抛弃的城市“玩主”们的生活、心态和精神风貌的展现也足够真实、深刻。这种负审美、反主流的写作典型地反映了“文革”时期“潜在写作”（陈思和语）所呈现的异质景观。

《九级浪》从人物塑造、主题表达、语式实践到话语风格都与新时期文学存在割舍不断的内在关联，其在中国当代文学史上的开创或典型示范意义是无须赘言的。但是，我们必须强调，毕汝谐及其《九级浪》并没有彻底摆脱或消弭时代所施予的强力规约性。或者说，“文革”主流意识形态无时无刻不在对作者构成强大压力，继而内化为自我审视与改造的无形力量。表现在小说中，出狱后的勇人和下乡当知青的司马丽从身体到思想都已脱胎换骨，不仅自我反省并深刻认识到此前那个“旧我”形象的不可理喻，而且还以过来人或改造者身份向尚在迷途中的陆子宣讲阶级情感和革命理想。作者在《九级浪》基本限于个体的成长叙事范畴，而非直接指向对“文革”内乱本质的深刻认知与批判。司马丽、勇人、陆子等人虽无一不存在严重成长问题，但最终都又在接受再教育或下乡当知青等活动中得到彻底解决。在此，审视和告别“旧我”后所生成的“新我”，却在客观上确证了“文革”主流意识形态话语合法性与指导性。这种彼时作者所主动为之的修辞愿景与文本所展现的主体意向存在巨大悖论。

在我们看来，这是一部反映和镜鉴时代的历史文本，也是一部注定被纳入文学史范畴予以深入阐释的典型文本。从目前接受情况来看，这部中篇小说作为文学史意义上的经典文本的可能性比较大。因为从被学界广为认同和阐释的“地下文学”到陈思和的“潜在写作”等文学史概念，都迫切需要《九级浪》这种典型文本的支撑。而从其形态、内涵来说，它已完全具备了这种被经典化的机遇、潜能。

诉不尽的海上繁华梦

——论张爱玲与王安忆的上海书写

上海，这座繁华中透着沧桑、世俗里上演着传奇的从小渔村变身而成的现代化大都会，以它独特的魅力，尤其是都市文化的蓬勃发展，受到了现当代诸多作家的青睐，使得上海成为都市题材作品的重要写作空间。刘俊先生在《论二十世纪中国文学中的上海书写》中指出：“所谓上海书写，是指以上海为背景，展示二十世纪中国人在上海这样一个现代化大都市中的生活习俗、情感方式、价值判断和生存形态，以及书写者在这种书写过程中所体现出的对上海的认识、期待、回忆和想象，上海书写并不等于上海题材的文学创作，而是在上海题材的基础上，浇铸进书写者对上海的情感判断和价值判断，上海在上海书写中既是一个背景，又不仅仅是一个背景——还是一个参与作品成立的重要的角色。”[①] 中西文化的交汇，消费文化的盛行和都市市民气息的混合、杂糅，成为现代文学中“上海书写”的一大特点。在诸多的上海书写中，女性上海书写更加引人注目。她们多立足于日常生活，以女性特有的体验描述和塑造了一个不同于男性作家笔下的“女性上海”。二十世纪中国文学史上，在女性文学的成功的上海书写中，有两位可以作为阶段性代表的作家：张爱玲与王安忆，她们在独特的女性关注下，摒弃了以往的宏大叙事模式，将视角转向琐细的日常生活，也可以说她们表现了上海芸芸众生的生存史、心灵史，成为女性甚至整个上海书写创作的两朵奇葩。就作品的精神内涵来看，她们具有一定的传承关系，但在具体的创作上又呈现出明显的差异，造成她们笔下的上海呈现

① 刘俊：《论二十世纪中国文学中的上海书写》，《文学评论》2002 年第 3 期。

出同中有异的风景。

一、纷繁物象拼凑出的上海图景

在张爱玲与王安忆的作品中，女性作家特有的对于琐细生活的关注与体验、恋物情结以及细腻的抒写都得到了充分的呈示。

生活在二十世纪三四十年代上海的张爱玲，其主要的书写空间是带有浓厚的半殖民地半封建色彩的上海租界，这时的上海一方面承受了江南几百年积累的富庶与文化，是繁华的世界大都会；另一方面，它也承受着外界的各种压力：欧美帝国主义把它当作最后的盘踞地，革命党人将其视为散播新思想的中心，日寇的侵略等，这些因素造成上海孤岛畸形的繁荣与混乱。此时的上海，到处都是如张爱玲父亲家一般没落的贵族家庭，他们在颓废守旧的死气沉沉的生活中安然自得。外表光鲜亮丽，浮华之下却散发着腐败的气息。

张爱玲作为没落贵族的后裔，少年时代庭院深深的旧式家庭，生活在其中的遗老遗少，甚至一些看起来微不足道的物质和细节在她的回忆中都是鲜明生动的，她都能信手拈来。于是在她的小说中不乏对种种古旧繁复的家具摆设与器皿的描绘：

> 漆黑的天上一个灼灼的小而白的太阳，屋里看得分明那玫瑰紫绣花椅披桌布，大红平金五凤齐飞的围屏，水红软缎对联，绣着盘花篆字。梳妆台上红绿丝网络着银粉缸，银漱盂，银花瓶，里面满满盛着喜果，帐檐上垂下五彩攒金绕绒花球，花盆，如意粽子，下面滴滴溜溜坠着指头大的琉璃珠和尺来长的桃红穗子。
>
> （《金锁记》）

她作品中类似的这种大家庭中的考究的器物，华美的摆设随处可见，它们不仅为人物提供了具体可感的活动背景，而且承载着人物的秉性——尤其是女性的——虚荣。同时，通过这些奢华精致的器物也反映出上海人骨子里带有的那种对于琐细生活的讲究。

住所方面，张爱玲所生活的老式洋房永远都是阴暗的、凄冷的、弥漫着鸦片的烟香，“房屋里有我们家太多的回忆，像重重叠叠复印的照片，整个空气有点模糊。有太阳的地方使人瞌睡，阴暗的地方有古墓的清凉，房屋的青黑的心子里是清醒的，有它自己的一个怪异的世界”①。在她的小说中，老上海庭院深深的古宅是最常见的场所。从《金锁记》的姜公馆，到《倾城之恋》中的白公馆、《沉香屑·第一炉香》中的梁公馆，再到《小艾》中的席家，《创世纪》中的匡家等等，“这些帘幕低垂的深宅大院中有着相同昏暗的色调和同样腐烂潮腻令人窒息的气味。这种质地相同的阴暗环境，是衰落的中国封建文化的缩影”②。这些封闭而荒凉的旧式家庭环境与时代割断了联系，生活在其中的人们也目光狭隘，对现实与他人采取冷漠的态度，内心如同昏暗的古宅一般没有光亮与温暖。

人物的风貌在张爱玲的小说中也被真实地、周详地一一描绘。作者不仅刻画人物，而且还精细地描绘了人物的衣饰及环境，如《红玫瑰与白玫瑰》中的王娇蕊“穿着一件拖地的长袍，是最鲜辣潮湿的绿色，沾着什么就染绿了。她略移动了一步，仿佛她刚才所占有的空气上便留着个绿迹子，衣服似乎做得太小了，两边扯开一寸半裂缝，用绿缎带子交叉一路络了起来，露出里面深粉红的衬裙”。可以说这与张爱玲或者说是女性特有的对于时装的迷恋是不无关联的。

与张爱玲一样，王安忆也从世俗的上海入手，通过对日常生活中随处可见的物象的描写来传达她对上海这座城市的独特的理解。

王安忆在她的作品中也对物饰作了大量的描绘：

这房间分成里外两进，中间半挽天鹅绒的幔子，流苏垂地，半掩了一张大床，床上铺了绿色的缎床罩，打着褶皱，也是垂地。一盏绿罩子的灯低低地悬在上方。外一进是一个花团锦簇的

---

① 张爱玲:《私语》,《张爱玲全集》第一卷，花城出版社 1997 年版，第 106 页。

② 朱德发主编:《中国现代文学史实用教程》，齐鲁出版社 1999 年 8 月版，第 399 页。

房间，房中一张圆桌铺的是绣花的桌布；几张扶手椅上是绣花的坐垫和靠枕，窗下有一张长沙发，那种欧洲样式的，云纹流线型的背和脚，橘红和墨绿图案的布面。茶碗是那种金丝边的细瓷碗，茶是绿茶，又漂了几朵菊花。

（《长恨歌》）

爱美是女人的天性。王安忆继张爱玲之后再一次将视角倾注于时装。她认为，女人的爱美之心支撑着服装，女人的服装又支撑着城市的美和繁华，如在《长恨歌》中，“上海马路上的虚荣和浮华，在这里像找着了自己的家。王琦瑶饭桌上的荤素、茶是饭店酒楼里盛宴的心；王琦瑶身上的衣服，是橱窗里的时装的心；王琦瑶的简单是阔绰的心”。王琦瑶甚至认为衣服是女人的文凭，可以把内部的东西给个结论和证实，不致被埋没。在这些描绘上二者有异曲同工之妙。

与张爱玲不同的是，王安忆是作为革命“同志”的后代入沪的，不是张爱玲时代的上海的亲历者，她用一种“外来户”的眼光努力地寻找自己与上海的渊源。她笔下的上海主要来自电影和旧画报中的上海记忆的遴选和组合，只涵盖到旧上海中她认为最美好和被想象成美好的那一部分，尤其是上海市民精雕细琢、韵味悠远的日常生活。因此，比起张爱玲笔下的阴暗凄冷的深宅大院，王安忆更钟情于能够反映人情世故的极具文化内涵的“弄堂”。这种选择不仅仅是因为她在弄堂里长大，她认为“弄堂一头连着世界潮流，一头连着中国本土的那种上海，它的滞后怕是显著的，它试图不动声色地把城乡两种文化价值悄悄地加以融合，也有线迹可资追寻，很可能，这种企图是一种折中，以时间的延续和不彻底性作为双重代价，来抵消社会严重的对抗、对立”①。

如《长恨歌》就把弄堂作为刻画上海的切入口：“上海弄堂总有一股小女儿的情态，这情态是有一些优美的，它不是高不可攀，而是平易近人，可亲可爱的。她比较谦虚，比较温暖，虽有些造作，也是努力讨好的用

① 王安忆：《长恨歌》，作家出版社 1996 年 2 月版，第 6 页。

心，可以接受的。它是不够大方和高尚的，但本也不打算谱写史诗，小情小调更可人心意，是过日子的情态。”[①]“上海弄堂里的做人，是悉心悉意，全神贯注地做人，眼睛只盯着自己，没有旁骛的，不想创造历史，只想创造自己的，没有大志气，却用尽了实力的那种。”[②]弄堂具有极大的包容性，它不仅吸纳了许多外来的谋生者，而且也给王琦瑶这样的女子留下了自由的生存空间。在这里，我们似乎能听到讨价还价、车来人往的喧闹声，锅碗瓢盆的碰擅声，甚至街坊邻居的寒暄或争吵声，我们看到的是衣食饱暖、平凡俗常的人生内容。

除了住、穿，王安忆还将目光投向了上海人的“吃”的细节上：

> 比如买那种猫鱼大小的杂鱼作鱼松，再比如冷油条切成段，油里炒了蘸辣酱油，也是一个菜，最妙的是那种小而多刺的盎子鱼，打上了一个鸡蛋，放在饭锅里清蒸，肉就凝结不散了，特别鲜嫩。
>
> （《妹头》）

在此，王安忆不只是单纯地写几道菜，通过几道菜反映出妹头的机灵聪明：上海人，尤其是上海女人，总是在枝节问题上劳心费神，把日子过得细致周到，一丝不苟；另一方面，从上海人精打细算的一日三餐的描写中，字里行间渗透着上海人的精明、深谙生活艰辛而又“在螺蛳壳里做道场”的心满意足。他们在琐碎的日常生活中活得有滋有味。

张爱玲笔下的上海是阴暗的、苍凉的、畸形的、毫无生气的，在西方现代文明与封建残余思想相互挤压下艰难地生存，她描绘出的是一幅荒凉的末世浮华的上海图景；王安忆笔下的上海是明亮的、繁华的、精致的、充满韵味的，她津津乐道于上海市民柴米油盐的琐碎生活，描绘出的是一幅弥漫着浓郁的人间烟火气息的上海图景。

---

① 王安忆：《长恨歌》，作家出版社 1996 年 2 月版，第 22 页。

② 王安忆：《长恨歌》，作家出版社 1996 年 2 月版，第 8 页。

张爱玲与王安忆所经历的上海前后相隔了近半个世纪，不论是末世的浮华还是变革后的新生，上海人的脾气性格始终如一。二人在对于浅层物象的描写中所折射出的上海民众心理也是默契的吻合，人生的生趣全在那些不相干的事，即在鸡毛蒜皮的家常琐事中精致细密地生活，在心机算计中为了生计利益奔波忙碌，但是又都生活得有滋有味。这些上海物象与上海人构成了一幅让人百看不厌的上海图景。

二、新旧时代的都市女性形象折射出的上海精神

在特有的女性关注下，张爱玲与王安忆都着迷于写上海这个大都市中的女性形象，更着迷于写女性的琐碎的日常生活。

作为女性作家，张爱玲作品中以女性为主人公，她认为“男人是偏于某一方面的发展，而女人是最普遍的、基本的，代表四季循环，土地，生老病死，饮食繁殖。女人把人类飞越太空的灵智拴在踏实的根桩上”[①]。张爱玲通过一个个悲凉的故事把旧时女性在婚恋生活中的不幸，以及她们在不幸面前安于现状、不思反抗也无力反抗的状态表现得淋漓尽致。她以冷眼静观现代文明社会中，广大女性在男权中心社会中的可悲地位与境遇，“以美好的身体取悦于人，一定是世上最古老的职业，也是极普通的女性职业，为了谋生而结婚的女人可以归在这一项下”[②]。《传奇》中的女性形象，不管是受过教育的如白流苏一样的大家庭出来的知识女性，还是没有知识的像曹七巧一样普通人家的小市民，她们虽然生活在现代，思想中却依然积淀着传统封建思想意识，即使她们中的某些拥有一定的素养跟教育，也只不过是为了给她们的出嫁增加筹码。

《倾城之恋》中，受过高等教育的大家闺秀白流苏遇到范柳原便抓住他不放，她明白，他们之间重要的不是她爱不爱范柳原，而是范柳原爱不

① 张爱玲:《谈女人》，金宏达、于青主编《张爱玲文集》(第四卷)，安徽文艺出版社 1992 年 7 月版，第 159 页。

② 张爱玲:《谈女人》，金宏达、于青主编《张爱玲文集》(第四卷)，安徽文艺出版社 1992 年 7 月版，第 161 页。

爱她。家庭、经济与世俗的压力迫使她用一场婚姻做保障来抓住这个男人，而结婚的目的是获得经济上的安全，求得一个完全的安稳。

这种为了“谋生”而“谋爱”的现象在张爱玲的小说中随处可见：淳于敦凤、葛薇龙等人皆是如此。

《金锁记》中的曹七巧是张爱玲小说中最鲜明的女性形象之一。她付出了她最宝贵的青春，从一个有朝气活力的大姑娘变成了一个阴鸷狠毒的疯狂的老太婆，换来的只是从一个麻油店老板的女儿变成贵族家庭的残废少爷的“正头奶奶”，虽然也曾经挣扎，但最后还是为了黄金而妥协，安然地过下去。三十年，她“带着黄金的枷，她用那沉重的枷劈杀了几个人，没死的也送了半条命”[①]。在曹七巧的世界里人是靠不住的，靠得住的只有钱，所有的爱都是不可靠的，唯有黄金才会让她安安稳稳地过下去，为此她殉葬了她的一切。她的一生都生活在黑暗与荒凉中，但是她过得心安理得。

张爱玲曾在《自己的文章》中宣称她喜欢写“人生安稳”的一面，“人生安稳的一面有着永恒的意味，虽然这种安稳常是不完全的，而且每隔多少时候就要破坏一次，但仍然是永恒的。它存在于一切时代。它是人的神性，也可以说是妇人性”[②]。因此白流苏和曹七巧以及她小说中的其他女性甚至张爱玲自己，无论是封建传统女性，还是接受西方文明的新女性，她们的意识仍为男性世界所控制，她们将自己的人生命运维系在男人身上，放弃自我，甘心做男人卑下的“女奴”，她们所做的一切抗争不过是在男性世界找到可以让自己依附的一些东西。她们为了一个坚固的婚姻、一个经济的靠山奔走忙碌，只为求得“人生的安稳”。不管钱也好，爱情也好，她们付出一切也仅仅是为了有个安稳的归宿。

张爱玲较多地通过一种冷静的眼光去揭示女性精神奴役的创伤，笔力最集中的是女性的“依赖性”“物欲”等，比起张爱玲，王安忆对女人的

---

① 张爱玲：《金锁记》，《张爱玲作品集》，北岳文艺出版社 2001 年版，第 76 页。

② 张爱玲：《自己的文章》，金宏达、于青主编《张爱玲文集》（第四卷），安徽文艺出版社 1992 年 7 月版，第 172 页。

观照似乎更理性、更宽容，在王安忆眼里，“要写上海，最好的代表是女性……要说上海的故事，也有英雄，她们才是。上海的女性中，中年女性更有代表性，她们正是命运决定的关头，她们坚决、果断、严思密行，自己是自己的主人……她们都是好样的”[①]。这与她们所处的年代、生活的环境不无关系。

王安忆所处的时代，现代思想深入人心，女性的自我意识增强，经济上的相对独立使女性逐渐摆脱了屈服于男权统治的卑下地位。在她笔下，在重大政治事件或者家庭变故面前女性呈现出一种强大的力量和姿态，在与男性的关系上，她们更具主动的成分，她们执着地追求她们想要的东西，不再只是为了“谋生”而奔波。她们在社会生活中找到了自己的位置。

王安忆在她的《上海的女性》一文中曾说：“上海的女性心里都有股子硬劲的，否则你就对付不了城市的人和事，她们的硬不一定是在‘攻’字，也是在‘守’字，你没见过比她们更会受委屈的了，不过不是逆来顺受的那种，而是付代价权衡过得失的，你绝不能将她们的眼泪视作软弱，就是这个道理。”王安忆对上海女性的观照，更多的是肯定、赞扬，尤其是讴歌上海女性的“硬劲”，独立自主意识、忍辱负重和务实精神。她们身上寄寓了王安忆对上海精神的理解。

《长恨歌》中的王琦瑶就是作者心目中的上海形象。王琦瑶代表了“人生安稳”的一面，她是上海的“三小姐”，“大小姐、二小姐是偶像，是我们的理想和信仰，三小姐却与我们的日常起居有关，是使我们想到婚姻、生活、家庭这类概念的人物”[②]。除此之外，她身上还有另一种品质——生命的韧性。不管是昔日辉煌地入住“爱丽丝公寓”，还是后来搬进平安里，她都过得逍遥自在，甚至在污浊平庸的空间里，她上演的人生戏剧更加丰富多彩：非婚生子，情人去世，“文革”中老朋友跳楼自杀，她的生活都一如往昔，外部世界似乎拿她无可奈何，“王琦瑶是一个生命力极其顽强

① 王安忆：《重建象牙塔》，远东出版社 1997 年版，第 85 页。

② 王安忆：《长恨歌》，作家出版社 1999 年 2 月版，第 137 页。

的女人，她和上海一样非常能受委屈，但她百折不挠，她在小事上很能妥协，但在大的目标上，绝不妥协”[①]。王安忆认为：“上海屋檐下的日子，都有着仔细和用心的面目。倘若不是这样专心致志，将注意力集中在这些具体琐碎的细节上，也许就很难将日子过到底……在这些仔细的表面之下，是有着一股坚韧……它是供那些小人物的切碎了的平均分配的小日子和小目标。”[②]王琦瑶冷静平和地生活着，她懂得勇敢争取，咬牙忍受所有外界带给她的委屈和伤害，她真正懂得生活，是生存的强者，她身上就有一股在最琐碎的生活中历经磨难而不折的韧劲。

张爱玲笔下的女性是苍凉的、女性的、悲戚的，她致力于表现女性的悲剧美；王安忆笔下的女性是鲜活的、达观的、主动的、进取的，倾向于表现女性的人性美。但她们笔下的人物都有受控于无法克制的情欲或物欲而“一级一级走向没有光的所在”[③]。王琦瑶是独立的，她自觉地放弃了普通市民程先生，选择了掌握军政大权的李主任，不能说其中没有情，但是趋利就势的思想依然存在。而李主任留给她的黄金，既是她后半生的依靠，也给她带来了杀身之祸。可以说在女性的世界里，只有安稳和坚韧是最可能触摸和把握的，认同它、接纳它才有可能在一个男性的世界里站稳脚跟、安身立命。

张爱玲与王安忆相隔半个世纪，有着完全不同的生活环境和人生经历，但她们在作品中殊途同归地将“人生的安稳”与“生命的韧性”看作是上海的精神与灵魂。当然，上海的文化内涵远不是这两句话就能概括的，但是，正是因为这点灵魂，上海才之所以是上海，就像王安忆小说中的女性形象们在正常的生活秩序被政治运动或不幸命运破坏时，坚韧而又顽强地以心灵的宁静与灾难抗衡。她们坦然地面对生命的波折，包容历史的误会，以柔弱之躯直面灾难。上海以她特有的精神包容了一百年历史的坎坷创伤，在任何社会变迁中，它都能延续自己的历史。

① 王安忆：《重建象牙塔》，远东出版社 1997 年版，第 208 页。

② 王安忆：《长恨歌》，作家出版社 1999 年 2 月版，第 247 页。

③ 张爱玲：《金锁记》，《张爱玲作品集》，北岳文艺出版社 2001 年版，第 75 页。

三、不同上海书写之探源

张爱玲与王安忆都以女性独有的视角细腻地书写上海，但是她们笔下的上海又存在一定的差异。除家庭、时代背景不同外，还有多方面的因素。这里选取两个方面进行简单比较。

首先，二者不同的创作观造成了她们的创作风格同中有异、异中有同，她们以自己特有的笔触诉说着上海市井的朴素与极致。

张爱玲在她的创作中，更多地带进个人的经历、生活的体验，个人色彩较浓；王安忆则强调创作的理性，社会色彩较浓。

张爱玲作为一个超然的悲观主义者，冷眼看人生，表现出一种独立与超然的姿态；她的小说世界与大时代、大历史毫不相干，作品见不到涉及人类和社会的前途和命运的惊心动魄的斗争，看不到二十世纪三四十年代硝烟弥漫的气氛，只是由普通人的衣食住行和情感故事构成，表现普通人的日常生活、婚姻恋爱的矛盾纠缠。张爱玲的故事里没有英雄、伟力，没有飞扬、悲壮，没有时代潮流的风云变幻，没有善恶的鲜明对照，写的是不好不坏、亦好亦坏的奔波于琐碎人生的小市民平实的生活和世俗的心态。在一个相对封闭的空间和一个相对静止的时段里，她喋喋不休地谈性论色，处处是朴素地歌颂安稳的人生，使得政治意识和环境淡出自己的作品之外，她认为“这样写是更真实的”，她相信“他们虽然不过是软弱的凡人，不及英雄有力，但正是这些凡人比英雄更能代表这时代的总量”[①]，“极端病态与极端觉悟的人究竟不多，时代是那么沉重，不容那么容易就大彻大悟”[②]，这些态度迎合了专制体制下的市民有意回避政治的心理需要，同时也暴露了都市民间政治观念淡漠和生活态度的虚浮。

而王安忆作为一个“超现实主义者”，笑眼看人生，表现出冷静与平

---

① 张爱玲:《自己的文章》，金宏达、于青编《张爱玲文集》（第四卷），安徽文艺出版社 1992 年 7 月版，第 174 页。

② 张爱玲:《自己的文章》，金宏达、于青编《张爱玲文集》（第四卷），安徽文艺出版社 1992 年 7 月版，第 175 页。

实的旁观者的姿态。当时中国市场经济化的深入，世俗价值悄然兴起，世俗文化蓬勃崛起，更加世俗化，更注重日常生活本身成了中国人的理想与现实，受其影响，王安忆的城市市民文学创作中市民政治意识也明显淡薄，但作家却没有完全把社会大背景隐去，反而喜欢用社会大背景将政治嵌入现代都市人的生活，王安忆认为“事件总是从日常生活开始的，等它成为事件实际上已经从日常生活变成政治了。历史的变化都是日常生活里的变化”。她把都市人的命运与特定时代或特定时期的政治背景衔接在她的故事中，如《长恨歌》中，上海解放、“文革”十年、饥荒等等历次历史事件都在作品中的某些人物身上产生了相应的影响。她使人们看到了她所展示的故事，看到了政治的巨大作用。

王安忆曾经批评张爱玲，说张爱玲也许是生怕伤身，总是到好就收，不到大悲大恸之绝境，张爱玲要“朴素”，王安忆则追求达到“某种极致”，她把她笔下的人物置于一种荒凉的没有救赎的绝境，《长恨歌》就是最好的证明，王琦瑶是有机会被程先生救赎的，但王安忆却安排她走向一个“有力”的结局——死亡，这是在张爱玲小说中不常见的。

张爱玲在繁华的世相表面体验到生命的转瞬即逝，着重于感性层面的把握；王安忆则以自己的成长经历来辨析这城市沧桑巨变下的恒定，更偏重于理性的探究。

其次，从写作立场与叙述角度上来说，张爱玲与王安忆都从市民阶级的立场出发，把笔触深入到市民的日常生活深处，描绘了城市市民生活图画，塑造了平凡的芸芸众生形象，揭示了社会变化中的琐碎人生，具有现实主义的世俗人生关怀。

但是，张爱玲纯粹以个人主义者的身份，以“理解的同情”的态度描写了芸芸众生中为生计前途而精打细算、奔走忙碌的世俗人，她自觉地把自己降低到和笔下的人物相同的水平线上，使她与笔下的市民的人生观、世界观、价值观没有了距离，给读者一种世俗的真实感。

而在王安忆看来，张爱玲是个缺少“理想”的人，她没有多数知识分子都有的忧患意识。王安忆自觉地把自己定位为一个知识分子写作者，她的写作立场使她对笔下的人物始终保持一种距离，书写了一个理想化了的上海市井，这使其写作有了张爱玲所没有的开放性和坚实性，但同时，又缺少了张爱玲小说通常所有的那种对生活的熟稔和“贴心贴肺”的感觉，相比而言略显生涩。

二十世纪中国文学中的“上海书写”，构筑了现代文学追求宏大性的国家叙事的意义空间，成为现代中国的一种国家元叙事。作为书写上海的女性作家的杰出代表，三四十年代的张爱玲与八九十年代的王安忆都以上海为背景，都取材于都市市民的日常生活，都侧重于描写女性的生存境遇，在不同的时代背景下，以不同的个人人生经历做积淀，用她们各自独特的方式，从不同的维度为读者绘制了一幅丰富多彩、意蕴深厚的上海景观图。

女性意识：喧嚣之外显悲音

——以张爱玲、王安忆、卫慧的写作为例

二十世纪八十年代中期以后，女性文学以锐不可当之势迅猛发展，在中国文坛上散发出了独特又璀璨的光芒。提到女性文学，“女性意识”是不可规避的一个热点。顾名思义，“女性意识”就是女性的独立自主意识，这一概念自被提出以来，一直众说纷纭，但学术界并没有给出明确且权威的定义。其中比较有代表性的、被广泛认同的是乐黛云先生全面而具体的定义：“第一是社会层面，从社会阶级结构看女性所受的压迫及反抗压迫的觉醒。第二是自然层面，以女性生理特点研究女性自我，如周期、生育、受孕等特殊体验。第三是文化层面，以男性为参照，了解女性在精神文化方面的独特处境，从女性角度探讨以男性为中心的主流文化以外的女性创造的边缘文化及其所包含的非主流的世界观、感觉方式和叙事方法。”[①]

从女性主体的角度来说，女性意识可以理解为两个层面：“一是以女性的眼光洞悉自我，确定自身本质、生命意义及其在社会中的地位；二是从女性的角度出发审视外部世界，并对其加以赋予女性生命特色的理解和把握”[②]。综合对这一概念的诸多理解，专从文学表现的层面上来说，笔者认为“女性意识”大致可以归纳为两个方面：一是以女性的视野审视外部世界，对女性生命特色、女性经验、生命意义加以强调，包括自觉的女性视角、独有的女性经验以及富有女性特色的认识和体验的语言范式；二是对抗、解构以父权制为主要标志的男性霸权文化，确定女性自身的社会地

① 乐黛云：《中国女性意识的觉醒》，《文学自由谈》1991 年第 3 期。

② 乔以钢：《多彩的旋律：中国女性文学主题研究》，南开大学出版社 2003 年 9 月版。

位，追求公正、平等的政治立场，以期建构两性和谐的社会文化模式。具体表现为主体意识、性别意识、平等意识等。由此来看，展开关于“女性意识”的思考和探索，对于妇女解放运动的发展具有重大的意义和价值。

本文选取了三位处于不同时期的具有代表性的上海女作家——张爱玲、王安忆、卫慧，对其创作中的女性意识进行了探讨。之所以选择上海女作家，是缘于上海这个特殊地域所产生的独特魅力——它的传奇蜕变，它的沧桑与繁华并存，其深厚的历史积淀与瞬息万变的时代性的紧密交织给文学创作带来了无限可能性，因此上海历来深受作家的青睐，更是成为众多女作家构思、创作的空间。而二十世纪八十年代后期以来，对张爱玲及其创作的研究在华语文学界掀起了热潮，引发了“张爱玲热”，也进一步成就了“上海热”。“近年来文学创作中的‘上海热’，热的是作为现代都市文明的老上海的文化及其魅力，实际上背后折射出的却是我们这个时代的生存之痛与重写历史、建构想象过程之难。”①张爱玲的作品大多以女性为主人公，揭露女性的生存状态与悲剧命运，其作品中的女性意识如茉莉一般幽香暗送，隐隐渗出；虽然王安忆多次强调自己与张爱玲在创作上的差异，并“在多个场合否认自己与女性主义的联系”②，但是不能否认的是，她的创作中充斥着审慎警醒的女性意识；卫慧曾明确标榜自己对张爱玲的喜爱，她作品中的女性意识浓烈而又矛盾重重。她们的创作在地域上有一定的相似性，都以上海为主要写作空间，都共同关注女性自身的生存与发展，具有很强的可比性，而且她们的创作都对女性意识作了不同但却相对完整的阐释。本文将从三位作家创作的演化和发展中分析其体现的女性意识，进而探讨女性意识的发展道路，以期对女性的自我解放与发展，对作家，尤其是女性作家的创作起到一定的理论指向作用与现实意义。

① 王芳:《怀旧与想象——管窥近年来文学创作中的“上海热”》,《沧桑》2010 年第 2 期。

② 刘金冬、王安忆:《我是一个女性主义者吗》,《钟山》2001 年第 5 期。

一、不同的时代，相似的都市浮世绘

女性：自我救赎之旅中的苦行者

当许多作家在关心整个民族的命运时，张爱玲选择了对个人命运的探索；当其他作家都轰轰烈烈地凸现国家意识时，张爱玲揭示了什么是女性意识。她从女性本体出发，“采取自我内省的态度，把反制父权文化和女性压抑的主题双双纳入文本之中”，揭去了那个时代集体无意识的种种表现，展露出女性深层意识里顽固而持久的“原罪意识”，从女性自身的性格悲剧，从人性堕落的角度挖掘出女性不幸的根源。在她的作品中，女性的焦虑、丑怪与疯狂，被安置在男性 / 父亲的去势、阉割的现实里，丝毫没有维护父亲权威和男性传统形象的迹象。这样的叙述布局暗藏了女性文本中的反父权意识。

面对“五四”时娜拉们叛出家门的决绝姿态，在审视了周遭女性的生存角色之后，张爱玲曾怆然地说：“女人一辈子讲的是男人，念的是男人，怨的是男人，永远永远。”[①] 在她所处的社会环境中，叛出家门不过是一个苍凉的手势，然而这反抗从未停止过。或许苍凉的性质从没改变过，但从它举起的那一天起就再也没落下过。

物欲横流的世俗生活对生活在其中的人物施加了太多压力，尤其是女性。而人的社会属性决定了人不可能脱离社会而生活，女性尤其如此。她们要在瞬息万变的生活中站稳脚跟，在流水一般平淡无味的生活中挣扎，女性的生存姿态各异，但总体来说大致可以分为两类：要么有条件妥协，要么拼死挣扎，即女性即使有能力抵抗男权文化，也往往具有传统屈从者的特性，但身为从属者的女性身上也具有或多或少的主体意识。

在俗世面前妥协的女性，她们多战战兢兢地生活在备受压抑与排挤的环境当中，毫无安全感又别无他长，为了给自己谋求立足的一席之地，在物欲世界徘徊之后，只能目的明确地找寻攀附对象，多表现出隐忍的个性。

---

① 张爱玲：《有女同车》，《流言》，南海出版公司 2002 年版。

这类女性人物的主体意识有所抬头，但受自身条件及社会压力的限制，尚未找到合适的突破途径，因此，只好屈从男权话语机制，受制于男性。

张爱玲在《沉香屑·第一炉香》里塑造了一个为了自己的前途费尽周折而最终屈从的女性形象。葛薇龙因为不甘心放弃即将有所成的学业背着父亲独自拜访"自甘下贱"的与家里断绝关系的姑母，试图从这里找到经济救援。她也深切地思量过自己的前途与后路：

> "我既睁着眼走进了这鬼气森森的世界，若是中了邪，我怪谁去？"然后又安慰自己，"我们到底是姑侄，她被面子拘住了，只要我行得正，立得正，不怕她不以礼相待。外头人说闲话，尽他们说去，我念我的书。将来遇到真正喜欢我的人，自然会明白的，决不会相信那些无聊的流言。"[①]
>
> （《沉香屑·第一炉香》）

虽然薇龙的思想里有软弱的一面，对即将踏入的生活也存有顾虑，但是，这时的她对自己的未来与生活原则是有清晰而明确的认识的。"在外面有应酬，无非是碍在姑母面上，不得不随和些。我念书，那是费了好大的力，才得到这么个机会，不能不念出些成绩来。"[②]甚至在看到姑母因为跟卢兆麟聊过天而独自沉醉时，还暗暗叹气想："女人真是可怜！男人给了她几分好颜色看，就欢喜得这个样子！"[③]然而，在打开弥漫着樟脑香的衣橱的那一刻，她清醒的主体意识开始恍惚了：

> 三个月的工夫，她对于这里的生活已经上了瘾了。她要离

① 张爱玲：《沉香屑·第一炉香》，金宏达、于青主编《张爱玲文集》（第二卷），安徽文艺出版社 1992 年 7 月版。

② 张爱玲：《沉香屑·第一炉香》，金宏达、于青主编《张爱玲文集》（第二卷），安徽文艺出版社 1992 年 7 月版。

③ 张爱玲：《沉香屑·第一炉香》，金宏达、于青主编《张爱玲文集》（第二卷），安徽文艺出版社 1992 年 7 月版。

开这儿，只能找一个阔人，嫁了他。一个有钱的，同时又合意的丈夫，几乎是不可能的事。单找一个有钱的吧，梁太太就是个榜样……独排众议，毅然嫁了一个年逾耳顺的古人，专候他死。……薇龙不愿意自己有一天变成这么一个人。[①]

（《沉香屑·第一炉香》）

显然，薇龙对姑母的生活态度是持不屑态度的。在被巨大的物欲旋涡吸进去之前，她也奋力挣扎过，但她将逃离的希望寄托给了寄生虫乔琪乔，她异想天开地认为只要“爱他，并相信他，他什么事不能做？即使他没有钱，香港的三教九流各种机关都有乔家的熟人，不怕没有活路可走”[②]。认为只要借乔琪这个跳板，结了婚，自己便可以脱离周旋交际的境地，可以过安稳平静的生活。但建立在虚无上的花园没有坚固的基础，很快就坍塌了。

她现在试着分析她自己的心理，她知道她为什么这样固执地爱着乔琪，这样自卑地爱着他。最初，那当然是因为他的吸引力，但是后来，完全是为了他不爱她的缘故。[③]

（《沉香屑·第一炉香》）

于是，恍惚中的薇龙对自己的来路与归途又一次幡然醒悟——她想要抓住人生中一切厚实的、靠得住的东西，给自己一个踏实的依靠，也想过走出眼前的浮华烟云，做新的自己。“我知道我变了。从前的我，我就

① 张爱玲:《沉香屑·第一炉香》，金宏达、于青主编《张爱玲文集》(第二卷)，安徽文艺出版社 1992 年 7 月版。

② 张爱玲:《沉香屑·第一炉香》，金宏达、于青主编《张爱玲文集》(第二卷)，安徽文艺出版社 1992 年 7 月版。

③ 张爱玲:《沉香屑·第一炉香》，金宏达、于青主编《张爱玲文集》(第二卷)，安徽文艺出版社 1992 年 7 月版。

不大喜欢；现在的我，我更不喜欢。我回去，愿意做一个新的人。”[①]然而，在爱情的盲目与现世的压力下，这种主体意识不过是昙花一现，薇龙终于还是彻底放弃了自己——“乔琪永远是对的。为了爱而结婚的人是傻的不可救药的”，去社会上做事不一定是自己这般除了美貌别无他长的女孩最适当的出路……小说的最后，作者安排薇龙在男人中间周旋来赚钱，供养乔琪与姑妈，她如新年夜晚绽放在天空中的礼花，明艳不过眨眼的工夫，刹那即逝，剩下的不过是无边的黑暗……“无边的荒凉，无边的恐怖。她的未来，也是如此——不能想，想起来只有无边的恐怖。她没有天长地久的计划。”[②]她虽困在迷途中，自己的未来却如同掌心的纹路一般清晰可见，只是她已经无力再改变什么——她眼睁睁地让自己走入黑暗，再也回不了头。尽管她最后选择了妥协，但小说中薇龙内心的挣扎一直没有停止过，只是女性的自我主体意识尚未充分觉醒，在某些外因的诱发下的偶然显现，但又迅速被物质生活所吞没了。作家对女性意识的探索并不止于此，小说中的男性一反传统的强大形象，除了玩乐之外一无所长，反而是女性走出家庭赚钱，从将男性置于失势地位这一角度来看，《沉香屑·第一炉香》中没有表现出对男权体制的屈从，而是女性形象既作为承载压抑的从属者，又被赋予了颠覆男权体制的主体的角色，具有双重意义。

这样具有双重意义的女性形象与其所隐含的不易察觉的女性意识，王安忆在创作中进行了更为彻底的尝试。

王安忆小说《米尼》中的米尼与《我爱比尔》中的阿三在很多方面有相似的成分，都是王安忆笔下为爱盲目、自甘堕落的女性形象代表，情节方面，都是女性在对爱情的盲目追求中迷失自己，从而走上了不归的黑暗之路。出身于艺术系的阿三用自己打工赚钱来与梦中情人比尔约会，甚至在爱情与学业发生冲突时，不跟任何人商量便坚决地退学，而为了迎合、取悦比尔，她采取最独特的方式向比尔展现东西方文化在性观念问题上的

---

① 张爱玲:《沉香屑·第一炉香》，金宏达、于青主编《张爱玲文集》（第二卷），安徽文艺出版社 1992 年 7 月版。

② 张爱玲:《沉香屑·第一炉香》，金宏达、于青主编《张爱玲文集》（第二卷），安徽文艺出版社 1992 年 7 月版。

迥异，并以期待的姿态、精灵般的奇思异想引导比尔，力图突破传统……均可见她张扬的自我主体意识。而比尔的消失又让阿三彻底迷失了方向，她疯狂地与各色欧美男人缠绵，试图找到比尔，也从中回味比尔曾给她带来的快乐。然而身体上的痴缠无法弥补精神上的失落与空虚，阿三丢弃了自己所有的个性，由纯真的女学生愈陷愈深地堕落成了劳改女囚。小说的题目以及开端便昭示着辛酸：一切都是从爱比尔开始的。“我爱比尔”是从第一人称的角度发出的一句告白，这爱是单方面的、残缺的，具有某种程度的依赖性。而作家在小说的最后安排阿三越狱途中捡到处女蛋，终于从那段盲目的爱中凄然觉醒了，这也是对女性回归自我的一种深层隐喻。《米尼》中，王安忆安排单纯、不漂亮但却有一点独特魅力的女主人公出场，她追随自己的主体意识，主动陷入一种非理性的盲目爱情：插队知青米尼在返城途中对偶遇的阿康一见钟情，对爱情持着开放姿态的她不管阿康怎么想，很坦然地表白自我：“阿康，我要跟你在一起，无论你要我做什么都可以的。”“不管你喜欢不喜欢我，我反正喜欢你了。”[①]……这跟阿三对比尔的爱异曲同工。然而，这种爱是非理性的，是单方面疯狂的。在这爱中，她们的自我意识体现在不因男性的某种程度的缺席而自认为是一种牺牲。但也正是这种非理性的盲目消解了她们张扬的自我意识，米尼深爱的阿康因为偷窃坐牢，出狱后又怂恿她从事卖淫等犯罪活动，阿三与马丁结识于他的画，而马丁对自己画的全盘否定彻底击碎了阿三对于画寄托的幻想——画画的源思来自阿三对比尔的爱，自此，阿三无论是精神信仰还是物质生活都变得苍白，只得转而寄托于“大堂生活”……她们早已深知自己痴迷的爱情无望，却仍置自己于浑浑噩噩的迷蒙心境中，将自己置于绝地，如游魂一般自甘沉沦，而不愿意将自己拯救出泥淖。

女性的主体意识的觉醒是一个曲折漫长的过程，如同凤凰涅槃一般经历痛苦死后重生，靠偶然的因素来催发惊醒。王安忆对女性所托非人却坚持自我与勇于承担的精神进行了冷静的思考，并发出了沉痛的叹惋，她于女性自我意识张扬的欢呼声中，观察到了女性自我在现实环境中走向悲剧

① 王安忆:《米尼》，云南人民出版社 2009 年 9 月版。

结局的潜藏因素，女性在一个男权社会中受制于男权体制，导致了其悲惨的命运。

与以上提到的具有双重性的女性形象相反的，是宁为玉碎不为瓦全地决绝反击男权体制的女性，受某些外部因素影响，她们受男性霸权的压制，被剥夺了话语权，在日久天长的无情打磨中突发觉醒甚至爆发，或者不顾一切地疯狂反抗，或毅然决然地离开，开始新生活。

《金锁记》中的曹七巧无疑是张爱玲小说中拥有极端个性的个例，她是一个彻底清醒之后以麻木至极的姿态拒绝除自身以外的一切的女人。被哥哥做主嫁给身在豪门却没有自理能力的姜家大少爷之时，她没有反抗——在传统宗法制度的压迫下她没有能力反抗；守着死气沉沉的丈夫，几年的少奶奶生活将她的活力与青春消磨殆尽，姜季泽一度让她幻想到自身存在的意义——自己守在这里多年，就是为了跟他相遇、相爱；而当“情”的真实面貌——总归逃不过一个“利”字——暴露无遗，她也终于觉醒，一级级走向没有光的所在。很多人认为曹七巧被黄金蒙住了眼，不仅对姜家疯狂报复，甚至扼杀掉亲生儿女的幸福，心理极度扭曲。傅雷曾在《论张爱玲》中指出，“从表面看，曹七巧不过是遗老家庭里一种牺牲品，没落的宗法社会里微末不足道的渣滓”，“门户的错配已经种下了悲剧的第一个原因”，“然而最基本的悲剧因素还不在此。她是担当不起情欲的人，情欲在她心中偏偏来得嚣张”。[①] 这种看法显然带有男权的色彩。抛却对曹七巧人格与遭际的评论，单从女性意识的角度，笔者认为曹七巧的“疯狂”源自其自身正常的爱情需求无法得到满足而产生的巨大落差，而作为一个正常人，曹七巧对生存、对情欲的要求是合乎礼法的，是女性主体意识与自我意识的体现，是对传统男权的罪恶的昭示；在与姜季泽的“过招”中，她的主动出击，颠覆了传统欲望主客体的关系，女性成为欲望的主体；儿子长白对曹七巧懦弱地顺从，也是对传统男权宗法体制的一种戏谑颠覆，女性欲望主体将男性客体操纵于股掌之中，对其虚弱的精神本质

① 傅雷:《论张爱玲的小说》，金宏达、于青主编《张爱玲文集》（第四卷），安徽文艺出版社1992年7月版。

进行了无情的蔑视。从深受父权制社会压迫而疯狂反击的曹七巧身上，我们不仅可以看出她对男权社会体制的决绝反抗，更可以看到作者对颠覆男性权威以及构建女性自我主体所做出的努力。从另一方面看，曹七巧的疯狂行为更是一种报复，其悲剧也是对男权的一种控诉，是女性所作出的另一种形式的反抗。

《多少恨》中的虞家茵是张爱玲小说中难得一见的坚毅而独立的女子，与曹七巧的疯狂形成了鲜明的对比，她有能力、有思想、有勇气，一个女子孤身一人在他乡异地努力地工作，以单薄而刚强的生命意识默默地生活，谋求母亲和自己的生存。她虽穷却从不向人借钱，虽低微但不自卑，她享受着简单生活的快乐。作为家庭教师，她尽职尽责，作为女儿，面对抛弃自己的父亲，她也愿意尽一点能力赡养父亲——如果他还称得上是个“父亲”的话。当得知自己的父亲贪婪钱财，试图以自己的幸福为牟利的筹码时，家茵放弃了刚刚燃起的爱情，决然离开，去他方重新寻找自己的立足之所。她不愿为谁所利用，不愿为谁摆布，不愿为谁妥协，更不愿他人为自己牺牲，幸福是她自己的，尽管掺杂着那么多的不舍，她仍然清醒、理智又勇敢地去寻找属于自己的独立之所。

相比曹七巧觉醒后的疯狂弑亲，虞家茵的理性远走，《霸王别姬》中的虞姬则在觉醒后选择了以自杀来对抗被赋予的依附身份，拒绝了浸在等待中的郁郁寡欢。“她怀疑她这样生存在世界上的目标究竟是什么？”① 这句话可以看作是她自我意识觉醒的宣言。对传统宗法思想而言，这种意识无疑是具有颠覆性的。她惊觉自己只能做一个苍白的他者，是辅衬太阳的月亮，或是英雄高亢呼啸的微弱回声，只能终日活在等待之中，永远没有自我，女性自我身份认同的危机意识顷刻包围了虞姬。正是因此，她成为张爱玲笔下最具有主体反思意识与颠覆力量的女性代表。

不管是生活于乱世还是奔波于俗世，活得有声有色的，不是无原则委曲求全的妥协者，也并非以决绝姿态争求自我的高蹈者，而是如水一般柔

① 张爱玲：《多少恨》，金宏达、于青主编《张爱玲文集》（第二卷），安徽文艺出版社 1992 年 7 月版。

韧的女子，她们总能找到一个恰如其分的点，将现世的压力转化成生活的希望。

在那个离婚为社会所不能接纳的年代，三纲五常如一张网，将女性牢牢捆绑，白流苏却勇于承担这样的“不光彩”，只因为看清了丈夫不学无术的秉性和自己无望的未来而自主地另择他路；回到娘家的她，被物质面前冷暖无常的亲情所惊醒——只有自己给自己做主，才能脱离悲剧的命运。她打破忠孝节义的枷锁，用最后的资本——自己——赌出一片属于自己的立足之地。尽管小说一再强调，白流苏试图找一个靠山，表面上看这是寻求依附男权的表现，但笔者认为，这与她对自我主体定位的清醒认识密不可分：“一个女人，再好些，得不着异性的爱，也就得不着同性的尊重。”① 可以说，能否与范柳原修成正果，更是自我主体建立的宣言。结婚之后的他们仍然过着如常的生活，但却令白流苏感到踏实——这与自我认同与归属感的建立有着千丝万缕的联系。

对女性生存现状和价值取向有着近乎本能的关注和理解的王安忆，创作出的女性往往比男性更具有追求真爱的勇气，更具有面对压力时的坦然，更懂得自己想要的生活真谛。她从女性自身出发，寻找解决两性问题的关键，为寻求女性的生存与发展做出了一些努力。

《长恨歌》中的王琦瑶，有着充满传奇色彩的人生，堪称上海女性的代言人。王琦瑶是习惯被动、乖顺的，但又并非完全逆来顺受，她能在反复无常的生活中站稳脚跟，与其以退为进的性格特点、懂得坚持自我是分不开的。她对自我的处境有着明确的认识，自己想要什么、想达到什么人生状态基本在她的控制之内，她的人生虽然离奇，但也算得上丰富，甚至在历史背景动摇的情况下，她的生活也几乎未起涟漪。《富萍》的女主人公富萍在城市寻找自我、选择自主生活的成长经历中，可以见到“浮萍”那种四处为家，只要有可以生存的泥土就深深地扎根下来、肆意生长的旺盛生命力，不同的是，她并不随人摆布、随波逐流。寄人篱下的富萍没有

① 张爱玲:《倾城之恋》，金宏达、于青主编《张爱玲文集》(第二卷)，安徽文艺出版社 1992 年 7 月版。

选择自己人生的权利，对物质和他人没有过多欲望和要求，但这并不代表她没有自我主体意识——“从小生活在不是至亲的人中间，富萍对人一贯保持审慎的态度。”[①] 她是不安于命运安排的，并且是清醒理性的，知道什么是适合自己的，不卑不亢地默默寻找着属于自己的归宿。最终，富萍选择嫁给在棚户区里偶遇的贫穷却乐观踏实的残疾青年，从他身上富萍看到了自己一直追寻的那种扎扎实实的生活，找到了完全属于自己的生存之地，也由此找到了自己的身份。面对传统伦理与父权的压制，她没有拼命挣扎，也没有竭力反抗，她只是以她的韧性、朴实，不温不火地表明自己的态度，一步一步地踏出通向自己理想生活的路。她所寻求的，不是城市的耀眼亮光里散发出的夺目和喧嚣，而是如静静的苏州河上的几点灯火里映射出的小世界的热闹和绚丽。同样，《桃之夭夭》中的郁晓秋生长在父亲缺席、母爱缺失的家庭，在她的世界里，到处都是冰冷坚硬的墙壁，到处都是令她尴尬难堪的非议。面对母亲和保姆的粗暴与打骂、哥哥姐姐的歧视与冷漠、同学的嫌弃与鄙夷、爱人的背叛与离弃，她都默默地接受，从不抱怨。受尽冷眼与屈辱的她，并没有妥协萎靡、自甘堕落，相反地，她自幼就明白，不管自己做得多好都是低人一等，反而在这刁难、挑剔、冷漠以及拳脚相加的厄境中坚强地承担起不幸生活的重负，坚韧茁壮地长大了，以一个女人最光辉夺目的母性充盈了自己的生活。

与张爱玲和王安忆完全不同，卫慧则惯常采用无所顾忌的态度将女性的精神气质和内心的欲望赤裸地挖掘出来，她笔下的女性标新立异，扯掉理性和传统价值标准、道德观念的束缚，在光怪陆离的情欲之中，自觉而又迷乱地追求自己想要的生活。

《上海宝贝》中的倪可无疑是对传统价值取向与道德评判的一次彻底背叛，这种背叛的背后是女性主体意识的真正觉醒，强调作为女性自身的精神诉求和肉体欲望。她不是被传统道德所认同的那类为爱人守身如玉的好女孩，叛逆不羁、个性张扬、无所顾忌是她的标签，她试图将命运把握在自我手中，自觉地支配自己的身体与灵魂，自觉追求自己想要的快乐，

---

① 王安忆:《富萍》，上海文艺出版社 2005 年 8 月版。

从不在意男人和世俗的眼光，她是自己生活的主角，谁都不能左右她。她享受着与天天来自灵魂的纯洁之恋，这带给她精神相通的快乐，然而同时她又认为“相爱愈深，肉体愈痛”[①]，纯粹而高尚的精神之恋与她理想的灵与肉结合的爱情状态相去甚远，于是，当散发着雄性气息的马克出现的时候，她便迅速投入。在这场性爱游戏中，她选择了放纵自己的肉体，这是一种本能的驱使，也是一种为满足自我的自觉的追求。当然，这种追求不可避免地伴随着矛盾与痛苦，倪可一方面坚守着自己的灵魂之恋，另一方面又欲罢不能地寻找机会与情人幽会。肉体狂欢过后是精神的内疚与负罪。在精神与肉体的交替折磨中，她无处皈依。尽管倪可身体放纵与灵魂坚守，是世俗与传统道德所不容的，但这也正是她的不寻常之处——她是一个从不听命于男人，不依赖男人，始终保持内心自由，听从自己内心需求的女人。有人指责倪可是肉欲至上、毫无道德观念的放纵女，我更认为，她其实代表了当代女性另一种自觉的自我追求，打破了传统道德缚在女性身上的枷锁，以一种昂扬向上的姿态向传统宣战，自觉地追求自我灵魂寄托之所，同时不放弃享受物欲生活。

但值得深思的是，以倪可为代表的女性们，由于寻求解脱而自觉踏上欲望之路，但却也在随心所欲之后，不能找到归属之所。身体欲望的放纵并不能带来灵魂与精神的解脱。

男性：从操纵者到失势者

在漫长的男权文化统治历史中，男女被赋予了不同的社会角色，出现在文本中的男性形象多具有阳刚大气、豪爽勇猛、坚强无畏的特征，而女性形象则多被贴上温柔顺从、善良贤淑、善解“夫”意的标签。而在女性意识萌芽以至觉醒的过程中，确立自我主体性、颠覆与解构男性中心文化是不可避免的重要过程。女性作家试图以此来破除男权神话，寻找男女平等的支点，给女性的政治地位与话语权以重新定位。这三位作家在创作中，对以父权制为主要标志的男性霸权文化进行了不同程度的对抗与解

① 卫慧：《上海宝贝》，春风文艺出版社1999年版。

构，主要表现在男性形象的角色特征的改变，即对“丈夫”存在意义的消解与对“父亲”的颠覆上，对于男性力量，她们或者是进行了毫不留情的反叛，或者是进行了阴柔化与虚弱化处理。

1. 对“丈夫”存在意义的消解。在“五四”新思想广泛传播的基础上，三四十年代的张爱玲，在小说中已经开始尝试书写与主流相悖的男性形象，她笔下作为“丈夫”的男性形象大多是只懂玩乐、不负责任、懦弱无能的指称。《沉香屑·第一炉香》里的乔琪对薇龙说“我不能答应你结婚，我也不能答应你爱，我只能答应你快乐”[①]，他是没落家庭里不受宠的少爷，过惯了寄生虫般的生活，游手好闲，毫无专长，他懦弱于脱离日渐没落却给他经济供给的家庭，没有能力也不愿意为爱情埋单，他能做的只是游戏人生、游戏爱情。他对薇龙有好感却不能对她负责，因为他甚至不能对自己的人生负责，于是，做了“丈夫”的他，将情爱的欢愉带给了薇龙，也将人生的凄凉一股脑地推向了薇龙。《红玫瑰与白玫瑰》中的佟振保不同于一般的始乱终弃或朝三暮四的男性，他有知识、有能力、讲义气，出身正途的他，留学归来自己空手打天下，是一个有始有终、坐怀不乱的“最合理想的中国现代人物”[②]。尽管小说一直努力强调这是一个完美又理想化的男性，但同时又不放过对人性弱点残酷揭露，尤其是男性的弱点——他受的是西式的教育，但是他的骨子里是懦弱、矛盾、保守的。他被娇蕊散发出来的美所诱惑、所征服，这也基于一点十分清醒的认识：一个任性的有夫之妇是最自由的妇人，他用不着对她负任何责任。于是，当娇蕊真的爱上他，决定离开丈夫跟他在一起时，他又退缩了，甚至卑劣地怀疑自己只不过是娇蕊用来重获自由的幌子。为了自己辛苦拼来的一切，他遵循理性抛弃了热烈的“红玫瑰”娇蕊，娶了贞洁的“白玫瑰”烟鹂组建了理想中的家庭，在备尝了生活的乏味之后，走向了精神的坍塌——“红玫瑰”没有放纵自己的奔放而变成了大家眼中的贤妻良母，“白玫瑰”也并非如

① 张爱玲:《沉香屑·第一炉香》，金宏达、于青主编《张爱玲文集》(第二卷)，安徽文艺出版社 1992 年 7 月版。

② 张爱玲:《红玫瑰与白玫瑰》，金宏达、于青主编《张爱玲文集》(第二卷)，安徽文艺出版社 1992 年 7 月版。

预想的那般圣洁贤惠，男性传统观念预置于女性的社会定位完全被颠覆了。对于佟振保来说，这种颠覆不仅是人生的失败，更是昭示其作为“丈夫”的意义被完全消解。小说中，张爱玲在男性霸权文化的裂痕中，含蓄又鲜明地传达出自己的女性意识。

王安忆在小说《长恨歌》中，给王琦瑶的生命里安排了五个男人，他们之间有属于纯粹精神之恋的，也有属于纯粹的肉欲关系的，即使她也曾经与康明逊生下了孩子，但至死也始终未结婚。小说中没有明确的“丈夫”存在体，王琦瑶的生活也照样过得有声有色，这可以说是对“丈夫”存在的最大讽刺。

李先生可以看作是强大男权的代言人，有权有财，过着一呼百应却也是在风口浪尖上的提心吊胆的生活，他将王琦瑶如金丝雀一般收藏在爱丽丝公寓里。作为逢场作戏的高手，他对王琦瑶的照顾是体贴入微的，但是同时，任何女人之于他也终究不过如衣服，或者如玩物，不难想象，新鲜感过后，绵长琐细的生活中他的选择是什么、等待王琦瑶的是什么，他的死于非命对王琦瑶来说或许是最好的安排。摄影师程先生一生的默默付出着实令人感动。二十六岁的他初见王琦瑶便一见倾心，可贵又可叹的是，十二年后这爱仍然光鲜如初，三十八岁的程先生与已经怀孕的王琦瑶再次邂逅，他封存在心中的爱又再一次喷薄而出，对生活窘迫的王琦瑶倾囊相助，并且照顾她的生活起居，难能可贵的是，他甚至从未想过要获得任何回报。在“文化大革命”中他历经折磨与羞辱，被无罪释放回家后却选择了自杀。自杀可以看作是一种逃避现实的行为。程先生逃避的不是冤屈带来的痛苦，而是现实生活的无望，或者说，是爱情的无望。当他看到王琦瑶与康明逊的生活，听到她发出的“得一知己足矣”的感慨之后，便彻底死心了。他坚持的是一种青涩而执着的纯粹的感情，但他又太过柔弱与细腻，不够主动与大方，一味地躲在自己的世界里爱她，从来没有去努力争取过，与李主任的霸道与康明逊的痞气相比，他永远也无法抓住王琦瑶那颗比天高的心。康明逊是陪伴王琦瑶时间比较长又与她有所结果的男性，他们之间的关系让人觉得可笑又可气。基于康明逊的出身——他的父亲拥有一妻一妾，并且他自己又是妾生——他对阿谀奉承、逢迎讨好的擅长似乎是与生俱来的，他熟悉讨好女人的手段，用表面的甜言蜜语、温柔体贴赢得女性的欢心，但是，骨子里又瞧不起一切女人，甚至包括自己的母亲。他自私自利到极致，即使是面对王琦瑶这样的“天鹅”，他也不会损坏自己一丝一毫的利益，并且用尽手段让她心甘情愿地维护自己的利益。他懦弱卑劣、逃避责任，不敢承认自己与王琦瑶的关系，逃避自己与薇薇的亲缘关系，他与王琦瑶如夫妻一般生活，扮演的却不是丈夫的角色，他不过是王琦瑶女儿血缘上的父亲，除此之外，他什么也不是，因为他只为自己而活。

新时期的卫慧对男权中心地位的反抗姿态与挑衅意味则更为鲜明。她以女性的立场与视角写作，她笔下的都市男性更倾向于享受爱情与欲望的盛宴，现时的享受是最真切可靠的。懦弱的天天蜷缩在生活的阴影中不肯出来，毫无理想与追求，一无所成，他对母亲充满怀疑和敌意，离开母亲又无法独立生存下去，心安理得地依靠她寄来的钱生活；他称自己深爱着倪可，却又不为两人将来的生活打算，也不愿改变自己寄生虫一般的生活状态；面对爱人的背叛，他没有能力也不去做挽回的努力，只是用毒品麻醉自己，逃避现实。而已经有婚姻家庭的男性，如马克、左轮等，也都因为本能欲望而背叛妻子出轨、偷情，并且从没想过要为这出轨负什么责任。或许光怪陆离的都市节奏太快，男性的责任感连同感官的刺激也是如此，来得快，去得也快，眨眼间便迅速地烟消云散，他们寻求的不过是一时的欲望放纵与情感发泄的出口。

2．对“父亲”的颠覆。不管是与家庭及自身经历的特殊性有关，还是自身女性意识的萌发，在这种自觉不自觉的觉醒中，张爱玲在小说中对传统家庭中“父亲”的神圣地位进行了彻底的颠覆，父亲不再是家的支撑者，不再具有宽大的臂弯与胸襟，而换上了自私自利、虚伪卑鄙、贪财好利的丑陋嘴脸。《多少恨》中的虞老先生年轻时仗着有几个钱，游手好闲，抛妻弃女，娶了外面的女人，钱花完了，落魄了，又跑到女儿这里，装出一副可怜相，口口声声地道歉后悔，暗地里却利用女儿的关系，利用一切时机敲诈投机、搜刮钱财，甚至牺牲女儿的尊严，出卖女儿的幸福……他费尽心思，为的不过是不劳而获地获得财利。所幸的是，家茵痛苦之后终于选择主动离开，并没有陷入父亲设好的陷阱。而这样卑鄙自私的父亲，也给小说增添了无限的悲凉。

尽管王安忆曾声称自己不是女性主义者，但不能否认她小说中鲜明的女性意识以及女性主义立场。在王安忆的笔下，“父亲”形象具有多面性，但是她对“父亲”形象的处理似乎也更加残酷。如她曾经在小说中描绘的“弑父”场景，正是女性主义者常用来反对男权文化秩序的写作策略。在《叔叔的故事》中，“叔叔”最终死于忍无可忍的儿子大宝的刀下。导致这一结局的因素有很多。直接原因在于，“叔叔”从未对儿子大宝尽过父亲应尽的责任，他们之间有天生的隔阂甚至敌意。与大宝的疏远与矛盾从大宝一出生便埋下了；尽管初次出轨犯错后的“叔叔”下班之后就抱着大宝坐在门口，但“他没什么要和儿子说的，儿子视他也如陌路人一般”，他们之间是陌生的。而“叔叔”的妻子、大宝的母亲也不是逆来顺受的传统女性，她是“弑父”的怂恿者与直接推动者。“叔叔”在落魄、无家可归时，她收留、拯救了他，成了他的妻子，但“叔叔”出名后，在物欲的诱惑下，意料之中地抛弃了她——她生性泼辣粗鲁、无所顾忌，如管教儿子一般管束着不安分的“叔叔”。之后，她看似洒脱，却仍然连同儿子从心理和精神上久久地缠绕、威慑着“叔叔”。原本陌生的父子关系在她的策划下变得日益紧张，最终，她将走投无路的大宝推上了“杀父”的舞台。在这场父亲被弑的戏剧性场面中，儿子只是个媒介，真正颠覆与解构“父亲”的力量来自“叔叔”的妻子。而由在父权体制中处于弱者地位的儿子作为“杀父”行为的施行者，对“叔叔”代表的父亲精神权威来说，无疑是最致命的打击。此外，王安忆还习惯在作品中对父亲直接进行缺席处理，如《桃之夭夭》中的私生女郁晓秋甚至不知道父亲是谁，并且也因为这父亲的缺失而失去了一切亲情的温暖，默默地承受了一辈子的冷眼挤对。

父亲角色的缺失和猥琐化处理似乎是新时期女性作家的常用手法。出生于七十年代的卫慧，生长在与充满苦难的历史绝缘的时代，经历的是传统的价值观念、人生理想分崩离析，新的价值体系尚未建立的开放时局，对于不断受到新鲜思想影响的卫慧一代来说，父辈们已经无法给其人生提供可以依靠和参照的人生式样与价值观念，因此，“父亲”这一形象在她的作品中过早地缺失了。《像卫慧一样疯狂》中，“在化纤厂当会计的父亲硬是被认定贪污了厂里2000块钱，老实的父亲由于无法解释那些钱的去向，只好径直从厂部大楼跳下去。他不明不白地摔破了自己的脑袋”。《上海宝贝》中，“父亲”是个微胖的可爱老头，父女之间没有明显的冲突，但是也似乎难以找到那种温馨的关系，“我”的内心里，“父亲”更多地可能在扮演一个家庭成员的角色，他无法理解“我”的思想，甚至父女之间交流也变得日益陌生，“他现在都用一些类似格言警句之类的东西与我做交流与沟通”。而小说中的另一个女性形象马当娜的父亲更是徒有“父亲”的名号，不仅没有担当起作为“父亲”的责任，甚至到了猥琐的地步——他“嗜酒如命，喝醉了就拿她当靶子来揍一顿，渐渐地，这种暴力有了性侵犯的倾向……踢她屁股，把烟蒂往她胸口扔”[①]。

女作家在创作男性形象时还不约而同地选择对男性力量进行磨灭或者阴柔化、虚弱化处理。在张爱玲的作品中，男性形象无一是美好的——不是肢体残缺，如姜家少爷，就是精神无能，如《茉莉香片》中的聂传庆，一无所长，意志薄弱，对周围的一切抱着敌对的态度，又无力从阴郁的生活中逃脱出来，生活的无目的、无意义，最终彻底成为一个怪胎，与漂亮开朗、受尽宠爱的丹珠形成了鲜明的对比。唯一的“本事”就是弄女人包括母、妻、女的钱，也有部分男性如范柳原、佟振保等以拯救者与操纵者的姿态出现在女性面前，在女性处于孤独无依的境地时，他们提供充裕的物质条件与经济条件，使女性得以获取或者维系安稳生活，但这种对男性力量的肯定又并不是绝对的。显而易见，张爱玲并不致力于塑造完美的男性形象，他们身上都有着致命的弱点，这些弱点或来自性格，或来自思想观念。王安忆的创作在某种程度上继承了对男性进行虚弱化处理，在面对外界的巨大压力时，女性表现出了更加强大的精神与力量，而男性则多选择退缩、逃避，即使是面对男性在大难临头各自飞的局面，她们也可以顽强而独立地从困境中走出。比起坚韧的女性，男性更缺乏担当的勇气，呈

---

① 卫慧:《上海宝贝》，春风文艺出版社1999年版。

现出虚弱化、阴柔化的趋向。到了卫慧笔下，则完全将男性归置为配角，男性成为表现女性立场的对象，甚至沦为女性满足自我的工具，男性的弱点被无限放大。这些柔若无骨的男性形象是对传统阳刚而强大的男性形象的彻底否定，也是对男权话语做出的最猛烈的反击。男性从操纵者的地位失势，逐渐在女性世界里失语。

自我小世界与社会大世界的彰与盖

张爱玲、王安忆以及卫慧的写作中，不同程度地彰显了女性生活的小世界与小圈子，她们在这个小世界里周旋，或自得其乐，或作茧自缚。通过小世界的窗口，与外面的大世界建立起或多或少的联系，但是终究大都回归到小世界里，因为小世界才是她们的安身之所，在这里她们可以最大程度地放松自己、成就自己。三位女作家由于所处时期不同，选取的女性活动场所也各不相同，但具有鲜明时代特色，代表了各自所处时代的女性的精神风貌。

三四十年代的张爱玲，以女性独有的细腻、透彻的眼光，对上海普通小市民的日常生活投以审美的注视，从琐细平凡的生活中提炼出细腻的质感。在她的成长经历中，见惯的是没落贵族居住的败落的公馆、空洞阴森的宅院。这些高门别院里充斥着的是过去的空气，散发着死气沉沉的陈旧气味，葛薇龙姑母家的中西结合的院落大厅里，就像那黑魆魆的衣橱，“丁香末子香得使人发晕。那里面还是悠久的过去的空气，温雅，幽闲，无所谓时间”。只不过“衣橱里可没有……那肮脏，复杂，不可理喻的现实”[①]。白流苏的娘家白公馆“有这么一点像神仙的洞府：这里悠悠忽忽过了一天，世上已经过了一千年。可这里的一千年，也同一天差不多，因为每天都是一样的单调与无聊”。在这荒唐的时空里，时间是没有价值的，青春是不稀罕的，人“唱歌唱得走了板，跟不上生命的胡琴”[②]。生活在这

① 张爱玲:《沉香屑·第一炉香》，金宏达、于青主编《张爱玲文集》(第二卷)，安徽文艺出版社1992年7月版。

② 张爱玲:《倾城之恋》，金宏达、于青主编《张爱玲文集》(第二卷)，安徽文艺出版社1992年7月版。

荒唐空间里的女性们，生存状态往往带有出格疯狂、不可理喻的意味，她们或死气沉沉地落到厚厚的尘埃里，或搅个天翻地覆，诱发读者的无限唏嘘。

葛薇龙初次到姑母家谋学费，饱受煎熬与尴尬地走出姑母家之后，“她觉得自己是《聊斋》里的书生，从一座大坟山里走出来”。在“这鬼气森森的世界里”，姑母关起门来风流快活，富门豪宅里凝固着淫逸空气。弥漫着樟脑香的挂满华丽衣服的衣橱对薇龙产生了极大的诱惑。从一件件地偷试衣橱里的衣服开始，天真软弱的薇龙已经开始迈上了向浮华诱惑的妥协之路，在靡靡的乐声与朦胧的灯影里，她恍恍惚惚地飘飘然了。只有在这眼前的琐碎的小东西里，她的畏缩不安的心，能够得到暂时的休息。相比之下，白流苏似乎清醒得多，金钱扯破了亲情的虚伪外衣之后，她便知道，自己跟这个家已经恩断义绝了，而她唯一的选择，便是拿自己的下半生全盘投入一场没有回头路的赌博。而她的险胜，终于打破了白公馆死气沉沉的状态——四太太决定和四爷离婚。

七八十年代的王安忆，作为知青“外来户”，在对上海的描写中，她选取了自己最熟悉的、也是最能代表上海传统文化与精神内核的地方——弄堂。“它是这城市背景一样的东西。街道和楼房凸现在它之上，是一些点和线，而它则是中国画中称为披法的那类笔触，是将空白填满的。”[①] 弄堂承载了上海家长里短的点点滴滴的日常生活，记录下了上海中下层小市民，特别是女性的细腻精微的情感与心理，编织出了女性世界的善与美。生活在这细长幽深弄堂空间里的女性保守务实、从容温和、可张可弛，善于精打细算，对生活有着发自内心的热爱与韧劲。以王琦瑶为代表的弄堂女儿，举手投足间有股精致的劲头，以富萍为代表的选择棚户杂弄的女子，则有着木讷的外表和丰富的内心，看似顺从服帖却有自己的明确打算，不管是哪种形式的生活空间，都体现出了相同浓郁的生活气息——空间狭小的弄堂里，人来人往，存在猜疑与非议，但同时也充满了互相帮扶的人情味儿，至少维系着表面的亲昵与热情。弄堂里出来的女子，便在这

---

① 王安忆:《长恨歌》，作家出版社 2000 年 3 月版。

温情脉脉中享受自己精心安排的人生。

在卫慧的小说中也不可避免地出现了弄堂的相关描写，弄堂的独特地位可见一斑。

> 弄堂几乎占了上海居住地的二分之一，总是有着温暖的市井的阳光，花花绿绿拿出来晾晒的衣物，从公用厨房飘出来的炖鸡或炸大排的香味，还有穿着睡衣满头发卷的漂亮女人和小孩手底传出来的车尔尼的钢琴练习曲。走进弄堂就是沁入肌理地走进了上海的日常生活。小而曲折的弄堂藏在大马路的梧桐掩映的皱褶里，藏在高而疯狂的钢筋建筑的背后，像纸醉金迷灯红酒绿堂而皇之的一户大人家里的一个小小后院，平实沉静地过着自己的日子。[①]
>
> （《愈夜愈美丽》）

弄堂是这座喧嚣都市中的世外桃源，弄堂里的一切都与弥漫于都市的奢华享乐、疯狂暴烈无关，但又并非与之格格不入，弄堂始终保持着处闹市而不惊的优雅姿态。当然，在卫慧的小说中出现得更多的还是二十世纪九十年代以来都市的常见景观——酒吧、咖啡馆、迪厅等，这些场所充斥着光影声色与迷醉气息，是女性活跃的新空间，她们在此发泄情感上的压抑，也寄托孤寂的灵魂，寻找自我。

> 上海有大大小小一千个左右的酒吧，这些酒吧或者挤得像着火，或者从周一到周五一个顾客也没有。它们像一些缤纷的疱疹密密麻麻地长在城市的躯体上，吸入这座城市背面暗蓝色的迷光，如同一片富含腐殖质的温床一样滋长着浪漫、冷酷、糜烂、戏剧、谎言、病痛和失真的美丽。艺术家、无业游民、时髦产业的私营业主、雅皮和PUINK、过气的演艺明星、名不见经传的

---

① 卫慧:《愈夜愈美丽》,《水中的处女》，花山文艺出版社2000年2月版。

模特、作家、处女和妓女，还有良莠不齐的洋人，各色人等云集于此，像赶夜晚的集市。[1]

（《愈夜愈美丽》）

卫慧小说中的女性们常常在酒吧、迪厅等场所放纵狂欢，或者借酒摆脱孤独，或者寻找艳遇，享受感官刺激。对这一新的空间的诉求起源于都市快节奏的生活流动性强，人与人交往充满了戏剧性，在“酒吧”这样的地方更容易给相遇相识提供机会，这里有着最明亮的灯光，也有最阴暗的角落，这里有最喧闹的舞台，也有最寂静的心灵，这个地方充满了无限可能，新鲜又刺激。《纸戒指》中的苏趣、《上海宝贝》中的COCO与马当娜、《欲望手枪》中的米妮等女孩，常常打扮得花枝招展，穿着亮丽性感，到酒吧、咖啡馆、迪厅中放纵享乐。而她们的爱情也是在咖啡馆、酒吧之类的场所邂逅的。这些场所不仅是她们展示个人魅力的舞台、释放压力与寂寞的角落，更是她们寻找自我之旅的精神寄托。然而，这种放纵并不能成全她们，不能填充她们空虚的灵魂。卫慧的《艾夏》中，母亲私奔，父亲离家造成了艾夏自幼性格孤僻，行动总是与周围众人格格不入，即使在喧闹的酒吧也仍是郁郁寡欢。《上海宝贝》中，男女主人公邂逅于咖啡店，继而住在舒适的大公寓里，到高档餐馆就餐，在高级酒吧里谈情说爱，在豪华百货公司里潇洒购物，但最终COCO仍然难以逃脱孑然一身的悲凉命运。都市男女有着强烈的漂泊感，他们醉心于夜色霓虹下的声色相遇，即使只有眼神的交流，却什么话也不说。

可以看出，同样是上海女性，不同时期的她们，活动区域也有所不同，这首先是与时代、历史等外部因素分不开的，同时，也与女性自身的意识有着密不可分的关系。不可否认，三四十年代到八九十年代，不仅是她们的活动场所从室内逐渐转移到了室外，实质则是内在的女性意识发生了重大改变。女性不再只是贤妻良母的代言，更是成为摆脱男权控制、追求自我价值的主体。当然，不管是高门阔府的公馆，还是华丽精致的公

---

① 卫慧:《愈夜愈美丽》,《水中的处女》，花山文艺出版社2000年2月版。

寓，不管是狭窄交错的弄堂，还是小资情调的酒吧，外部世界在更迭变化，她们却始终坚守自己的内心，静看外部大世界的喧嚣繁华。伍尔夫曾经指出，女性要有一间自己的房间，新时期的女性纷纷意识到这个问题，但是不可否认的是，女性意识还不够成熟，女性们在与外部世界的对话中仍然充满挣扎、抵抗，结局也常见堕落或者妥协，女性仍然处于寻找、建立自己的房间的旅途中。

二、女性情感空间里的挣扎与妥协

爱情——自我迷失的悲剧之源

王安忆曾在《独语》中对“爱情”有这样的见解：“爱情其实是我们在漂泊不定的生涯中所攀附的立足之地，我们为我们疲惫紧张无根无望的灵魂寻找的归宿，它带有岸的面目，可后来我们却知，它不过是一条小舟，也同样随波逐流。我们大家都是虚弱渺小，谁能拯救谁呢？这是深远一般的难题，它唤起我们无边无际的哀绝感。”[①] 这可以看作是大多数女性在拥有了对爱情的独有体验之后发出的哀叹。在女性自我救赎的路途中，爱情像个巨大的陷阱，戴着善与美的面具，诱惑着女子投入它的怀抱。这或许是成就自我的最简便直接的方式，但是，现实往往并不如意，那些曾经倾心的男子，终究不过是自己生命里的过客。爱情匆匆而来又匆匆逝去，不幸的是，一旦踏入爱情的困境，女性面临的往往是越陷越深。

张爱玲的作品里，爱情无疑是最苍凉最无力最令人绝望的字眼。在她的笔下，男女之间的爱是可笑的，更是可怜的。女性对自己的将来有所打算，但这些打算又是脆弱的、不堪一击的。在困境面前，她们往往选择屈从于现实，随波逐流，爱情不过是根救命稻草，中看不中用，女性终究难逃沉沦的悲剧命运。葛薇龙为了那点自以为是的爱情甘愿出卖自己，挣钱养活那个不愿意且从没打算结婚，只愿意享受快乐的乔琪乔，尽管她早已看清在这爱情中自己输得一败涂地，却也自甘越陷越深。《倾城之恋》中

① 王安忆：《独语》，湖南文艺出版社 1998 年 1 月版。

白流苏为给自己的人生找一个安稳的归宿而结交风流公子范柳原，对于这爱情，她投入的与其说是感情，不如说是自己的前途——输了，声名扫地；赢了，便出净心中的恶气。两人的爱情发生在互相试探、迂回。这与其说是一段爱情，不如说是一种交易，一个迫于外界与家庭压力下无奈而唐突的合理选择——她得到了婚姻的保障与经济的安全，他得到了一个不会离开自己又懂自己的女人。《霸王别姬》中的虞姬，一直如影子一般跟随在霸王身边，若不是围困促使她猛然惊醒，她或许会如千万个妃嫔一般，被贤良淑德的名号代替：如果霸王功成名就，她便是后宫三千嫔妃中的一个，只能成为衬托太阳的月亮，或者是英雄呼啸的回声，然而，作者有意将虞姬塑造成一位具有主体反思能力的强大女性，怀疑“这样生存在世界上的目标究竟是什么”，并毅然做出了选择，主动将这份沉重的爱埋葬。

王安忆笔下的女性，内心大多蕴藏着一份理性，有着对自己想要的生活的明确想法，而这种想法又轻易不被揭发出来。她们有着对自由、对情感的自觉追求，当这种追求受阻时，她们往往可以从中自觉地及时抽身出来，重返理性生活的轨道。当这种女性自觉意识缺失时，女性便不可避免地迷失在爱情中。小说《我爱比尔》，题目就已经赤裸地交代了整个故事是从“我”爱比尔开始的，而且这种爱是单方向的，这也就注定了故事的悲剧结局。一切从爱比尔开始，与美国驻上海领事馆的文化官比尔的相爱是绘画艺术专业高才生阿三走向万劫不复的黑暗深渊的源头；一切都为了爱比尔，比尔走后，怀着对他的痴恋，阿三周旋于外国人中间，为的是追回那一份感觉；一切都因爱比尔结束，阿三最终以卖淫罪被送到劳教所劳教。阿三对比尔的爱是纯粹的、不带有功利目的的，她也是倔强而执着的，她要的只是爱，而她的可悲，也在于没有看清这份爱的虚幻。另一位不幸女子米尼，爱上了总是“显得老实和诚恳”却没人能猜透其心思的上海男孩阿康。在得知了阿康是惯偷之后，米尼仍然执迷不悟地等着他、庇护他，清醒又麻木地在他的引诱下一步步地沦为扒手、娼妓，终于被自私的阿康告发进入了监牢。盲目求爱而逐渐堕落的米尼，最终落入了可怜可叹的境地。

卫慧小说里的女性以其叛逆不羁、随心所欲的个性姿态，给人以独立而强悍的感觉。对于感情，她们拿得起、放得下，在乎的更多的似乎是物欲与感官的享受。也正是因此，她的创作往往被贴上异于常理的标签。但是，在《上海宝贝》的序言里，卫慧曾直言不讳："什么正不正常，爱才是最重要的。"在后记中她也提到，"几乎在所有的小说里我都在说这句'我爱你'，有时是温柔优雅地说，有时是狂躁绝望地说，也有时是贪婪地不顾一切地，或者胆怯害怕地说。不管怎样，我说出来了……"她笔下的女性，身边都或多或少地围绕着死心塌地的追求者，他们一起挥霍青春、放纵情欲。她们会跟某个男人发生爱情，比如《上海宝贝》中的天天与倪可，他们享受着精神交流上的欢愉与默契。可这爱情并没有给倪可带来多少精神上的升华，反而加剧了她沉溺欲望的速度与频率，纯粹的精神共鸣不能使她的灵魂得到满足，尽管在偷情之后她会陷入深深的自责与懊悔，但跟着感觉走才是她精神的真实写照。很难说，她是否真的对自己的追求做到心中有数。终于，随着天天的死亡，这"爱情"的意义也不可避免地被彻底消解了。

张爱玲笔下的女性，不管是接受过现代教育的新女性，还是蒙昧无知的少女，在面对爱情时，都或多或少地表现出了盲目的一面，她们有的委曲求全，牺牲自己成为女奴，有的看透世俗，赌上自己以求一个安稳的立身之所，女性意识尚处于蒙蔽状态，即使有所萌芽，也是一种不自觉的觉醒。王安忆小说中的女子，为了所谓的爱情，有自甘堕落、无止境奉献沦为爱的阶下囚的，也有为了无望的爱情宁愿以身殉情、牺牲自我的，可以说，她们对爱情更具有鲜明的自我意识、自我追求，这种觉醒带来的对爱的忠贞与痴迷让人喟叹，同时也是对虚弱男性形象的一种讽刺。卫慧小说中的女性则将爱情进而演绎成为一种消遣，或者说将其等同于一种消费，这里面或许含有认真的成分，因为她们离不开那种精神相通的默契，但是除了爱情之外，她们还有更多的欲望，想要更多的享受、爱情已不能再使她们盲目，也不再能羁绊住她们追求的脚步，女性意识得到了极大程度的放大。

如果说在张爱玲笔下，爱情还是女性意识自觉发展过程中的牵绊藤，那么，到卫慧这里，爱情彻底失去了约束的效力成为装饰品，但其拾获自由的女性并没有因此而得到解脱、成就自我，相反地，她们往往陷入了更大的精神空虚与迷失中。王安忆曾在作品里鲜明地表达了她的爱情观：作为女人，应该追求平等有价值的爱，不能为了盲目的爱而牺牲自己的一切，毕竟女人不仅仅只为爱而活着。笔者认为，这一观点更值得追求与发掘自我中的女性借鉴。

婚姻——各取所需的无望归宿

婚姻是传统的两性关系的归宿，是爱情发展到最高程度的结果，人生最重要的事情之一，但是在三位作家的创作中，都不约而同地对传统婚姻进行拆解和颠覆，婚姻成为攀附安稳人生的工具，或者不过只是一个黯淡无望的归宿。

张爱玲的《倾城之恋》中，婚姻是贯穿全文的一个关键词。哥嫂的排挤与母亲的冷漠使被压榨殆尽的白流苏幡然醒悟：婚姻不仅仅是安稳生活的保证，还是人格的保障。她把自己押给了家世显赫的翩翩公子范柳原，她深知“没有婚姻的保障而要长期抓住一个男人，是一件艰难的、痛苦的事，几乎是不可能的。……但是她跟他的目的究竟是经济上的安全”[①]。尽管如此，传统旧家庭里没有了她的立足之地，也不意味着她愿意牺牲自己的主体意识来获得苟且的爱情——做范柳原的情人。在白流苏这里，对范柳原屈服并不算是心甘情愿的事情，“固然，女人是喜欢被屈服的，但是那只限于某种范围内。如果她是纯粹为范柳原的风仪与魅力所征服，那又是另一说了，可是内中还掺杂着家庭的压力——最痛苦的成分”[②]。可以看出，一方面，她清醒地认识到找到属于自己的一方天地的必要性，因此，即使是在范柳原留给她的空空如也的房子里，她的心里也是宽的。但是另一方面，她的主体意识又不够彻底。为自己寻求安稳婚姻做依靠也是缘于

① 张爱玲：《倾城之恋》，金宏达、于青主编《张爱玲文集》（第二卷），安徽文艺出版社 1992 年 7 月版。

② 张爱玲：《倾城之恋》，金宏达，于青主编《张爱玲文集》（第二卷），安徽文艺出版社 1992 年 7 月版。

家庭、传统道德等外部压力，因此寻求婚姻的过程并非甜蜜，反而充溢着痛苦与纠结。或许处在当时的社会环境中，对于像白流苏这样身无所长的女性来说，即使有勇气与传统决裂，也往往难以单独依靠自己的力量在社会立足，难以找到属于自己的位置，于是，只好退而求其次，赌上自己仅有的青春与姿色，找个看起来光鲜的归宿，但如此一来，又常常难以逃脱从一个男权专制的樊笼进入另一个男权统治的牢笼的悲凉结局。

尽管范柳原对婚姻是有抵触情绪的，尽管他认定这是个牢笼："我犯不着花了钱娶一个对我毫无感情的人来管束我。……根本你以为婚姻就是长期的卖淫……"独特的家庭环境与成长环境造就了他的与生俱来的不安全感，他一直戴着厚厚的面具，游戏人间，从不把真实的想法轻易示人。然而，一句"持子之手，与子偕老"足以作为他灵魂最真的表白。促成这段婚姻的，有两个人的相互吸引的因素，更多的，是境遇弄人吧。一个倾注一切的绝望女性，一个放荡不羁的漂泊灵魂，在混乱时局中寻找着各自的寄托——一个是人生的攀附，一个是纯粹的东方幻象，这寻找最终在颓乱的城市里尘埃落定了。婚姻未成之前，两个不羁的灵魂甘愿放弃自我主体性走到一起，流苏想"在这动荡的世界里，钱财，地产，天长地久的一切，全不可靠了。靠得住的只有她腔子里的这口气，还有睡在她身边的这个人"。主体意识在不自觉中完全被传统婚姻礼制遮蔽。然而，婚姻落实之后，两人却似乎又回到了最初的位置。范柳原还是风流的范柳原，白流苏也得到了她想要的安稳，这婚姻的本来面目或许也不过是一种各取所需。

基于对生活的透彻认识与深刻思考，王安忆对婚姻关系的可能性作了鞭辟入里的呈现与分析。在《荒山之恋》中，金谷巷女孩与大提琴手各自困在婚姻的牢笼里，却又因为彼此深陷性爱无力自拔，终于为了摆脱道德、世俗的禁忌走向了殉情的不归路。在《富萍》中，婚约是富萍摆脱寄人篱下生活的跳板，不管她是不是发自内心的服从，她终究还是依靠这跳板走进了繁华都市的弄堂，在见识了都市繁华与杂乱、市民生活的稳定之后，在内心的指引下，为自己找到了归宿——是的，与其说她找到了自己的爱情与婚姻，不如说她找到的是归宿，是自己想要的自在的不被摆布的生活。富萍拥有一颗坚韧的心，懂得细致权衡，不会轻易为外界的一点小小诱惑所动，婚姻是成全她理想归宿的躯壳。

而在卫慧的小说中，如上文论述的，其小说中的人物追求的是一种放纵的快乐，是女性欲望的彻底释放，虽然她们也追求纯洁的精神之恋，但是很少牵扯到婚姻的问题。尽管我们很难说她们拒绝甚至畏惧婚姻，但至少稳定的婚姻对她们来说一定程度上也是一种束缚，她们也没有表现出对婚姻的诉求。和张爱玲、王安忆不同，在卫慧的小说中，婚姻是缺席的，婚姻对女性已经不再重要，正如男性一般，她们不再把婚姻当成生存的一种方式，也不用再把婚姻家庭设定为理想的乌托邦。作为现代女性或新新人类，她们有自己的经济基础，在此基础上她们能最大限度地放纵自己的女性欲望，女性自身的主体意识也得到了最大的强化。即使在放纵过后得到的仍是一种人生彻底的失落感和虚无感，但这至少是她们自己自主的选择，在她们看来这才是最重要的。

“现代人多是疲倦的，现代婚姻制度又是不合理的。所以有沉默的夫妻关系，有怕致负责，但求轻松一下的高等调情，有回复到动物的性欲的嫖妓——但仍然是动物式的人，不是动物，所以比动物更可怖。还有便是姘居，姘居不像夫妻关系的郑重，但比高等调情更负责任，比嫖妓又是更人性的，走极端的人终究不多，所以姘居在今日成了很普遍的现象。”[①] 贴近烦琐的日常生活的现实，可以发现，都市男女的概念里，婚姻并非多么神圣不可侵犯、不容亵渎，婚姻在更大程度上只是一个名义，给双方一个名分跳出一个圈子，转身进入另一个牢笼，谁也不能得到彻底救赎。

亲情／友情——表面光鲜，潜层疮痍

女性意识觉醒过程中，女性开始对自己的社会地位有了一定的清醒认识，在寄托于男性与婚姻的希望破灭之余，她们选择将目光投到记忆里最熟悉最温馨最有安全感的关系上——亲情与友情关系。然而，探寻之后的结果，似乎只是更进一步地将她们推入孤立无助的境地。

在张爱玲的小说中，不仅爱情与婚姻被赋予了苍凉的底色，亲情的锦

① 张爱玲：《自己的文章》，《流言》，湖南文艺出版社 2003 年 4 月版。

缎下也打满了补丁。《沉香屑·第一炉香》中梁太太与葛薇龙之间的姑侄亲情,《多少恨》中虞老先生与家茵之间的父女亲情,《金锁记》中曹大年与曹七巧的兄妹亲情，曹七巧与长安、长白的母子、母女亲情,《倾城之恋》中白家三爷与白流苏之间的兄妹亲情、白流苏与母亲之间的母女亲情等等都是如此。

《金锁记》中的曹大年，出身于麻油小店，自私算计，贪财好利，为了攀附高门大族的姜家，为了姜家丰厚的财产，不惜将自己的亲妹妹曹七巧嫁给因骨痨而不能行动的姜家大少爷。最终，曹七巧不负所望地继承了姜家的遗产，却也被这畸形的人伦环境扭曲了灵魂，将自己的一生套上了黄金的枷锁，沦为冷血的杀手，“用那沉重的枷角劈杀了几个人，没死的也送了半条命”。当然，冷漠的亲情之于她的，她也变相地施与了自己的儿女身上，断送了长安、长白的幸福不说，还枉送了无辜人的性命。曹七巧的悲剧因畸形的亲情起，也终于在自己制造的满目疮痍的亲情中结束。

> 三奶奶站在三爷背后，笑了一声道:“自己骨肉，照说不该提钱的话。提起钱来，这话可就长了！我早就跟我们老四说过——我说:老四你去劝劝三爷，你们做金子，做股票，不能用六姑奶奶的钱哪，没得沾上了晦气！她一嫁到了婆家，丈夫就变成了败家子。回到娘家来，眼见得娘家就要败光了——天生的扫帚星！”三爷道:“四奶奶这话有理。我们那时候，如果没让她入股子，绝不至于弄得一败涂地！”[①]
>
> (《倾城之恋》)

在兄嫂那里受到屈辱与嘲讽后，白流苏气急伤心地去找母亲诉苦，本以为从母亲这里能够得到些许安慰与释怀。当她哭着跪在母亲床前时，母亲却以不痒不疼的话打发她，也跟兄嫂一样劝她回到夫家，领个孩子，或

① 张爱玲:《倾城之恋》，金宏达、于青主编《张爱玲文集》(第二卷)，安徽文艺出版社 1992 年 7 月版。

许可以等到熬出头的那一天；流苏躲在自己的屋子里独自饮泣，恍惚之中想起儿时在母亲怀里的亲昵场景，清醒来却是愈发伤心绝望，而与此同时，流苏的母亲、兄嫂们为流苏的妹妹宝络张罗相亲的事宜忙得不可开交，“白公馆里对于流苏的再嫁，根本就拿它当一个笑话，只是为了要打发她出门，没奈何，只索不闻不问，由着徐太太闹去……一样是两个女儿，一方面如火如荼，一方面冷冷清清，相形之下，委实使人难堪”①。《倾城之恋》中白流苏与兄嫂、母亲之间的亲情充满了残酷与自私，昔日表面的客套亲昵、安慰关心或许都可以归为看在钱的分上而戴着虚伪面具的即兴表演，当假惺惺的面具被撕毁，冷漠麻木的亲情如同冷水一般泼来，她便瞬间醒悟了，“她是个六亲无靠的人，她只有她自己了”②。王安忆的《弟兄们》涉及了女性觉醒与姐妹情谊两个重要的女性主题，揭示了“弟兄们”间既亲密又脆弱的友情从建立到破裂的过程。小说中，三个美专的女学生聚集在一间狭小的宿舍里，她们以“兄弟”相称，懒散、个性，像男人一般粗犷地生活。她们偶尔交流自己的情感经历，却又觉得扭捏，她们各自讲述“与一个男人相遇至结合的经过，将此形容成一个自我灭亡与新生的奋搏的过程”。她们在交流中获取精神的共鸣。但是这一战线一联系到家庭，她们“家的”一出现便又迅速地分裂了，当她们离开校园这一将她们凝聚在一起的方舟时，她们的姐妹情谊也很快沦陷了。姐妹情谊彻底破裂的标志性事件起因于老三的孩子。姐妹三个曾经在凤凰山下对着长江立下誓言，这辈子不要孩子。但老大很快就叛变了。而在百无聊赖的琐碎生活中，老三发现必须有个孩子，自我才能够有所依附。自然而然地，后来在姐妹情谊与孩子之间，她选择了孩子。

> “别碰我的孩子！”老李（老大）失声叫道：我的孩子！叫声使老王（老二）战栗起来了。她看着老李，好像看着一个从不认

---

① 张爱玲:《倾城之恋》，金宏达、于青主编《张爱玲文集》（第二卷），安徽文艺出版社 1992 年 7 月版。

② 张爱玲:《倾城之恋》，金宏达、于青主编《张爱玲文集》（第二卷），安徽文艺出版社 1992 年 7 月版。

识的陌生人。老李的脸色铁青，牙关紧咬，眉毛竖了起来，面目竟有些狰狞。[①]

（《弟兄们》）

昔日信誓旦旦的姐妹情谊彻底瓦解，“家庭”将她们的亲密无间彻底击散。感情和自尊受到的这突来的伤害，让寄予姐妹情谊深厚期望的她深切地体会到幻灭带来的痛苦。痛苦之后的老二一度陷入了无目的的生活中，“一直在调动工作，调动来，调动去，始终不能满意，调到后来，自己都不知道自己是要什么了”[②]。卫慧的《上海宝贝》中，天天的妈妈康妮与天天之间的关系复杂而纠结，他们之间的亲情关系依赖与仇视共存。天天幼年时候，父亲意外地因心脏病突发而亡，母亲因此远走他国，并很快再次组建家庭，过上了富裕优越的生活。天天的奶奶一直给他灌输母亲谋杀父亲的思想，虽然他半信半疑，但是，母亲的远走与再嫁给他留下了不可磨灭的阴影，也给了他憎恨的理由。母亲寄来的大笔的钱，是他所鄙夷的，但更是他的生存所离不开的。显然，母子两人都在记忆深处保留着相处的开心时刻，这记忆是无法抹去的，天天回忆起十年前的妈妈，“我以前的妈妈长得像仙女，头发长长的，说话很温柔，身上总是有一股香气，手指很软很白，会织各种漂亮毛衣……”[③]这些记忆又被积累十年的仇恨与陌生所阻隔了，“这是我在十年前见到她的样子。后来，她也寄过一些照片给我，我都扔了”[④]。而康妮也屡次试图重新建立与儿子天天的亲密关系，但是这些试图都被天天的冷漠扼杀了。

“天天。”她试图对他温柔地微笑。但她脸上的皱纹堆起来的样子像在哭，她一下子露出了老态。“妈妈求你了，妈妈知道这辈子已做过不少错事，妈妈最不应该的就是离开你十年，那么

---

① 王安忆:《小城之恋》,《王安忆自选集》(第二卷)，作家出版社 1996 年 2 月版。

② 王安忆:《小城之恋》,《王安忆自选集》(第二卷)，作家出版社 1996 年 2 月版。

③ 卫慧:《上海宝贝》，春风文艺出版社 1999 年版。

④ 卫慧:《上海宝贝》，春风文艺出版社 1999 年版。

长的时间都不在你身边，妈妈是个自私的妈妈……可，可是现在我们又在一起了，我们可以重新开始，你给妈妈也给自己一个机会，好不好？看到你变成这样子，我真是比死还难受……”

天天从电视屏幕上转过眼睛来，看了看坐在沙发上张皇失色的母亲，“请你不要哭了，”他用怜悯的口气说，“既然那十年过得很幸福，以后你依然会过得幸福，我不是你的致命问题，不是你幸福生活的障碍与阴影，我希望你一直都漂亮，富裕，安宁，只要你愿意，你可以做到的。”

康妮惊愕地用手掩鼻，仿佛听不懂天天说的这番话，一个儿子居然这样对母亲说话，再次哭起来。

“不要哭了，那样会老得快，况且我也不喜欢听人家哭，我觉得自己这样子很好。”①

（《上海宝贝》）

这对母子之间除了血缘关系与残存的那一点共同回忆之外，已经没有任何情谊，那曾经的亲情早就在漫长而遥远的时空中被消磨殆尽。康妮看似努力讨好天天，想要挽回这段关系，但事实上，她也抵不过这长时间的隔阂，天天的葬礼上，这种隔阂与伪装的亲昵赤裸地呈现了出来。

康妮主持葬礼，她一身黑，额上还附了一片薄薄的黑色轻纱，像电影中的人，端庄得体，但绝不亲切，那哀情竟仿佛不是入骨入里的，没有一个母亲在失去儿子后的迷乱癫狂，只有一个美丽中年女人穿着黑衣站在儿子棺木前的端庄。做一个女人，真实可能更重要，仅有端庄与得体是不够的。②

（《上海宝贝》）

---

① 卫慧：《二海宝贝》，春风文艺出版社 1999 年版。

② 卫慧：《二海宝贝》，春风文艺出版社 1999 年版。

这被通常以“温馨”冠名形容的亲情与友情，在三位作家的笔下尽现猜疑、利用、自私的一面，所谓的亲情与友情，不过是表面光鲜，潜层疮痍，经不起凡俗的打磨。

性爱——追求之路的梦魇

二十世纪八十年代中期，随着西方女权主义文化的渗入，女性文学创作方面表现出以鲜明的女性自我意识和女性视角讲述女性独特生命体验与生命历程的新的发展趋向。由此，以性为题材或者说为描写对象的作品逐渐进入了大众的视野，并且呈现出上升趋势。对女性“性爱”的书写是女性对自我身体深层体验与探究的意识的体现。女性主义作品再也不是传统作品中那种温文尔雅、小家碧玉的感觉，她们要大胆展现自己最隐秘的性爱欲望，女性意识得到了最本质的觉醒。

在“革命＋恋爱”式小说盛行的年代，小说的结局主人公往往是舍爱情而就革命的，这契合了时代的革命心理，然而也恰恰忽视了人性，忽视了人作为一个感情主体的复杂性。作为一个自由作家，张爱玲对这种小说模式进行了彻底的颠覆，选择了尊重人的内心，挖掘人内心中最隐秘甚至是最阴暗的一隅，于点滴琐细的生活中发掘女性精神的微妙变化，抓住其灵魂所向。在对性爱的大胆诉求与书写方面，受所处时代或多或少的影响，相比于王安忆和卫慧那种对“性爱”大胆直露的描写，虽然张爱玲在创作中书写了太多的男男女女，但女性身体欲望诉求方面的书写仍归于含蓄，大多都是点到即止，其中《色·戒》可以算作比较突出的个例。张爱玲所关注的并不是王佳芝的革命的历史的价值，而是在这样巨大的压力下她心理的微妙的变化，以及在这种变化基础上内心的挣扎。小说中并没有涉及直露的性爱叙事，最直白的只有一句：“到达男人心里的道路要经过胃，到达女人心里的道路要经过阴道。”当在最后任务即将完成、易先生即将被手刃的那一刻，王佳芝脑中闪现的是“也许这个人是真爱我的吧”，这直接导致刺杀任务功亏一篑，王佳芝以及所有的同伴也遭到屠杀。王佳芝与易先生之间不可能存在稳固的感情，也不会仅仅因为那枚“鸽子蛋”。王佳芝在最后一刻之所以会产生爱情的幻觉，可以从她被强加赋予的使命感与自我身体意识的矛盾冲撞中找到溯源：压在王佳芝身上的任务是她生命中难以承受的生命之重，革命以其自身的万丈光芒，不仅让成千上万的将士殒命疆场显得合情合理，甚至还要建立在女性的肉体之上，如张爱玲笔下的王佳芝、丁玲笔下的贞贞（丁玲《我在霞村的时候》）都是这样。巨大的外界压力逼迫一个弱女子掩藏起真正的自己，承受心理和肉体上的折磨，而易先生作为特务头领，内心早已被阴暗的环境扭曲变形甚至存在变态的因素。有着类似处境中的两个人，也许只有在与对方的性爱过程中才能寻找到真正的自我，只有这时他们是遵循自己的本源意识而存在着的，所散发出的是自然生发不经修饰的天性。这样一来，王佳芝最后的错觉也就不言而喻了，张爱玲的叙事策略也变得显而易见。

在张爱玲的作品中，“性爱”是未经雕琢装饰的，是不带有任何色彩的最本质的，隐藏在作品深层的以其天性起着应有的作用的。而单纯从“性”之于女性乃至女性意识的意义来考虑，通过王安忆、卫慧等女性作家笔下的“性”，我们或许可以找出一些女性自我主体建立与自我意识发展的心路历程。王安忆的“三恋”系列，一问世便掀起了轩然大波，女性作家对这一被禁锢已久的话题表现出了极大的诉求欲望，“性”这个话题在女作家笔下以各种形式出现并被探讨，到九十年代，成为七十年代出生的女作家——以卫慧为典型代表——所津津乐道的话题，也成了评论家争议、媒体炒作的热点话题。

在“性”刚被解除禁锢但仍然是雷区之时，王安忆就大胆地发表过这样的观点：“如果写人不写性，是不能全面表现人的，也不能写到人的核心，如果你是一个严肃的、有深度的作家，性这个问题是无法逃避的。”[①]可以说，她的《荒山之恋》《锦绣谷之恋》《小城之恋》从“性”描写的角度在当代文坛开了先河。她笔下的性爱描写并非单纯的感官刺激，而是大多从婚外性恋关系着手，将性的探讨与社会文化结合，进行深层的思考，如性与道德舆论压力的冲突、性与生命力的结合与交融等，她以优美的笔触描写性，也将性与美进行了具有开创意义的探讨。

① 王安忆、陈思和：《两个69届初中生的即兴对话》，《上海文学》1988年第3期。

王安忆的“三恋”对男女在“性”面前选择的可能性做了全方位的探讨与思考。《荒山之恋》中，男女主人公深陷不可遏制的情欲不能自拔，选择在山川之间殉情以求永恒。《锦绣谷之恋》中，男女主人公拥有了炽烈的爱情之后，却在性欲面前止步。相对于这两部小说，《小城之恋》中两个无法遏制欲望的青年男女的结局更显温情。生命力旺盛的男女主人公一方面渴望性所带来的生命力的迸发，受各自的性本能的指引发泄欲望；另一方面，又不时地因道德舆论的压力而感到羞愧后悔，两人一起在道德与性本能之间挣扎，同时也与对方搏斗，然而斗争的结果又都是妥协于性，淹没在情欲之中。一次次的情欲体验与发泄并没有给他们的心灵带来一点点贴近，事实恰恰相反，因为他们的结合从一开始就是畸形的。在这段性爱旅程中，女性被赋予了强大的力量。在青涩懵懂的年纪，在封闭的环境与蒙昧的压抑中，那始于朦胧时期的羞涩的感情，在无节制的疯狂性爱中迅速沉沦，然而，这性爱的过程中，女性的状态基本是迷惘的，她并不清楚自己想要的是什么，那几乎原始化的本能欲望的发泄，是女性在封闭孤立环境中寻求亲近的一种表达方式，是证明自我价值的一种途径，只有“性”才能让她感受到某种心灵的契合。然而，“性”的满足并没有带给她想要的安全感与归宿感，男性的懦弱、自私与无能让她绝望，长久畸形的性爱关系使她疲惫而厌倦，怀孕让她顿然醒悟，从性的泥沼中挣扎出来。小说的最后，她跟孩子一起欢笑，孩子嘴里的一声声“妈妈”也是对母亲博大而神圣的责任感的呼唤，由情人变为母亲，对于女性来说是重大的转折点，由此女性世界里男性渐渐隐退，成为母亲后的她终于拾获了心灵的平静与安宁，带着两个孩子享受着自足的生活。

卫慧在创作时选择将性欲与爱情剥离，性描写更多地偏向于狂乱青春里肤浅的感官刺激，是没有深刻内涵的，对性的体验也多浮于肉体，很少涉及灵魂。卫慧笔下的性不是女性情感发展的指向，也不是灵魂共鸣的升华，而是同奢侈品、高档品牌等一样的消费品，她小说里的女性们谈性如谈论日常生活一般坦然，她们可以在浴缸、马桶等任何场所享受性欲带来的快感，她们甚至可以将灵与肉清楚彻底地分别开，女性在这性爱关系中得到的是对另类生活方式的标榜与追求，是生理的满足，是欲望的放纵，是虚无灵魂的消遣。特立独行的她们享受着性和爱的乐趣，常常跟几个男性同时交往、同居，却从未考虑过跟某一个男人结婚的问题，《欲望手枪》中的米妮与“石头”“左轮”“亨利”“陈彼得”，《上海宝贝》中的倪可与天天、马克等都是这样的模式。其中，《上海宝贝》以对性的直露的描写而显得惊世骇俗。倪可与德国情人马克背着天天频繁约会，她也厌恶自己的这种状态，每次性爱之后她都会陷入深深的自责，但是，又对于情欲欲罢不能，如同毒瘾一般，难以结束。性与爱之间，她找不到方向，无从选择，肉体的满足带来的是灵魂更深层的空洞。就像同时期另一位女作家棉棉那惊世骇俗的宣言：“我天生敏感，但不智慧；我天生反叛，但不坚强。我想这是我的问题。我用身体检阅男人，用皮肤思考，我曾经对自己说什么叫飞？就是飞到最飞的时候继续飞，试过了才知道这些统统不能令我得以解放。”[①] 这也宣告了女性的矛盾与深层纠结——性的沦陷与精神的不满足。倪可体验着来自精神与肉体的双重享受，但是不可避免地在这原本界限分明的两种情感中迷失了，“我曾经让自己相信一个女人的身和心可以分开，……事实上，我发现自己花越来越多的时间在想马克，想那欲仙欲死的片刻”[②]。马克的离开让她怅惘、失落，显然，女性追求性权力的高扬姿态，终于还是在男权意识面前失势了。女性不仅在性体验中的历史文化内涵和理性精神被剥离，并且不具有掌控男性的能力。在本质上，女性仍是欲望化的对象，沦落到为男性提供性服务的地位，这一对性的描写反而在某种程度上变成了对男权文化的认同和回归。

“性神话或曰性禁忌是男性秩序的最深、最坚固的堡垒，也是男权用以压迫、控制女性的最隐蔽的方式，因此，女性主义叙事集中从这个层面突破男性话语的封锁。”[③] 尽管如此，这种突破显然是有难度的。在张爱玲的创作中，性承载的只是传达男女情感状态的意义，对于身体欲望以及性爱的描写是隐晦的，甚至是规避的；王安忆的创作中，以《小城之恋》为

---

① 棉棉：《糖》，《棉棉精品集》，时代文艺出版社2000年5月版。

② 卫慧：《上海宝贝》，春风文艺出版社1999年版。

③ 李洁非：《“她们”的小说》，《当代作家评论》1997年第5期。

代表，作家更倾向于从社会与审美的角度对性爱进行描写，在体验了爱情的痛苦与疲倦之后，在没有婚姻关系的前提下，女性经历了性与生育，挣扎、纠缠之后终于维持住了表面的平静，爱情无所归依，将自我的全部精神最终指向了母性，性爱与身体欲望带来的罪恶感与内疚感由此得到净化与升华；而在卫慧的作品中，爱与性界限鲜明地分离，性成为追求自由与快感的肉体狂欢，但是女性终究还是无法摆脱对男性的依赖。性作为女性确立自我意识寻求自我地位的手段之一，也不可控制地发展成为她们追求自我之路上的梦魇。

三、构建女性意识的叙事策略

男权语境下女性的反抗模式

随着女性生活阅历的不断丰富，女性意识的日益萌发，对男性的原始依赖渐渐瓦解，对两性关系的思考也开始由表层逐渐渗入肌理，女作家在小说创作中也开始了清醒冷静的剖析，从张爱玲到王安忆，再到卫慧，时代与社会不停地发生着翻天覆地的变化，女性意识也在不断变化。在她们的作品中女性意识呈现出从隐到显、从自然而到自觉的过程。其中，对女性自我主体意识的彰显主要通过两种模式完成。

1. 男弱女强的叙事模式。女性努力探寻自己的命运，对男权中心话语进行不懈的抗争与解构，寻找属于自己的社会政治地位，也寻找着自己的精神皈依之所，在此过程中，女性对男性的依附也慢慢减退，男性在女性世界中的地位遭到了不同程度的削弱。她们笔下的男性形象也体现出了虚弱无能的一面，乔琪的寄生、振保的逃避、程先生的自杀、康明逊的奴才嘴脸、天天的无能、马克的自私等等，他们要么如寄生虫一般贪婪，依靠女性来供养；要么内心脆弱，在残酷的现实面前逃避退缩；要么自私卑鄙，享受性爱的欢愉却逃避该肩负的责任……他们远远不如女性那般敢爱敢恨，内心坚韧。女性已经开始由无私奉献的屈从于丈夫的女奴形象中勇敢地站立起来，由仰男人鼻息而活的传统女人蜕变为内心强大的，可以随遇而安、掌握自己命运的主体。

这种男弱女强的叙事模式在她们的创作中随处可见，张爱玲的《金锁记》中，不能下床自理生活的姜家大少爷，靠欺骗女人钱财生活的姜季泽，与强悍疯狂的曹七巧形成了第一层的鲜明对比；儿子长白，包括婚姻在内的一切都在曹七巧的操控之中，他无条件顺服，甚至不能保全自己的妻子，如未断奶的婴孩依赖母亲一般依赖着曹七巧，是虚弱无骨男子形象的典型代表。王安忆的《小城之恋》中，在无数个肌肤相亲的日子之后，他终于厌倦而抛弃了她，她也曾想过堕落、自杀，放弃自我，但是母性唤起了她内心强大的责任感，她不顾世人的异样眼光，旁若无人地独自抚养两个孩子，享受亲子之乐，而他结婚了却没有多幸福，守着空虚的心灵，在醉梦中潦倒度日。《桃之夭夭》中的郁晓秋自小受尽冷落与讥讽，遇到何民伟是她一生最快乐也是最痛苦的事，在此之前，她从未体验过这样心心相印的精神愉悦，但何民伟终于还是没有冲破传统道德观念的樊篱，在戴着世俗的有色眼镜仔细审视了郁晓秋的出身后，以决绝的姿态结束了这段美好的恋情。而在郁晓秋的生命历程里，面对给她不尽难堪的社会舆论，她一直以沉稳的心态承受，毫无微词；面对何民伟的情感背叛时，她也没有难为对方，更没有以发生过的性关系来威胁他；面对难产去世的姐姐留下的孩子，她不惜牺牲自己，嫁给年长许多的姐夫，担起照顾孩子的责任，撑起这个家。生活给予她什么，她就接受什么，没有什么能够打倒她，生活中“那些粗粝的对待，倒是锻炼了她结实的身心，日后可以抗衡不期然的遭遇”。

《上海宝贝》反映出了一种新时代女性的价值取向：不放弃精神依托，也不想放弃物欲生活。对向来高高在上、充当拯救者的男性社会进行了颠覆。倪可便是以拯救者的女神姿态出现在男性面前，独立、狂野、有思想、精力旺盛，她所爱的天天则懦弱、无能、多愁善感、沉默寡言，“一切都是不可捉摸的，我的爱可能更多地来自自身被需要的程度，他需要多少，我的爱应该有多少。天天如氧气般地需要着我的存在”。这爱掺杂着更多的拯救气息，倪可更像一个女英雄一般，试图用自己的爱将无能的天天从沉溺中拯救出来，同时又按捺不住自己的情欲，不拒绝马克的诱惑而一次次肉体出轨。但抛开结局不说，小说中，卫慧对颠覆男权所做的努力是不可抹杀的。

在对女性生存空间、生存状态、生存历程与命运进行了深刻的思考之后，女性作家的创作中，“男弱女强”的叙述模式大量出现，逐渐取代传统作品中的“男强女弱”的性别模式，男人 / 女人、拯救者 / 被拯救者的经典的二元对立模式也由此发生了质的变化。

2. 男权空间下的女性生存状态——主动从属与绵里藏针式的抵抗。男权话语中心下的女性，面对压抑与禁锢，其生存可以归类为两种状态，要么略微挣扎然后顺从妥协，要么进行或惊心动魄或绵里藏针式的抵抗。

随着传统封建伦理秩序瓦解，女性开始从家庭走向社会，但是，在这种新价值准则形成之初，传统的男性霸权仍处于统治地位，女性大多选择通过爱情、婚姻、家庭的一步步攀附来为自己寻求一个安稳的社会定位，不得不主动从属于男性，从这出发来说，女性对男权话语的顺从很大程度上是出于经济以及物质方面的需求。《连环套》中的霓喜，与不同的男性同居，始终没有得到“妻子”的名分，而她自己却毫不介意且透彻地明白这种男女关系的实质，她更加清楚自己的价值，并且主动利用这价值从男性那里换取生存的依托。

《金锁记》中，曹七巧的反抗是惊心动魄的，她是觉悟最彻底、反抗最极端的女性的代表，甚至发展到了疯狂病态的地步。她是男权社会的牺牲品，在最好的年纪被自私的哥哥牺牲掉了自己的终身幸福，在寂寞空虚的年纪试图为爱情勇敢冲破伦理，却发现不过是自己的一厢情愿，更可恶的是一腔真情反被利用，她从这背叛中发觉只有金钱才是人生最可靠、最能抓得住的。她对男性霸权以及传统伦理道德发起了歇斯底里的报复，葬送了自己儿女的幸福，完成了对儿子精神的阉割，这个家族毁了她，她也断绝了这个家族的继承。她是最彻底的女性复仇者。

当然，如曹七巧一般疯狂抵抗的女性毕竟还是个例，大多数女性选择的还是绵里藏针式的抵抗，这或许与女性生存状态有关——女性在有限的自身能力范围内，在男性话语霸权的生存空间里，她们深谙“长的是磨难，短的是人生”的道理，明白生存下去才是第一要务。弄堂女儿仔细过着每一个日子，“在这仔细的表面之下，是有着一股坚韧。这坚韧不是穿越疾风骤雨的那一种，而是用来对付江南独有的梅雨季节。外面下着连绵的细雨，房间的地板和墙壁起着潮，霉菌悄无声息地生长。那一点煨汤或是煎药的小火，散发出的干燥与热气，就是这坚韧”[1]。正如王安忆在《上海的女性》中所总结的，“上海女性心里都是有股硬劲的，否则就对付不了这城市的人和事。……她们的硬不一定是硬在‘攻’字上，而是在‘守’，你没见过比她们更会受委屈的了，不过不是逆来顺受的那种，而是付代价，权衡过得失的。你决不能将她们的眼泪视作软弱，就是这道理”[2]。即使是在面对政治风暴的侵袭，生存窘迫艰难的境况时，女性也“默默坚守着上海人的日常生活，坚忍地滋养、延续着城市文化的根系和命脉”[3]。《倾城之恋》中的白流苏向来被认为是为生存而向婚姻妥协的典型女性，但是，细读小说我们也可以发现，她在与范柳原的交往过程中是有着自己的坚守的，她对男性世界不是一味地顺从，而是有所抵抗的，是小心翼翼地顺从与迂回并举，或许也正是这点所谓的矜持才赢得了范柳原这个浪荡惯了的公子的心吧。王安忆的《富萍》中，从乡下来到都市的富萍，一方面对被安排好的婚事不置可否，一方面又暗自寻找着真正属于自己的归宿。她沉默寡言，对“孙子”“奶奶”等人言听计从，外表看起来平静木讷，不为外界的任何所动，但是，内心却有着强大的力量，默默地为自己的梦想积攒力量，不向任何人低头。

对宏大叙事的“女红”式消解

1. 精雕细琢出的生活诗意。作为以塑造女性人物形象为主的女性作家，不管是从女性人物形象的特定经验着眼，还是从自身的生活体验出发，三人在创作过程中不约而同地将视线转移到对日常生活的精雕细琢中。那家长里短、鸡毛蒜皮的琐细生活，承载了女性更多的生活精力与人生态度，在对市民生活的窥探中，立体地折射出女性的生活意识。

---

① 王安忆:《长恨歌》，作家出版社 2000 年 11 月版。

② 王安忆:《寻找上海》，学林出版社 2004 年版。

③ 杨东平:《城市季风——北京和上海的文化精神》，东方出版社 1996 年版。

张爱玲说：“我发现弄文学的人向来注重人生飞扬的一面，而忽视人生安稳的一面。其实，后者正是前者的底子。”[①] 所谓“人生安稳的一面”，全都包含在那“沉重累赘的一日三餐”里，融在那市井小民的婚姻与家庭中，映在都市浮华下的人情世故里。

张爱玲笔下的女性生活空间多为幽深阴暗的公馆或者空洞苍白的房间，旧式家庭的繁文缛节以及如网一般错综交织的亲属、人情关系缠绕着她们，女性找不到喘息的空隙，自我无处可依。不断被描述的没落贵族与小市民家里的那各色家具、摆设、服饰、器皿等物质细节，化身为情感的媒介，承载起人物的精神、情绪，不动声色地将生活在其中的女性的生活状态、俗世的人情冷暖细细道来。

> 蓝瓷双耳小花瓶；一卷一卷的葱绿堆金丝绒；玻璃纸袋，装着“吧岛虾片”；琥珀色的热带产的榴莲糕；拖着大红穗子的佛珠；鹅黄的香袋；乌银小十字架；宝塔顶的大凉帽；然而在这灯与人与货之外，有那凄清的天与海——无边的荒凉，无边的恐怖。她的未来，也是如此。——不能想，想起来只有无边的恐怖。她没有天长地久的计划。只有在着眼前的琐碎的小东西里，她的畏缩不安的心，能够得到暂时的休息。
>
> 《沉香屑·第一炉香》

无奈之下将自己卖给姑母与乔琪乔的葛薇龙，“整天忙着，不是替梁太太弄钱，就是帮梁太太弄人”，青春与年华在这忙碌中一天天苍白下去，她快乐的时候不过是除夕之夜出门去湾仔看热闹，在这里她可以获得一种奇异的感觉——只有买些零星东西，在人声鼎沸与灯火通明之中穿梭，她才能贴切地感觉到自己真实地生活着，或许也只有这一会儿，她才是属于她自己的。

① 张爱玲：《自己的文章》，金宏达、于青主编《张爱玲文集》（第四卷），安徽文艺出版社1992年7月版。

王安忆也把关注的视角投向了“人生安稳的一面”。她认为，在时代变幻的波澜巨浪中，“浮光掠影的那些东西都是泡沫”，唯有“底下这么一种扎扎实实的、非常琐细日常的人生，才可能使他们的生活蒸腾出这样的奇光异色”[①]。于是，王安忆笔下常见的是那些隐匿在浮泛声色下经久不变的常在，是那些潜藏在瞬息万变的时局波澜下的不被察觉的暗流，是司空见惯的却通常被忽视的质朴简单的生活道理。她将隐藏在城市浮华下的小市民的生活底色进行精心而又清醒的提炼，描绘出一幅幅精致细腻的日常生活工笔画。在王安忆笔下，细碎的日常生活便是人生的底蕴，蕴含着生活的哲学，也是女性意识与生活态度的集中彰显。

《长恨歌》中褪去华丽光辉回归凡俗生活的王琦瑶，即使面对的是再简单不过的生活，也能在自己的精心置办下使其缀满细碎的诗意。在自然灾害期间，她生活的重心也不过是“吃”，将吃作为人生的大事，精雕细琢般地打磨生活的细节，把生活的能力发挥到极致；而即使是在经历了“文革”之后，王琦瑶家里的陈设也是处处精致：那桃心木五斗橱，是所谓“老货”；梳妆桌上的镜子，是“老货”，一点都不走样的；珠罗纱的帐子，镶着花纹和金边的碟子，不用说都是“老货”，如今再难见到那样的细瓷。生活是琐屑的，但是在这些琐屑中包含的精致悉心，却给这琐细涂抹了一笔亮色，在这亮色的辉照下，再日常的生活，也带上了一层诗意的色彩；至于穿着打扮，王琦瑶更是时刻不忘追赶时髦，她身上带着流行的标签。竞选上海小姐时，她精心准备了粉红、苹果绿和洁白三种颜色三套服装，服装颜色的选择、剪裁、绣花、镶边都是费尽心思设计制成。这种对服饰的热衷追求一直持续到她中年以后，她对时尚的独到眼光，甚至让女儿及其同学都佩服不已。王琦瑶是没有年纪的，她历经沧桑却有着化腐朽为神奇的力量。

除了上海女儿王琦瑶，在《富萍》中，“什么事都做得比别人强三分”的人尖吕凤仙，看什么会什么，是个生活能手，小说中有不少关于她在生活细节上精打细算的描写。如，她教富萍洗尿布：“教她怎么先薄薄地打

---

① 钟红明：《王安忆写〈富萍〉：再说上海人与上海人》，《人民日报》2022 年 10 月 11 日。

一层肥皂，再浇半滚的热水，肥皂沫就出来了，过两遍清水，肥皂味就没了。省肥皂又省水。这里不比乡下，水是河里的，随便用，上海的水也是钱买来的。”又如，作品中，她在端午节包粽子的描写可谓详细至极：“吕凤仙坐在小凳上，面前一盆拌了赤豆的米，一盆浸过酱油的米，再有一盘挑选过的肋条肉，粽箬是浸在木盆中的清水里。她嘴里咬着绳子，两只手将粽箬弯成一个三角兜，托着，空出手舀米，一勺正好，再填肉，又一勺米，也正好。粽叶盖上去，窝下来，包住，又是正好，稍拖下一点粽叶的尾。角和棱略略掐一道，然后开始捆，这一回，嘴也凑上去帮忙了，来不及看明白，一只模样俏正的粽子出来了。”在王安忆的笔下，一个个的日常生活片段如同一张张写意工笔画，极尽细致。她费尽笔墨描写生活中常见的又不起眼的琐碎细节，将世俗性与人间烟火气画上了等号，让人得以在琐细的日常生活中感受世俗的温情和生命的律动。她们不仅是弄堂女儿的代表、上海这座城市的代言人，更是偏爱追求精致生活并且善于将生活过得有滋有味的女性群体的代表。

卫慧的作品几乎早已被贴上了放纵欲望、颓废腐糜的标签。但笔者认为，她的小说里在光怪陆离的情欲描写与男欢女爱的放纵之中，也不乏对细节的努力追求：

> 街上，太阳像百万个水银灯在腐蚀着行人、车辆、店铺的招牌。白晃晃的光是薄如蝉翼的刀，切割了我们的视线和我们的意志。你不得不像条狗一样吐着舌头来抵御这座大城市的盛夏。远处的高架桥上坡道被众多车辆堵得滴水不漏，那些车像僵死的百脚虫在太阳底下等待腐烂发臭，令人敬而远之。
>
> （《欲望手枪》）

都市的喧嚣衬托出女子内心的孤独，疲倦了那些轻狂的梦想，耀眼的迪厅灯光遮蔽了黑暗角落里落寞的神情，品流复杂的酒吧里吞咽下的满是苦涩的泪水……身体的放纵并不是她们追求的终极目标，身体的寂寞她们不愿忍受，灵魂的孤独更让她们害怕。光鲜的外表难以遮掩她们脆弱的心，浮华的都市不给她们喘息的机会，找不到一个真正可以依靠的肩膀，找不到心灵栖息之所，泪水藏在心底，日子还得精彩地过。她笔下的女性，以倪可为代表，都具有一种特质，颓废失落的情感经历与琐细的生活情调缠绕在一起，都市的女性们在这琐细的生活中放纵，寻找到新鲜的刺激，世俗生活的无奈和人世欲望的挣扎也因此而被注入了活泼生动的色彩。

2. 对历史事件的虚化与悬置。拒绝宏大叙事，女性作家选择了深入凡俗的日常生活，与此相对应，在面对历史和时代时她们采取了明显的向后的姿态，对历史进行了虚化与悬置的处理。历史的演进往往是男性在起着推动的作用，从古代的“文以载道”到二三十年代开始的革命文学再到延安时期确定了文学的工具有效性，男性作家都自觉地承担着时代的历史使命，自觉地投入到历史进程的建构之中。然而对女性作家来说历史则是生命中难以承受之重，而且她们也没有兴趣去触及历史的一鳞半爪，历史在她们的作品中只是一个若有若无的背景，她们在乎的是以女性特有的细腻和眼光去捕捉生活，用她们独有的话语方式去言说凡俗的生活。

张爱玲曾直言不讳地称自己是一个通俗作家，而这“通俗”二字本身便是一种对历史理性的疏离。在她的作品中出现的大多是被凡俗的生活压抑得抑郁难言的男男女女，她以自己独有的深刻眼光向我们展现出生活冰冷的一角和那些“跟不上生命胡琴”的人。无论是白流苏、曹七巧，还是葛薇龙等众多的人物，她们生活的环境要么是让人窒息的封建家庭，要么是中西文化畸形结合的公馆，无不带有一种阴暗的色调。历史和时代在这里被极大地虚化了，读者能隐隐约约感到一个大致的时代区间，却看不真切具体的时间，更重要的作为背景意义主要是赋予了阴暗的生活场所而不是历史和时代的区间，于是历史即使出现也是那样模糊，若有若无，缺席与在场已经无关紧要。张爱玲的小说《封锁》中没有明确交代“封锁”的时代背景，在四十年代，这样的突发事件应该会经常上演，而作者的意图并不在于探究“封锁”的缘起与发展，而是将其作为背景，细致讲述了两个陌生人吕宗桢与吴翠远，在这段封闭的时空中迅速相聚与分离的过程，由此阐释了一种生活的可能性：生活中经常擦肩而过的两个人可能并未曾注意到彼此，更不会相爱，但若处在一个非常态的时空里，一切都具有了可能性。《倾城之恋》中香港的沦陷导致万千人家破人亡，流离失所，但并没有给小说的主人公白流苏与范柳原带来任何负面作用，反而成全了他们，使得他们的相爱相守具有了传奇色彩，不管外界发生如何翻天覆地的变化，白流苏只是守着范柳原，过着期盼已久、得来不易的小日子。

王安忆曾这样表达对“历史”的看法:“历史是日复一日、点点滴滴的生活的演变”，“无论多么大的问题，到小说中都应该是真实、具体的日常生活”[①]。即使是在“成千上万的人死去，成千上万的人痛苦着，跟着是惊天动地的大改革”[②]的特殊时期，上海弄堂里女子们的生活也很难会因时代风云来袭而做出什么改变，在她们的精打细算里，生活是不动声色的细水长流。就算是“文革”这样的大风大浪，在王琦瑶那里也不过是激起一点小涟漪，生活还是一如既往地过下去。肉体的痛苦，内心的煎熬，灵魂的挣扎……都是不重要的，冗长而琐碎的家长里短，吃穿住行的世俗生活才是生命的底色，任凭时局动荡、祸福难料，它都保持着最初的色彩，永不褪色。

不管是处于时代风云变幻的中心还是边缘，她们都自觉地选择做一个静默的历史的旁观者。对日常生活进行精雕细琢是她们创作的主要着力点，对重大的历史事件所做的宏大叙事则被有意无意地虚化与悬置了。当然，这种淡化处理与她们的自我社会定位有一定的关系。如同王安忆所说的，自己“在刚刚渴望求知的时候，文化知识被践踏了；在刚刚踏上社会需要理想的时代，一切崇高的东西都变得荒谬可笑了”。人生的正常秩序被打乱，历史原本的庄严与厚重被消解了。于是，她们选择远离那拥有宏大的激烈的雄壮的历史感的文学叙事，历史在她们的笔下不过是用来凸显人物形象，尤其是女性形象在平凡生活中的特性，用来衬托那恒久稳定的人生底色的不起眼的背景。流光溢彩的正是那生活气息浓郁的，体现出女

① 王安忆:《王安忆说》，湖南文艺出版社 2003 年 9 月版。

② 张爱玲:《倾城之恋》，金宏达、于青主编《张爱玲文集》(第二卷)，安徽文艺出版社 1992 年 7 月版。

性人生智慧的，活泼而又细琐的日常生活叙事。

看与被看的牢笼——欲望张扬与躯体写作

欲望抒发是文学创作的一个重要主题。新时期以来，众多女作家从女权或者是女性主体的立场出发，试图颠覆男权统治下的贞洁观，开始了以女性为主体的“欲望叙事”“躯体写作”，她们以异军突起的势头，对传统性别秩序、性别文化以及父权制文化体系进行了强有力的解构。

“躯体写作”或“身体语言”是二十世纪九十年代对女性写作的一种说法，至少包含两层含义：①关于身体的写作，主要书写身体的隐秘、冲动、欲望等等；②用身体写作。书写者多数立足自我的身体感受，或多或少带上了自传体的特点或实质。这一概念针对二十世纪九十年代一部分表现女性私生活，从而游离了社会和历史主题的作品，这种独具女性主义意味的叙述历史或解构历史的倾向，拓展了文学维度，使叙事获得新的契机，也使女性写作在今后的历史言说中更为可观。[①]

在男权文化占据统治地位的漫长历史里，女性的躯体表达一直处于被禁锢被压抑的状态。二十世纪八十年代，西方女性主义理论传入中国，给中国女性写作注入了新鲜的血液。法国女性主义理论家埃莱娜·西苏指出：“妇女必须通过她们的身体来写作，必须写妇女，就如同驱逐她们自己的身体那样，妇女一直被暴虐地驱逐出写作领域，这是由于同样的原因，依据同样的法律，出于同样致命的目的，妇女必须把自己写进文本，就像通过自己的奋斗嵌入世界和历史一样。”[②]她将“身体写作”视为女性意识觉醒的标志。而随着女性意识的日益觉醒，“写自己，你的身体必须被听见”的声音被中国众多女性作家不断地付诸写作实践，她们开始不约而同地在创作中以反叛传统性禁锢为主题，以躯体写作为突破点大胆地进行艺术创作，她们试图以此来破除男权社会病态的文化观念，求得女性与男性同

① 董之林：《女性写作与历史场景——从20世纪90年代文学思潮中的“躯体写作”谈起》，《文学评论》2000年第6期。

② [法]埃莱娜·西苏：《美杜莎的笑声》，张京媛主编《当代女性主义文学批评》，北京大学出版社1992年1月版。

等的性自主地位。由此，女性欲望从陈旧古板的传统秩序和规范中得到解放，女性作家开始争求诉说欲望的话语权。

新时期以来，躯体写作已经越来越多地被女作家所采用，并作为女性反抗性压抑、突破性禁忌、张扬性权力的有效手段。但是这种极富反叛和颠覆意味的欲望表达方式因为另类新奇而触目惊心，引起了不少读者与评论家的非议与侧目，比如卫慧以高昂的姿态连同惊世骇俗的躯体写作对传统贞洁观进行了大无畏的挑战。若单从女性主义的角度来看，她那种对生命激情的赤裸的宣泄，是女性自我身心的彻底解放，与此同时，躯体写作也是女作家在自我生命意识完全觉醒的基础上对性别自觉和话语自觉做出的努力。

卫慧对欲望的抒发可以说达到了极致。她曾直言，亨利·米勒是她的精神之父，并在作品中毫不避讳来自亨利·米勒的影响，“我以身体书写小说。……我紧依着身体和本能书写……以身体构成文本”[①]，卫慧在其小说中自觉地践行躯体写作这一创作策略，其作品大都具有类似的题材——一个叛逆、开放的女孩，如《艾夏》中，艾夏与黑人留学生，将窗台当作性表演的舞台，《上海宝贝》中倪可像脱衣舞娘一样引诱天天迸发原始情欲，在浮华的都市生活里放纵物欲与情欲，通过与不同男性的情感以及性体验，满足身体欲望的同时，也满足精神需求。

> 嘴微微张开，酒精的余味香甜地散发出来，眼睛慢慢闭上，灯光很柔，橙红色，像处于一只巨大的橘子腹部，或者就是一只巨大的子宫。他的长发倾覆下来，像深海的藻类盘绕着幽暗的情欲。身体彼此依附在一起，模拟着一棵树对另一棵树的爱情。身体很轻，好像漂浮在水上、酒精上。激情一层层加上去，超然地浮在床上方，像某种奇玄的东西聚集着，等着肉体重新呼吸回去。
>
> （《欲望手枪》）

① ［法］埃莱娜·西苏:《美杜莎的笑声》，张京媛主编《当代女性主义文学批评》，北京大学出版社 1992 年 1 月版。

有一个深夜，我做着一个色情的梦。在梦里，我跟一个蒙着眼罩的男人赤身裸体地纠缠在一起，四肢交错，像酥软的八脚章鱼那样，拥抱，跳舞，男人身上的汗毛金光闪烁，挑得我浑身痒痒的……

（《上海宝贝》）

卫慧在文本中以毫无遮拦的语言大篇书写女性躯体体验到的细微意识，渲染性爱场面，展示出了女性的隐秘世界以及鲜为人知的女性特有的生活、身体体验和感受，包括女性的生育、身体等，这些都是男性无法体验与感受的。“躯体写作”使女性将创作视野投向了自身的内宇宙。试图利用身体符号来打破男性的价值标准和价值成规，在对男权话语的层层剥离中完成女性自我意识的升华。“九十年代，随着多元文化历史现实的到来，有更多的被男权的审美钳制以及一直在文化的边缘上行走着的女作家……以她们的创作应和了女学者们的先声。……这一次的对男权文化的抗争和反叛，亦是从女性躯体开始突破，从女人书写自己的身体开始。女性对‘自我’的重新发现和认识，也是从身体开始的。”[①]

但是，在当代中国，在以“躯体写作”为主的女权叙事策略对男权性禁锢进行近乎全方位颠覆的过程中，女性的自我意识也体现出了鲜明的不成熟之处。以卫慧为代表的“躯体写作”者们，其笔下的女性身体与女性特有感受尽管在很大程度上解放了女性被束缚已久的内心，但同时，在商业文化的推波助澜下，不可避免地使得“躯体写作”沦为了大众窥探与消费娱乐的商品。这与其所生发的环境有着不可分割的联系：在商品经济大潮高涨的九十年代，在经济时代的旋涡之中，女性意识觉醒所带来的文化颠覆的冲击不可避免地被掺杂了商业的因素，由此，中国女作家在作品中的躯体写作的形式高于内涵，这样一来，它便失去了和男权文化抗争的纯洁力量，从另一方面说，这也是对男性受众“看”的欲望的一种变相满足，

① 徐坤：《双调夜行船：九十年代的女性写作》，山西教育出版社 1999 年 1 月版。

至此，女性对自身躯体的暴露似乎又成为恭维男权的方式之一。中国化的“躯体写作”发展到今天，在建构一种女权主义躯体话语之时，又不断在进行着自我解构，呈现出了不同于西方女权主义躯体写作理论的样态，改变了其作为颠覆男性文化手段的初衷，并不能视为女性意识的真正觉醒。

男权文化占据统治地位之时，女性一直作为被想象的对象，除自身的欲望被禁锢之外，还要顺从男性欲望，成为被男性观赏的风景。女性意识的触角生发之后，长久被压抑的女性受到启发，开始自觉地踏上了自我欲望的探寻之路，在欲望的抒发中传达出对男权传统的抵抗。躯体写作作为女性经验的一部分，是对传统女性写作禁忌的突破，也是女性意识不能规避的一方面。但是在市场化、娱乐化的大环境下，“躯体写作”被赋予了多重意味，陷入了看与被看的牢笼，并没有完全将女性引领到解放自我、建立自我的道路上。

以女性的视角自觉地审视女人与男人的作家中，张爱玲是值得特别书写的一位。她一方面无情地鞭挞了男性中心主义，另一方面也冷静地嘲讽了女性“甘愿为奴”的弱点。她在作品中通过两性关系和家庭关系对男人和女人进行了剖析，特别是打开了女性自我反省的新空间，表现出了女性对“女人本性”的自觉思考。在王安忆的笔下，女性显出阳刚坚韧的一面，男性“强悍”的性别标志相应模糊化。她竭力改变男女二元对立的社会性别关系，寻求一条两性全面发展的新途径，她以女性的审美视角自觉而又合理地安排自己的创作，使得笔下的两性关系趋于相对和谐。而卫慧在创作中以“自传”“躯体写作”等叙事策略进行书写，放大了女性的主体意识，以求真实生动地展现女性的自我生命经验与情感体验，在张扬的女性生命经验中彰显了对父权制道德秩序和传统价值体系的蔑视，然而或多或少的，她的写作陷入了被娱乐消费淹没的困境。

时代不同、环境不同、家庭背景不同，造成了张爱玲、王安忆、卫慧三人的生活经验与艺术取向上的差异，这三个活跃于不同时代文学舞台上的女作家有不同的写作风格以及审美创作，塑造出了活在不同际遇里的姿态各异的形象，其作品中所体现出的女性意识存在一定的共性与个性，或者可以说具有某种传承性。张爱玲笔下的都市女性基本是从物质层面上认识到女性应该要有自己独立的经济能力，王安忆笔下的女性基本是从精神层面上初步认识到女性应该精神上独立，卫慧笔下的新女性则基本从身体层面探讨了女性对自我主体欲望的掌控。尽管她们都没有明确地为女性找出一条理想的出路，但她们的探寻却对后来的女性对自己命运的掌握提供了先决条件，也让我们越来越清晰地看到女性寻找自我的轨迹。以这三位女作家为代表，从这类由女作家塑造女性形象、抒写女性遭际的作品延展开来，可以看出，当时代话语与女性的生命意志及要求形成内在的契合时，女性所发出的声音是充满强烈而执着的生命力量的。从女性自我价值的寻找到作家对女性生命经验及潜意识的书写，女性意识的探究及表达呈现出了多元化的景象，女性写作由边缘汇入中心的使命似乎业已完成，但是，其间也出现了很多问题，需要我们保持清醒的反思和忧患意识。

从二十世纪三四十年代到八九十年代，中国女性意识经历了由个体到集体、由懵懂的萌芽到逐渐觉醒的阶段，女性意识的张扬在一定程度上使得女性写作渐渐脱离“中性化”与“无性化”的写作倾向，作家开始突破传统与历史的限制，追求女性专属的写作自由，在文本中倾注自身的诉求，通过对女性自我生命、主体等意识的自觉书写，获得了文学写作上的巨大跨越。

但是这种女性意识在张扬的同时，也表现出了局限性。尤其是到二十世纪八九十年代以来，有关私人空间的大量作品出现，女性书写向着“个人化”方向发展，更是涉及了被传统视为禁区的女性身体和性经验，“躯体写作”被视为女性所特有的写作风景，开拓了传统阅读经验的封闭空间。女性写作中私人空间的开拓与书写是对宏大叙事的自觉规避，更是对传统男性话语中心的颠覆和消解。这种书写的本身是无可厚非的，是作家自觉又自由的写作选择，但是，从这种写作中，我们也能看到些许局限与末路的尴尬。

女性的“个人化写作”从“自己的屋子”到自己的躯体，写作空间的一步步缩小一定程度上造成了视野上的狭隘，使女性写作陷入褊狭，如同女作家萧红的感慨：“女性的天空是低矮的。”另外，这种个人化写作过多地关注自身，偏向采用内视角，易形成对外部世界的变换采用静止处理，一定程度上为写作加上了人为制约。而作为女性意识张扬的典型表现之一，女性对自己的身体、情感、深层隐秘意识等方面的描写，尤其是身体感受方面的描写，在狭小的空间中循环、徘徊，致使个人化书写，尤其是躯体书写背离了最初颠覆消解菲勒斯中心机制（男性中心机制）的目的，而沦为了单纯的躯体裸露，成为迎合市场经济的商品。

女性意识觉醒之后，女性写作所做出的努力，无疑是为了颠覆传统话语权，消解男权中心，争取男女平等，找回长久以来缺失的独立人格，然而，初醒之时女性表现出极端的反叛与彻底的颠覆，“如果开始这么写时还有种革命性的意味，长此以往写下去就成了一种自限。因为说到底女性也是社会的人，文化的人”①。女性意识的觉醒与张扬起因于男权中心的压迫与禁锢，因此，女性“个人化”写作自始至终都无法摆脱与男权文化、男权意识之间的联系，也无法避免来自男性受众的检阅与评判，自觉的“个人化”写作在不自觉中走向了极端，只会迅速地使两性陷入冰火对峙的艰难困境。

“女性收回长期被剥夺的性自主权是男女实现真正平等不可缺少的一环。不充分尊重女性的自然权力，女性社会权力的获得也是不稳固的。男女分享相似的性平等权力，也会使人类的两性关系尽快摆脱‘性猥亵文化’的腐蚀走上健康自然的清新之路。”② 女性写作终究无法完全脱离与社会的联系，更无法彻底割裂与男性的天然关系，极端的个人写作只会走向没有光明的死胡同，正如王安忆所说的，单纯写性是无法写出好文章的。作为男权中心制社会的逻辑产物的女性“个人化”写作方式却要担负起反抗和颠覆男权传统的重任，要把女性写作的历史局限性变成历史突破口，要通过深入历史为女性筑就的樊篱来打破这个樊篱。这是今天的女性“个人化”写作的内在矛盾性，是其困惑产生的根本原因。解决这一困境的关键，应该是女性意识觉醒的成熟。“人类健康的前景既不取决于男性霸权，也不

① 雷达:《思潮与文体——对近年小说创作流向的一种考察》,《文学报》2001 年 7 月 5 日。

② 孙绍先:《女性与性权力》，辽宁画报出版社 2000 年 2 月版。

能取决于女权主义，而只能取决于他们 / 她们认识对方的努力，……女性意识的进步并非以仅承认女性的性角色为目的，而是最终以一个人的价值呈现于社会为最高目标。”[1]

中国现代文学中女性意识的萌芽与觉醒，只是女性解放的一个前奏或序曲。女性写作在文化层面上不断追求女性主体意识的确立，在艺术层面上则尽可能多方面地实现女性个体经验的持续展开，在此期间，女性审美自由得到了开拓与深化。女性意识的演变具有无限的可能性，而也应该深刻意识到一点——只有在对历史的回顾与研究中，女性意识才能得以不断提升，女性才能在和谐的文化语境中获得身心的自由发展，并真正实现两性的和谐。

① 赵安如：《情爱三色堇》，《上海师范大学学报》（社科版）1999 年第 2 期。

后　记

北京今年的秋特别长，树叶尚在枝头翘首，有足够的时间看层林尽染，赏五彩斑斓。在鲁迅文学院的十余年，我的工作一直紧紧围绕文学培训、文学研讨和论坛等活动，受教于诸多行走在文学一线和从事文学工作的资深评论家、知名作家老师们，结识了来自全国各地的千余位中青年作家朋友，也有幸见证了最前沿的文学现场和作家们最活跃的创作之路……这些都为我的文学评论不断生长提供了滋养。

文学始终与时代紧紧相连。透过文学，我们可以更深切地领悟时代变化、阅尽历史文化、体察普罗众生。本书收录的文章主要有三类：鲁迅文学院学员作品评论、儿童文学作品评论、著名作家创作评论以及部分阅读随笔。旨在探究作品与时代、现实、生活之间的关联，挖掘语言背后的情感温度，寻求作者对“人”的思考和对生活的观照。这些文章的写作时间跨度很大，从大学时期到今年都有，有专业学术论文，有文本小评，也有阅读后的所思所感。这些文章汇聚到一起的过程，既是对自己这十余年的文学评论写作经历的总结，也让我再一次重新回到文章背后的每一个文学现场。

在文学道路上，我走得很慢，成绩也平平。幸而鲁迅有言：“不耻最后。即使慢，驰而不息，纵会落后，纵会失败，但一定可以达到他所向的目标。”让我可以继续心无旁骛地慢慢远行。在此，特别感谢我的导师吴义勤老师以及胡健玲老师，他们给予了我无私的教导和鼓励，是我为人为文的榜样，始终指引我在文学的道路上坚定地走下去；也非常感谢鲁迅文学院，作为“作家的摇篮”“文学的黄埔”，它为工作在此的青年教师提供了文学成长的沃土；感谢这十余年来众多师长们的点拨和指教。

唯愿长沐文学之光，常睹文学之魅。

2022 年于鲁迅文学院